密
밀
2

密 2

초판인쇄 2016년 9월 10일
초판발행 2016년 9월 20일

저 자 박명숙
펴 낸 이 소광호
펴 낸 곳 관음출판사

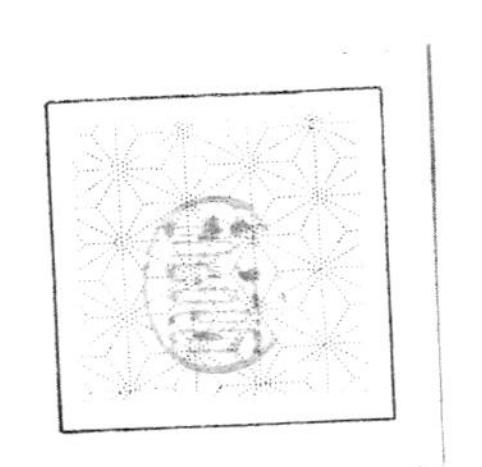

주 소 130-070 서울시 동대문구 용두동 751-14 광성빌딩 3층
전 화 02) 921-8434, 929-3470
팩 스 02) 929-3470
홈페이지 www.gubook.co.kr
E - mail gubooks@naver.com

등 록 1993. 4.8 제1-1504호

정가 35,000원

密
밀
2

관음출판사

차 례

6장_ 태장(胎藏)의 향기

7장_ 사유림(思惟林)

8장_ 동공(瞳孔)

9장_ 태고(太古)를 향한 영감

10장_ 종료(終了)

6장_ 태장(胎藏)의 향기

01. 깨달음

깨어 있어
중(中)이다.

깨어 있어
이(二)가 없다.

중(中)을 잃으면
이(二)인 차별, 대(對)뿐이다.

중(中)은
분별없다.

분별은
중(中)이 아니다.

중(中)은
분별없어 걸림 없으니
원(圓)이다.

중(中)은 불변(不變)이니
진리(眞理)이다.

그러나,
중(中)은 분별없어
진리(眞理)도 없다.

중(中)은
항상 깨어 있어
각(覺)이다.

각(覺)은
이(二)가 없어
항상 깨어있다.

각(覺)은
분별없어 항상 깨어 있으니
일체에 두루 하여
원(圓)이다.

원(圓)은 분별없어 두루하니
중(中)이다.

중(中)이
심(心)이다.

심(心)은
이(二)가 없어 중(中)이며
원(圓)이다.

원(圓)은 곧, 각(覺)이니
불(佛)이다.

불(佛)은
분별없어 중(中)이다.

중(中)은 온 시방 우주 두루한
생명(生命)이다.

생명(生命)은
항상 깨어 있어
각(覺)이다.

각(覺)은
중(中)이라 이(二)가 없다.

그러므로
생명(生命)에는 이(二)가 없다.

생명은 이(二)가 없어
너
나 없어

중(中)이다.

너
나 없는 중(中) 그것이 원(圓)이다.

원(圓)은
너 나 없는
불이(不二)이다.

불이(不二)인
너
나 없는 중(中) 그것이
곧, 불(佛)이다.

불(佛)은
너 나 없는 불이성(不二性)이
곧, 생명이다.

너
나
없는 불이(不二)인 생명은 우주에 두루한
각(覺)이다.

항상
두루 깨어 있어
각(覺)이다.

각(覺)이
심(心)이다.

심(心)은
무염(無染)이다.

무염(無染)은 이(二)가 없어
중(中)이다.

중(中)인 무염(無染)은
항상 깨어있어 각(覺)이다.

각(覺)은 항상 깨어 있어
밝음이다.

밝음은
곧, 지혜이다.

지혜(智慧)는
너 나 없는 밝음이 깨어짐이 없어
금강(金剛)이다.

금강(金剛)은
불이(不二)이니 파괴됨이 없다.

너 나 불이(不二), 그것은 파괴 없어

금강(金剛)이다.

금강(金剛)은
불이(不二)이니, 무한 영원히
둘이 아니다.

이것이
진리(眞理)이다.

진리(眞理)는
너 나 없는 불이(不二)이니

그곳
가는 길이 도(道)이며

그것에
듦이 깨달음이며

그
성취가 지혜 완성이며

그 완전함 이룸이
불(佛)이다.

너 나 분별이 끊어져
해탈(解脫)이며

너 나 분별 없어
열반(涅槃)이며

너 나 완전히 사라진 정점(頂點)이
궁극(窮極)이며

너 나 사라진 경계가
절정(絕頂)이며

너 나 완전히 사라진
둘 없는 그것이 금강(金剛)이며

둘 없는 마음 파괴 없어
금강심(金剛心)이며

너 나 분별없는 마음이
진여(眞如)이며

너 나 없는 곳이
바라밀(波羅蜜)이며

너 나 없음에 이르니
무상(無上)이며

너 나 없는 온화한 자비 눈빛이
불안(佛眼)이며

너 나 없는 마음에 너의 모습이 비침이
해인삼매(海印三昧)이며

너 나 없는 가르침이
경(經)이며

너 나 없는 그 마음이
반야(般若)이며

너 나 없는 삶이
대승(大乘)이며

너 나 없는 평온이
정토(淨土)이며

너 나 없는 기쁨의 삶이
법화(法華)이며

너 나 없는 열정의 삶이
화엄(華嚴)이며

너 나 없는 아름다운 미소가
우담바라(優曇鉢華)이며

너 나 없는 삶의 세상이
청정법계(淸淨法界)이며

너 나 없는 어우름이
원융(圓融)이며

너 나 생각
나 너 생각 그것이 기도(祈禱)이며

나 너 위하고
너 나 위함이 염불(念佛)이며

너를 위한 나의 자비
나를 위한 너의 자비 그것이 예경(禮敬)이며

너 나 없는 성품이
불성(佛性)이며

너 나 없는 따뜻한 고운 말이
다라니(陀羅尼)이며

너 나 없는 상생(相生)이
법륜(法輪)이다.

02. 옴

옴(om)

이,
생명의 울림 소리
영원에서 영원으로 이어지는 생명의 소리
온 법계(法界)에 무한 광명, 각성 광명파장이 생동하니

무한 신비의 생명 축복
무한 광명의 감사
영원한 생명, 각성 광명파동이
끝없는 무한 무한 세계로 울림이
옴,
옴(om)이다.

이,
무시성(無始性)이며
무종성(無終性)인

생명성에서 제불(諸佛)이 출현하니

이곳이
대일여래(大日如來) 무한 광명장엄 태장계(胎藏界)이다.

이곳에서
제불(諸佛)의 무량 무한 자비(慈悲)를
창출(創出)하고

금강(金剛) 지혜 광명(光明)인
금강(金剛) 제불(諸佛)의 지혜 꽃이 피어난다.

이곳이
제불(諸佛)의
무한 자비(慈悲)의 원천(源泉)이며
지혜의 원천(源泉)이니

이곳에 이르기 전에는,
각(覺)이든
깨달음이든
지혜든
자비(慈悲)든
심(心)이든
정(定)이든
삼매(三昧)든

열반(涅槃)이든
청정(淸淨)이든
광명이든, 궁극 무한, 무한(無限)이 아니다.

이곳에 이르기 전에는
각(覺)이든, 깨달음이든, 불이(不二)든,
중(中)이든, 성(性)이든, 도(道)이든, 일체(一切)가
차별이다.

각(覺)도 벗고
깨달음도 벗고
진여(眞如)도 벗어나고
각성광명(覺性光明)도 벗어나고
법계체성(法界體性)도 벗어나면

처음 없고, 끝없는 성품
부사의 밀장(密藏)
대일여래(大日如來) 태장계(胎藏界)의 성품,
무시성(無始性)이며
무종성(無終性)인 청정한 생명 빛 성품에
들게 된다.

이 생명 빛 성품 축복은
온 법계에 두루하고

이 광명 축복 성품은
온 법계에 두루 무한 무한 충만이다.

온 법계는
대일여래(大日如來) 태장계, 생명 성품 속에
법계의 생명과 만물이
이 성품 축복 속에 살아 숨 쉬고 있다.

온
생명체와 만물의 생명 숨결이
이 생명 성품, 무한 광명성품의 축복이다.

모든
생명체들이
궁극의 행복을 그리워하고
영원한 안락과 기쁨을 꿈꾸는 이것은
생명 무한 광명 빛 축복을 향한
혼(魂)빛 끌림 때문이다.

모든
생명이 죽고

또,
죽고

죽어도, 또 죽고

죽음이 두려워도
또,
죽는 그것은

생명 무한 광명 축복을 향한
혼(魂)빛 끌림의 길을 따라
영원한 생명, 무한 축복 무한 기쁨을 찾아가는

간절한
생명 무한 승화의 행복을 위한
이상(理想)의 길이다.

끝없는
우주의 생명들이

대일여래의 태장(胎藏), 그 영원한 생명
무한 광명 축복을 향해

죽고
또, 죽고
또, 죽어도, 죽음 없는 영원한 생명 무한 축복
무한 빛의 끌림을 따라

그
영원한 죽음 없는 행복
무시성(無始性)이며, 무종성(無終性)인
궁극 생명의 무한 각성광명 축복을 향해
영원한 생명의 무궁한 궁극의 무한 기쁨을 꿈꾸며
생명 숨결은

우주의 태장(胎藏)
그 영원한 축복, 생명 무한광명 행복을 찾아

죽고
또, 죽고
또, 죽어도, 그 영원한 생명 무한 행복
혼(魂)빛 끌림의 길을 따라
끝없는 우주의 생명들이 흐르고 있다.

옴,
옴(om)의 길을 향해
생명 축복, 우주 무한 비밀장(秘密藏)으로 향한다.

생명
영원한 축복
우주의 태장(胎藏)
영원한 생명의 무한 행복, 그 깨달음 각성 무한광명 길이

곧,
옴이다.

또,
그 깨달음 소리가

곧,
옴(om)이다.

옴(om)은
생사 없는 초월 광명, 영원무궁한 생명 각성을 축복하는
무한 찬탄의 소리이다.

03. 중(中)

중(中)에는
중(中)이 없다.

그러므로
중(中)이다.

중(中)에
중(中)이 있다면
그것은 중(中)이 아니다.

중(中)은
깨어 있어
깨어있는 그것뿐,

그
외(外)에 따로
중(中)이 없다.

중(中)은

깨어 있어
중(中)도 없고, 변(邊)도 없다.

중(中)이 없는데
변(邊)이 있을 수 없고

변(邊)이 없는데
중(中)이 있을 수가 없다.

중(中)을 보는 자는
중(中)이 아니다.

중(中)인
핵(核), 심(心)에 들면
단지, 각(覺)일 뿐
중(中)이 없다.

중(中)은,
중(中)과 변(邊)을 논하는
논리나, 말이나, 글이 아니다.

바로
각성이 밝게 깨어있는 그 자체이다.

그것의 다른 말은
공(空)이다.

또, 다른 말은
실(實)이다.

또, 다른 말은
각(覺)이다.

또, 다른 말은
불이(不二)이다.

또, 다른 말은
무상(無相)이다.

또, 다른 말은
심(心)이다.

또 다른 말로 하면
불(佛)이다.

또,
다른 말로 하라 하면,

입술이 사라져
혀가 시방 허공을 삼켜버려
밝은 해가 동서(東西)를 잃었다.

04. 도(道)

도(道)는
없다.

없다.
그것이 참 도(道)이다.

마음에 도(道)가 있으면
그것에 머무르고, 시비(是非)하다 끝내는
도(道)를 잃어버린다.

도(道)는
이론이나 언어가 아니라
본래 마음이 깨어있는 그것이 도(道)이다.

깨어 있어
머무르고 시비(是非)함이 없다.

없어

없는 것이 아니다.

있어도 없는 것은
그 모두가
도(道)의 모습이기 때문이다.

분별에는 도(道)가 없고
도(道)에는
분별이 끊어졌다.

일체가
한 성품이기 때문이다.

한 성품에는
나 있을 수 없다.

도(道)는
나 없는 그 길이다.

그것이
도심(道心)이며
밝은 도안(道眼)이다.

도(道)는
없어, 없는 것이 아니다.

마음이 깨어 있어
상(相) 없어 도(道)이며
분별없어 도(道)이다.

마음에
일체(一切) 시비심이 끊어져 도(道)이다.

나 없는
청정(淸淨), 그 자체가 도(道)이다.

그것이
시작 없는 비롯함이며
끝없는 무한이다.

곧, 일러
중(中)이다.

이는
무시성(無始性)이며 무종성(無終性)인
무연성(無緣性),
심(心)이다.

05. 해탈

해탈(解脫)은
내가 나를 속박하고 얽맴을 벗음이다.

미움으로 나를 얽매고
싫고, 좋음으로
나를 얽맨다.

분별과 사량이
미혹에 이끌린 묵은 습관의 행위가
잠시도 나를 얽매는 집착의 행을 쉼이 없다.

해탈은
누가 나에게 주는 것이 아니다.

스스로 나의 얽맴의 행위를 벗음이
해탈이다.

해탈은
하늘에서 비가 내리듯
누가 나에게 주는 선물이 아니다.

해탈은
내가 나를 얽매는 속박 행을 벗음이다.

내가
나를 속박하고 얽매는 행위를 쉬지 못하니
오죽하면,
그것을 무명(無明)이라 했으며
어리석음이라 했으랴!

해탈은
나를 얽매는 습관의 행위를 벗어남이다.

내가, 나를 얽매기 전에는
속박되지 않았다.

무명(無明)은
무엇이든, 미혹으로 바로 보지 못함이며

어리석음은
무명에 의해 나를 얽매는 행위다.

해탈이란, 무명과 어리석음을 벗음이다.

무명으로
어리석음으로 나를 옥죄고 옭아매는 행위를
잠시도 쉼이 없다.

천겁(千劫)이 흘렀고
억겁(億劫)이 흘렀어도 그것을 깨닫지 못하면
오랜 묵은 습관에
자신을 얽매는 속박의 행위를 쉬지 않는다.

해탈은
속박 없는 나의 본래 모습이다.

자신을 얽매는 미혹의 습관에 젖어
오랜 억겁을 그렇게 살았으니

본래, 자신이 해탈임을 몰라
억겁의 습관에 젖어, 자신을 얽매는 습관의 행위를
잠시도 쉼이 없다.

깨달음은
본래, 자신이 얽매임 없는 해탈임을
깨닫는 것이다.

해탈, 그것은
무엇에도 얽매임 없는 본래의 자신이다.

그것을 깨달으면
무엇에도 얽매임 없는 해탈 광명의 삶을
살게 된다.

해탈은
무엇에도 얽매임 없고,
무엇으로도 얽맬 수 없는
본래의 나이다.

바람에도
햇빛에도
허공에도
생각에도
시간에도
공간에도
물질에도 걸림 없고,

어떤 상(相)에도
어떤 수승한 깨달음에도
어떤 대 해탈상에도 걸림 없는
대 자유 대해탈이다.

대(大)
해탈(解脫), 그것이 본래
나이다.

나,
곧, 대 해탈 자재(自在)이다.

천겁, 만겁, 억겁이 흘러도
영원한
죽음 없는 대 해탈
불괴신(不壞身) 광명이다.

그것이
파괴되지 않으므로 금강(金剛)이라 한다.

금강은
본래 해탈, 나를 일컬음이다.

본래, 나는
우주 창조, 그 이전에도 유유자존(幽幽自存)한
무시성(無始性)이며,
우주 종말, 그 후에도 멸(滅)하지 않는
무종성(無終性)이므로
법신(法身)이라고 한다.

법신(法身)은

무명(無明) 없는 밝음의 성품, 광명(光明)이니
변일체처(遍一切處) 광명변조(光明遍照)이다.

본래 나를 깨달으면
곧, 대 해탈 대원광명(大圓光明)
변일체처(遍一切處) 광명변조(光明遍照)이다.

나,
해탈신(解脫身)이
곧, 변일체처(遍一切處) 광명변조(光明遍照)이다.

나, 본래
곧, 무한 광명이다.

그
무한 광명의 빛으로
지금 보고, 듣고, 말하고 있다.

꽃을 보고
향기를 맡는 작용이
곧, 본래 무한 광명의 작용이다.

촉각이 살아 있는
이 자체가

곧, 본래 해탈, 무한 광명의 작용이다.

깨달음으로
본래 광명(光明)에 들면

그 광명이
시방 우주 일체에 두루한
변일체처(遍一切處) 광명변조(光明遍照)이다.

그 광명은
꽃 한 송이 바라보고 향기를 맡을 뿐만 아니라
시방 우주가 꽃 한 송이임을 깨달으며
우주의 향기까지 맡게 된다.

그것은
광명이 변일체처(遍一切處) 광명변조(光明遍照)이기
때문이다.

그것,
대(大) 해탈신(解脫身), 법신광명(法身光明)이
곧, 나이다.

06. 본성(本性)

본성(本性)은
우주 만물의 근본이며, 바탕 성품이다.

그러므로 본성은
모든 존재인 물질계, 생명계, 심식계(心識界)의
근본이며, 바탕 성품이다.

본성(本性)의 본(本)은
근본이며, 근원인 바탕을 일컬으며,
본성(本性)의 성(性)은
근본이며, 근원인 실체 작용체를 일컬음이다.

그러므로 일체 존재는 본성의 작용이며
본성의 작용은 일체 존재의 섭리이며
일체 존재의 형태와 모습, 생멸작용과 운행은
본성 섭리에 의함이다.

일체 존재는
본성 섭리의 작용으로 존재하므로
모든 존재는 본성을 벗어나 있지 않으며
본성 섭리에 의한 작용의 모습이다.

모든 존재가 각각 차별이 있음은
본성 섭리의 작용에 의한
무수 인연작용 생태 섭리에 의함일 뿐
모든 존재의 실체와 근원이 다르지 않다.

그러므로
형체나 색깔이 있거나, 형체나 색깔이 없거나
물(物)에 속하든, 심식(心識)에 속한 것이든
어느 것, 한 개체의 본성을 깨달으면
일체 존재의 본성은 차별이 없어
모든 존재의 실체와 근원을 바로 깨닫는다.

본성을 깨달음이
일체 차별차원, 모든 존재의 본성을 한목 깨달음이며
일체 유무(有無)의 근원과 실체를 깨달음이며
일체 물(物)과 심(心)의 근원과 실체를 깨달음이며
천지생성 태초 이전인 근원과 실체를 깨달음이며
모든 존재와 생명의 실체를 깨달음이며
일체상과 심식을 초월한 성품을 깨닫는다.

그 까닭은

본성은 일체 존재가 차별 없는 근원인
한 성품이기 때문이다.

본성은 무위(無爲)의 성품이니
일체(一切) 시공(時空)과 물(物)과 심식(心識)에
장애 되거나 걸림이 없어 항상 청정하며
무엇에도 물듦이 없는 성품이다.

본성이
일체 차별차원의 인연을 따라 작용하고 변화함은
청정무위(淸淨無爲)의 절대성(絕對性)인
무자성(無自性)의 특성과
무엇에도 이끌리거나 치우침이 없는
무유정(無有定)의 심오(深奧)한 작용의
특성 때문이다.

그러므로
일체 차별차원의 물(物)과 심식(心識)과 생명과
우주 삼라만상 만물의 무궁조화(無窮造化)와
우주 만물의 운행과 작용의 조화가
끝없이 이루어진다.

본성인
무위성품 작용 특성의 심오함을 깨달으면
물질계든, 심식계든, 생명계든

삼라만상의 일체 차별차원인 만물의 작용과 운행
생멸변화의 모습과 불가사의한 작용은
본성 무자성(無自性)이
무위(無爲)의 절대성(絕對性)으로
무엇에도 치우침 없는 무유정(無有定)의 심오한
부사의 작용의 특성에 있음을
깨닫는다.

본성을 깨닫기 위해선
유위(有爲)의 심식(心識)인 일체상을 벗어난
무위(無爲)를 깨달아야 한다.

유위심(有爲心) 의식(意識)의 분별과 사량으로는
무위 본성을 깨달을 수가 없으니
유위심식(有爲心識)을 소멸하는 수행의 과정을 통해
자아의식(自我意識)의 소멸로
일체상(一切相)과 일체심식(一切心識)이 소멸하면
무위(無爲)의 본성을 깨닫는다.

무위(無爲)를 깨닫지 못하면
무위 성품인 본성을 깨달을 수가 없으니,
심(心)과 물(物), 일체상(一切相)의 분별심인
심식(心識)의 완전한 소멸의 과정이 없으면
무위를 깨닫지 못해, 무위 본성을 알 수가 없으며
무위의 본성에 들 수가 없다.

본성은 무위의 성품이니
심(心)과 물(物), 일체상(一切相)의 분별심인
의식의 일체 분별과 사량은
유무(有無)에 의지한 유위식심(有爲識心)이므로
유위심(有爲心)이 무한 깊고 정밀하여도
유무(有無)에 의지한 심식(心識)의 작용이니
그 의식(意識)의 분별과 사량으로는
무위를 깨달을 수가 없다.

또한,
어떤 분별과 사량으로 무위, 또는 본성을 헤아려도
그것은 무위가 아닌 유위이며
본성이 아닌, 유위의 분별심일 뿐이다.

유무의 상(相)의 상념
분별에 의지한 자아의식(自我意識)이 소멸해야
무위의 본성을 깨닫는다.

무위의 본성을 깨닫게 됨은
일체 분별심의 주체, 자아의식이 소멸하여
심(心)과 물(物)의 일체상(一切相)을 벗어나므로
태초, 하늘과 땅이 열리기 전(前)
무시무종성(無始無終性)인 본래 본연의 성품
청정 무위(無爲)의 성품을 깨닫는다.

깨달음은
무위를 깨달음이며
우주와 만물의 본성을 깨달음이다.

본성은
우주의 만물과 일체심(一切心)에 걸림이 없으며
과거, 현재, 미래의 일체 시공(時空)에도 걸림이 없는
불가사의 성품이다.

또한,
과거, 현재, 미래의 일체시공(一切時空)과
일체물(一切物)과 일체식심(一切識心)을 생성하는
근원이며, 근본 바탕인 성품이다.

나의 본성이
곧, 우주의 근본 바탕이며
시방 무궁조화(無窮造化), 우주 만물의 실체이다.

삼라,
우주 만물 만 생명의 신비와 비밀스러움이
곧, 본성의 오묘함과 심오함에 있다.

본성은 진리의 실체이며
우주의 일체 섭리와 원리는
본성의 섭리와 원리이다.

본성을 깨달음이
곧, 진리의 실체를 깨달음이며
우주의 섭리와 원리를 깨달음이며
태초 이전과 이후의 불가사의 무량 삼세(三世)
무궁조화(無窮造化)의 근본과 섭리를 깨달음이다.

본성은
우주의 근본이며
일체 만물 조화(造化)의 근본이며
일체 생명의 근본이며
일체 심식(心識)의 근본이다.

하늘, 땅, 우주 일체(一切)
그것이 무엇이든
본성의 작용과 섭리에 의함이니

우주,
무수 차별차원 그것이 무엇이든
본성을 벗어난 것은 일물(一物)도 없다.

본성을 깨닫지 못하면
우주 만물의 섭리에 대한 바른 안목과
지혜를 열지 못한다.

07. 무생(無生)

무생(無生)은
무시무종성(無始無終性)이다.

무생(無生)은
본성(本性)을 일컬음이다.

본성은
일체 존재의 본성이다.

본성은
창조되거나, 생성되거나
인연으로 만들어지거나
무엇에 의해 비롯한 생멸(生滅)과 시종(始終)의
성품이 아니다.

본성은
생(生)도 없고, 멸(滅)도 없고
처음도 없고, 끝도 없는

본래 무시무종(無始無終)인 본연성(本然性)이다.

그것은
무위(無爲)의 성품이기 때문이다.

일체 유위(有爲)는
생멸(生滅)의 상(相)이니
생멸(生滅)에 의한 시종(始終)의 존재이다.

무엇이든
생(生)이 있어야만 존재한다는 것은
유위(有爲)의 생각이다.

유위는 생(生)이 없으면
존재할 수가 없다.

모든 것은
생(生)이 있어 존재하는 것은 아니다.

무위(無爲)는
생(生)함이 없어 무생(無生)으로 존재한다.

이 말을
유위견(有爲見)으로는 이해할 수가 없다.

유위견(有爲見)은
상(相)에 의지한 견(見)이니,
그것이 무엇이든 생(生)이 있어야만 존재하며
생(生)이 멸(滅)하면 존재가 사라지므로
무존재(無存在)라고 생각한다.

무위(無爲)의 성품은
무생(無生)의 성품이므로
시(時)와 공(空), 유(有)와 무(無),
물(物)과 심(心), 생(生)과 멸(滅),
식(識)과 의(意)에 걸림 없다.

무위(無爲)의 성품은
무생(無生)의 성품이니
생(生)과 멸(滅)이 없는 성품이므로
무시무종성(無始無終性)이다.

이는,
우주와 만물이 열리기 전에도 존재했으며
우주와 만물을 생성한 성품이므로
만물의 본성(本性)이라고 한다.

생(生)이 없어도 존재함을
비유하자면

우주의 텅 빈 허공은 누가 만들지 않았고
생성되어 존재해 있는 것이 아니다.

그러므로
텅 빈 허공은 생겨난 처음이 없고
생겨난 처음이 없으므로, 소멸하는 끝도 없다.

텅 빈 허공은 옛것도, 지금 것도 아니고
미래의 것도 아니므로
과거, 현재, 미래로 흐르는 시간의 흐름과 현상을
초월해 걸림이 없다.

왜냐면,
허공은 생멸의 것이 아니므로
시간과 현상의 변화에 예속되지 않기 때문이다.

허공은
시간과 변화가 끊어진 존재이다.

그와 같이
시(時)와 공(空), 유(有)와 무(無),
물(物)과 심(心), 생(生)과 멸(滅),
식(識)과 의(意)에 걸림이 없이
처음도 없고, 끝도 없는 성품이 있으니
그것이 본성이다.

본성은
시종(始終)이 없는 본래의 성품이란 뜻이다.

본성(本性)이라 함은
본래(本來)와 본연(本然)과 근본(根本)과
실체(實體)을 뜻함이니

본래(本來)라 함은
우주와 만물이 열리기 전에도 항상한 성품이란
뜻이다.

본연(本然)이라 함은
시종(始終)과 생멸(生滅)이 없이
본래 무시무종성(無始無終性)으로 항상한
무생(無生)의 성품이란 뜻이다.

근본(根本)이라 함은
우주와 만물의 바탕이며, 일체의 근원이란 뜻이니
우주, 만물, 만 생명, 일체식심(一切識心)이
본성으로부터 비롯하였음을 뜻한다.

실체(實體)라 함은
우주와 만물, 만 생명, 일체식심(一切識心)이
본성 섭리의 작용으로 화현한 현상이니
일체(一切) 현상의 실체가
곧, 본성이란 뜻이다.

본성은
하늘과 땅이 열리기 그 이전에도 있었다.

유위(有爲)만을 알면
만물의 근원이, 천지(天地)가 생성된 태초(太初)인
하늘과 땅이 열리므로 비롯한 것으로 생각한다.

유위(有爲)를 초월한 무위(無爲)를 깨달으면
만물의 시작이며, 근원이
하늘과 땅의 열림으로 태초(太初)가 비롯됨이 아니라
하늘과 땅이 열리기 이전부터 유유자존(幽幽自存)한
시간성(時間性)을 초월한 무위본성(無爲本性)을
깨닫는다.

무위본성(無爲本性)은
하늘과 땅이 열리는 창조로 비롯하였거나
무엇에 의해 생성된 것이 아니니
생멸이나, 시간의 변화와 흐름이 끊어져
본성은 하늘과 땅, 만물뿐만 아니라
옛과 지금 시간의 흐름이 끊어진 그대로
우주, 하늘 땅 만물 생멸변화와 관계없이
항상 할 뿐이다.

이는
단순, 말이나 논리(論理)
또는, 추리가 아니라

깨달음으로 본성에 증입(證入)해
생멸과 시간이 끊어진 본성의 존재를 깨달음으로
알게 된다.

이 깨달음으로
유위(有爲)의 일체상(一切相)과
유무(有無)의 일체견(一切見)을 초월한
무위본성(無爲本性)의 지혜를 증득한다.

깨달음이란
무시무종성(無始無終性)인 무위본성(無爲本性)을
깨달음이다.

이는
시간과 생멸이 끊어진 성품에 듦이며
일체 유위(有爲)가 끊어진 무위(無爲)에 듦이며
천지탄생 그 이전의 상태에 듦이다.

이것이
본성을 깨달음이다.

깨달음이란, 유위를 초월하여
무위를 깨달음이다.

무위(無爲)가
곧, 무생(無生)이다.

무생(無生)은
생멸과 시간이 끊어졌고
일체상의 변화와 유무(有無)도 끊어졌다.

무생(無生)은
생멸 없는 본성이다.

생멸 없는 본성은
곧, 만유(萬有)의 본성이며
생명의 실체이다.

만유(萬有)의 모습은 시간에 속한 것이니
시간의 흐름을 따라 변화한다.

그러나
그 만유의 본성은 시간에 속한 것이 아니므로
시간의 흐름에 걸림이 없어, 일체 변화가 끊어졌다.

사람의 육체는 유위이며, 생멸의 시간에 속한 것이니
육체는 시간의 흐름을 따라 변화할지라도
생명은 유위가 아니므로
나이도 없고, 변화도 없고, 태어남도 죽음도 없다.

태어나고 죽음은
인연 생태작용에 의한 사람의 육체일 뿐
생명은 태어남도 죽음도 없다.

태어남과 죽음도
생사 없는 본성의 섭리인 생명작용일 뿐이다.

일체 현상은 생멸의 변화가 있어도
존재 그 본성은
생멸의 변화가 끊어졌다.

무생(無生)을 깨달음이
본성을 깨달음이며
자신 생명의 실체를 깨달음이다.

본성과 생명은 다르지 않으며
생명이 곧, 무생(無生)의 성품이다.

만약,
본성에 생명성(生命性)이 없다면
본성의 작용으로
생명체가 태어날 수가 없다.

본성의 작용으로
생명체가 태어남은
본성, 그 자체가 생명성이기 때문이다.

생명작용은 본성의 섭리이며
본성의 섭리로 생명작용이 이루어진다.

본성,
무생(無生)을 깨달아
무위(無爲)에 들면
하늘도 땅도 이 우주도 없는
청정한 생명 본연(本然)의 성품에 든다.

무위의 성품은
일체 존재가 끊어진 성품이다.

무위의 성품을 깨닫고
무위의 성품에 드는 것은

정신 승화의 깨달음이
본성과 동일한 무위의 성품에 듦으로
본성인 무생(無生)의 성품을 깨우친다.

정신이 유위에만 머물러 있으면
유위의 촉각과 감각으로 유위만을 인식한다.

일체 유위의 본성은 무위이며
일체 생명의 성품 또한, 무위의 성품이다.

본성, 무위, 생명은 인식의 이름만 다를 뿐, 한 성품이며
무생(無生)의 성품이므로 생과 멸이 없어
성품이 생성되는 시(始)와
성품이 소멸하는 종(終)이 없다.

이것이
무생(無生)이며
곧, 무시무종성(無始無終性)이다.

무생(無生)을 깨달음이
자신의 본성과 생명의 실체를 바로 깨우침이다.

이것이 깨달음이다.

깨달음은
무시성(無始性)이며, 무종성(無終性)인
무시무종성(無始無終性)을 깨달음이니
이는, 자신의 본성과 생명의 실체를 깨달음이며
우주, 태초(太初) 이전의 상태를 깨달음이다.

이것은
유위의 지식과 관념으로는 이해할 수 없는
부사의함이다.

무엇이든, 촉각하고 인식하며 감각하는 것은
동일성품 차원의 것일 때에만 가능하다.

만약, 촉각기능과 감각기능이 있어도
촉각과 감각의 차원을 벗어난
물질적, 정신적 다른 차원의 것이면
그 촉각과 감각기능으로도 다른 차원의 것은 인식할
수가 없다.

그러므로
깨달음으로 정신이 무위에 이르면
정신이 무위이므로
동일성인 본성 무위의 성품을 바로 깨닫는다.

그것은
수행 정신의 각력(覺力)이 무위에 들어
수행 정신이, 본성과 다름이 없는 동일성을 이룬
동일법성(同一法性)에 들기 때문이다.

만약, 불이(不二)의 동일법성(同一法性)이 아니면
서로 다른 차원의 층(層)의 관계가 형성되므로
동일법성에 들지 못한 정신의 촉각과 감각으로는
알 수가 없다.

본성을 깨달음으로
우주의 본성과 자신의 본성이 둘이 아닌
무위성을 깨달으며
이로써, 만유(萬有)의 근원과 근본을 깨달아
하늘과 땅, 만물이 열리기 전의 상태를 안다.

유위견(有爲見)은
상(相)에 의지한 식견(識見)이니
유위만 알뿐, 무위를 알지 못하고
무위를 깨달으면 무위를 알며, 또한 유위도 안다.

유위는 현상세계이므로
몸의 촉각과 감각으로 인식하고 헤아리며
앎과 지식으로 분별할 수 있으나,
무위는 현상세계를 초월한 것이므로
무위를 깨우침은, 분별세계의 앎과 지식이 아닌
유위를 초월한 직관(直觀)의 지혜이므로
곧, 깨달음의 지혜이다.

깨달음의 지혜는 무생지혜(無生智慧)이니
일체, 앎과 지식과 유위의 견해로는 알 수가 없다.

그러므로 유위의 견해로는
앎과 지식의 일체 유위의 세계를 초월한 무생(無生)인
무위 본성의 깨달음에 들 수가 없다.

그러므로
깨달음의 지혜를 초월의 지혜라고 한다.

초월의 지혜는
일체 유위세계를 초월한 지혜이며
이는, 깨달음의 지혜이며, 무위의 지혜이며

본성의 지혜이며, 생명 실상의 지혜이며
우주 본성의 지혜이며, 생멸세계를 초월한 지혜이다.

이것이
무생(無生)의 지혜이다.

무생(無生)은
어떤 논리나, 철학이나, 지식의 세계가 아니라
생명의 실체이며, 우주 만물의 근본이며
일체 존재와 생명의 본성이다.

무생(無生)을 모르면
무생(無生)만 모르는 것이 아니다.

무생(無生)을 모름이
자기 생명의 실체를 모름이며
자신과 우주와 만물의 본성을 모름이며
하늘과 땅이 열리기 전을 모름이며
만물 존재의 실상을 모름이다.

무생(無生)을 깨달아
무생(無生)의 성품에 항상 계시므로
불(佛)이라고 한다.

그러므로
무생(無生)을 알면, 불(佛)을 알게 된다.

무생(無生)을 모르면
불(佛)을 알 수가 없다.

왜냐면,
무생(無生)이 곧, 불(佛)이기 때문이다.

불성(佛性), 또한 무생(無生)이며
불지혜(佛智慧), 또한 무생(無生)이며
반야(般若), 또한 무생(無生)이며
각(覺), 또한 무생(無生)이며
진여(眞如), 또한 무생(無生)이며
보리(菩提), 또한 무생(無生)이며
열반(涅槃), 또한 무생(無生)이며
무상각(無上覺), 또한 무생(無生)이며
진리(眞理), 또한 무생(無生)이며
실상(實相), 또한 무생(無生)이며
공(空), 또한 무생(無生)이다.

우주와 삼라만상 만물은
무생(無生) 속에 흐르는 인연생기(因緣生起)의
현상이다.

무생(無生)은
우주 만물의 시(始)와 종(終)에 걸림 없는
우주와 일체 존재의
본성이다.

무생(無生)은
생멸을 초월한 생멸 없는 나의 생명성(生命性)
그 자체이다.

08. 보리(菩提)

보리(菩提)는
각(覺)이다.

각(覺)은
항상 깨어있는 본래의 각성(覺性)이다.

각(覺)은
무한 지혜의 광명이다.

왜냐면,
각(覺)은 원융히 두루 밝아
무한 지혜의 근원 성품이기 때문이다.

각(覺)이라 함에는
두 가지 인식의 각(覺)이 있다.

하나는
보리(菩提)인 본각(本覺)이다.

또, 하나는
깨달음인 증득(證得)이다.

보리(菩提)와 증득(證得)은 다르다.

보리(菩提)는
항상 깨어 있는 본연(本然)의 성품, 본각(本覺)이다.

증득(證得)은
미혹을 벗어, 본성을 깨달은 증(證)함을 일컬을 뿐
보리(菩提)의 각(覺)을 말함이 아니다.

보리(菩提)는
본성의 성품이므로 미혹을 벗음도 없고
깨달음인 증득(證得)도 없다.

깨달음인
미혹을 벗어남, 각(覺)에 듦, 증득(證得) 등은
본성의 보리(菩提)를 일컬음이 아니라,
상(相)과 유위(有爲)의 미혹을 벗어남과
무위(無爲)의 성품을 깨달음과
무위(無爲)의 성품에 듦을 일컬음이다.

보리(菩提)인 각성은 본각(本覺)이라
시종(始終)이 없이 항상 원융히 두루 밝게 깨어 있어
깨달음의 작용, 미혹을 벗어남, 무위에 듦의
이런 의식작용이 끊어진 성품이다.

보리(菩提)는
증득하여 얻거나, 무엇으로 얻어지는
그런 성품이 아니다.

보리(菩提)는
본래 무시무종(無始無終)의 성품이므로
불(佛)이든, 중생이든 차별 없는
본래 본연(本然)의 성품이다.

단지,
불(佛)은 본각(本覺)인 보리의 성품에 항상 계시며
중생은 미혹으로, 본래 각성인 본각(本覺)을
깨닫지 못한 미망(迷妄) 속에 있을 뿐이다.

불(佛)은
곧, 보리(菩提)란 뜻이다.

그러므로
불(佛)은 깨달은 분이 아니라
본각(本覺)으로 항상 깨어 있는 분이다.

불(佛)을,
깨달은 분이란 인연사로만 이해하고 있음은
미혹에서의 견해이다.

본래 각성은
미혹을 벗음과 깨달음 증득이 끊어진 성품이므로
보리(菩提)는 미혹을 벗음과 깨달음을 얻음인 증득
그런 것이 없다.

보리(菩提)는 항상 깨어있는 성품이므로
불(佛)은, 항상 본각(本覺)의 성품으로 깨어 있을 뿐
깨달음으로 불(佛)이 아니다.

깨달음인
증득(證得)은 미혹 의식의 경계이니
증득, 그 자체가 어떠한 차원의 것이냐에 따라
그 증득의 경계가 다르다.

미혹을 벗음과 본성을 깨닫는 깨달음이란
미혹을 벗어 깨달음을 얻는 증득(證得)일 뿐
본각(本覺)인 보리(菩提)가 아니다.

보리(菩提)의 성품에는
깨달음이나, 증득이란 것도 없다.

왜냐면

보리(菩提)는 깨달음도 아니며
또한, 증득(證得)도 아닌
본래 항상 깨어있는 성품인 본각(本覺)이기 때문이다.

또한, 보리(菩提)는
깨달음과 증득으로 취할 수 있는
유위성품이 아닌 무위본성(無爲本性)이기 때문이다.

보리(菩提)는
본래의 성품이니
불(佛)이나 중생이어도 다를 바 없는 성품이며
불(佛)이나 중생이나 항상 여읨이 없는
본래의 성품이다.

단지,
중생은 유위의식(有爲意識)에 젖어 있어
보리(菩提)의 성품을 깨닫지 못할 뿐이다.

보리(菩提)를 깨달으려면
보리는 무위 본성의 각성(覺性)이니
무위를 깨닫는 무위의 지혜를 열어야만
보리를 깨달을 수가 있다.

본성이 보리(菩提)의 성품이니
본성을 깨달음이 보리(菩提)를 깨달음이며
보리(菩提)가 무위(無爲)의 성품이니

깨달음이 곧, 무위를 깨달음이다.

보리(菩提)를
본래 각성(覺性)인 본각(本覺)이 아닌
단지, 깨달음인 증득(證得)으로 보거나
또는, 깨달음 얻음의 각(覺)으로 본다면, 그 깨달음은
무시무종(無始無終)의 본각(本覺)이 아니므로
보리(菩提)를 헤아리는 그 깨달음과 각(覺)은
곧, 미혹이며, 망견(妄見)이며
망각(妄覺)이다.

만약,
눈을 감은 자가
자신이 눈을 떠, 자신의 눈을 얻었다고 하면
그것이 어떻게 얻은 눈이겠는가?!

그러므로
본래 눈이 있는 자가, 눈을 얻었다는 것은
미망견(迷妄見)이다.

눈을 얻음인 눈뜸, 깨달음이 곧, 망견(妄見)이며,
눈뜸으로 인해 눈을 얻었다는 그 눈이 본래의 것이니
눈을 얻었다는 생각과 얻은 눈이 있다고 생각함이
미혹이며, 망견(妄見)이다.

그러므로, 본래 항상한 눈임을 알면
그 눈은 얻음인 증득(證得)도 없고, 성취도 없고
완성도 없다.

그러므로
본래 항상한 보리(菩提)의 성품에 들면
깨달음도 미망견(迷妄見)이니 사라져
본래 깨달을 것이 없음을 깊이 사무쳐 앎으로
깨달음의 성취와 증득과 완성이
곧, 미망(迷妄) 속의 일임을 안다.

그러나
자신에게 지혜의 눈, 보리(菩提)가 있음을 모르면
보리를 깨닫는 깨달음의 지혜를 얻어야만
지혜 광명인 보리(菩提)를 알 수가 있다.

보리(菩提)는
불지혜(佛智慧)의 밝은 눈이며, 광명이다.

보리(菩提)를 깨우침이, 미혹 속의 일이며
일체행(一切行)이 보리(菩提)를 벗어나지 않음이
곧, 불(佛)인 본각(本覺)이다.

보리(菩提)는
본래 무한 원융광명(圓融光明)인
변일체처(遍一切處) 광명변조(光明遍照)의 성품이다.

각(覺)은
본각(本覺)인 본래의 성품으로
시종(始終) 없이 두루 밝은 성품이다.

보리(菩提)는
곧, 본성의 성품으로
두루 밝은 원융광명의 성품을 보리(菩提)라 함은,
보리(菩提)는
무한 시방을 두루 걸림 없이 항상 밝게 보는
각성(覺性)이기 때문이다.

09. 진여(眞如)

진여(眞如)는
물듦 없어 변함없는 항상 청정한 성품이다.

진(眞)은 진성(眞性)임을 일컬으며
여(如)는 불변성(不變性)임을 일컫는다.

진여(眞如)의 진(眞)을 진성(眞性)이라 함은
진성(眞性)은
생멸하거나, 파괴되거나, 부서지거나, 무너지거나,
변하는 성품이 아니기 때문이다.

진여(眞如)의 여(如)를 불변성(不變性)이라 함은
진여(眞如)는 생멸(生滅), 선악(善惡), 유무(有無)와
오탁(汚濁), 청정(淸淨), 무명(無明), 미혹(迷惑)과
일체 상(相)과 심식(心識)의 업력(業力)과
시방(十方) 그 무엇에도 물듦 없고, 변함 없어
그 성품 청정하여 불변이므로
여(如)라고 한다.

그러므로 진여(眞如)를
청정성(淸淨性)이라고 하며
무염성(無染性)이라고 하며
여여성(如如性)이라고 한다.

청정하여 물듦 없고, 변함이 없으므로
진여(眞如)를 연꽃의 성품에 비유하기도 한다.

진여(眞如)는
본성의 성품으로
시종(始終) 없는 무시무종(無始無終)의 성품이다.

이를 비유하면,
무너지지 않고, 변하지 않으며
물들지 않는 허공의 성품과도 같다.

진여(眞如)는
본성으로
본래 마음의 성품이므로
본심(本心)이다.

본심(本心)은
무엇에도 물들지 않아 항상 변하지 않으며
생멸하거나 파괴되지 않고 걸림 없이 자재(自在)하여
항상 청정하다.

그러므로 본심(本心)은
생멸 변화와 시간 세월의 흐름과
좋고 나쁨과 선(善)과 악(惡), 생사(生死) 등
어떤 상(相)과 업(業)에도 걸리거나 물듦 없어

항상,
진여(眞如) 그 모습 그대로 물듦 없이 언제나
청정하다.

물듦을 인식하는 그 마음은
본래 마음이 아닌 상(相)에 의지한 상념(想念)인
자아의식(自我意識)이다.

자아(自我)는
상(相)에 의지한 의식(意識)이므로
진여(眞如)의 성품 속에
인연과 업식(業識)을 따라 일어났다 사라지는
식(識)의 그림자 파동이다.

그러나
그 바탕 본성은 진여의 청정성품이니
아무리 식(識)의 그림자 파동이 거세고
자아의식이 사량과 분별과 감정으로 혼탁해도

진여는
허공처럼 물듦이 없고, 변함이 없이

항상 청정하다.

진여를 깨달으려면
진여는 무위 성품이므로
깨달음으로 무위 성품에 들어야 한다.

깨달음으로 무위 성품에 들기 전에는
진여를 알 수가 없다.

진여는
무위 성품으로, 일체상(一切相)과
일체식(一切識)을 초월한 성품이기 때문이다.

진여를 깨달으면
본심(本心)은 본래 생멸이 없고
무엇에도 물듦이 없는 성품임을 깨닫는다.

어떤 업력으로도 진여를 물들게 할 수도 없고
어떤 욕망과 집착으로도 진여는 물들지 않는다.

또한,
어떤 좋은 것에도 물들지 않고
어떤 나쁜 것에도 물들지 않고
어떤 중생심에도 물들지 않고
어떤 깨달음에도 물들지 않고

어떤 불심(佛心)에도 물들지 않고
물에도 젖지 않고, 불에도 타지 않는
청정무염(淸淨無染) 성품이다.

그것이
마음이다.

그것이
본래의 마음이다.

그것이
본심(本心)이다.

그것이
삼세(三世)에 물듦 없는 청정한 마음이다.

진여(眞如),
그것은, 삼세 제불(諸佛)의 청정한
본래의 마음이다.

10. 열반(涅槃)

열반(涅槃)은
생멸(生滅)이 없다.

생멸(生滅)이 없으므로
열반(涅槃)은 무생(無生)의 성품이며
무시무종(無始無終)의 성품이다.

열반(涅槃)이 생멸(生滅)이 없음은
생멸이 없는 무생적멸성(無生寂滅性)이기 때문이다.

적멸(寂滅)이라 함은
본성, 무위(無爲)의 부동성(不動性)을 일컬음이다.

무위(無爲)의 부동성(不動性)은
생(生)과 멸(滅)이 끊어져
일체 동(動)함이 없는 무위부동성(無爲不動性)이다.

상(相)의 부동(不動)은

상(相)의 고정(固定)이나, 머무름이니

상(相)의 부동(不動)으로
열반(涅槃)의 무위 부동을 이해해서는 안 된다.

왜냐면
무위는 상(相)이 없는 성품이니
그 성품이 무생적멸부동(無生寂滅不動)이기 때문이다.

열반(涅槃)은
번뇌를 끊어 열반에 드는 것이 아니며
번뇌를 벗어나 열반에 드는 것이 아니며
생멸을 끊어 열반에 드는 것이 아니며
생멸을 벗어나 열반에 드는 것이 아니다.

왜냐면
일체가 불이(不二)의 열반성(涅槃性)이니
번뇌의 성품이 열반성이며
생멸의 성품이 열반성이기 때문이다.

열반은 유위(有爲)가 아니니
번뇌를 끊거나, 벗어나거나
또한, 생멸심을 끊거나, 벗어나려는
유위심(有爲心)으로는 열반에 들 수가 없다.

일체 상(相)과 심(心)의 성품이
생멸 없는 불이(不二)의 열반성(涅槃性)임을 깨달아
그 성품에 들어야 한다.

불이성(不二性)인
무위 본성의 성품을 깨닫지 못하면
열반을 알 수도 없고, 열반에 들 수도 없다.

만약,
마음이 고요하고 적정하여 번뇌가 일어나지 않아
그것을 열반이라 생각한다면

그 열반은 유위심(有爲心)이므로
곧, 머무름이며, 변하고 파괴되는 생멸심(生滅心)일
뿐이다.

열반에는 열반이 없다.

왜냐면,
무위이므로, 상(相)과 심(心)이 끊어져
열반상(涅槃相)이나, 열반심(涅槃心)이 없기
때문이다.

불이(不二)가 열반(涅槃)이며

적멸(寂滅)인 공(空)이 열반(涅槃)이며
무위(無爲)가 열반(涅槃)이니
일체(一切)가 열반(涅槃)이다.

열반(涅槃)을
유위심이나 상견(相見)으로 헤아리면
그것은 상(相)의 상념(想念)인 유위상(有爲相)이라
곧, 사량에 의한 분별심이니
그런 열반은 본래 없다.

열반을 정(定)해 보는 상(相)의 사량 분별심이 끊어지면
그대로 일체가 원융한 열반이다.

그 사량과 분별이 끊어지지 않아도
일체가 그대로 적멸한 열반이다.

깨달음이란
일체(一切)가 불이(不二)의 열반성(涅槃性)임을
깨달음이다.

열반이 따로 있는 것이 아니다.

본래
일체가 본성, 열반성(涅槃性)임을 깨달음이
곧, 열반의 지혜이다.

열반은, 지음이나 조작이 아니니
만약, 본래 일체가 열반성(涅槃性)이 아니면
열반을 증득하거나, 열반에 들 수가 없다.

그러므로
일체가 본성의 성품, 열반성임을 깨닫지 못해
열반에 들지 못하므로
열반을 지음으로 얻으려 하고
열반을 성취하려고 한다.

본성을 깨달으면
일체가 열반성임을 깨달음이니
일체가 생멸 없는 열반성품임을 깨달음으로
열반 본성을 수순하여 본성 무위열반에 들게 된다.

본성을 벗어난 열반은 어디에도 없다.

만약,
본성을 벗어난 열반이 있다면
그 열반은 생멸 없는 무위열반이 아니라
열반을 정(定)해 보는 정념(定念)의 머무름으로
파괴되고 생멸하는 유위정(有爲定)인
망념(妄念), 환심(幻心)의 열반이다.

열반은 생멸이 끊어져

생멸심으로 구하고 여읨의 이법(二法)이 없으니

있는 그대로
보는 그대로, 바로 열반성(涅槃性)임을 깨달음이
곧, 미망(迷妄) 없는 본성무위(本性無爲)의
열반(涅槃)이다.

열반이, 고요함의 적멸은 곧, 상심(相心)이니
생각을 끊거나, 일으키지 않거나, 고요하게 하거나
무엇을 증득하거나 하여 얻어지는
심적(心的) 상태나, 장소가 아니다.

이 우주 법계가 그대로
청정적멸(淸淨寂滅) 열반상(涅槃相)이다.

깨달음은
바로 일체가 그대로 열반성임을 깨달음이다.

열반은
유위심으로 얻을 수 없고, 알 수가 없으니
무위에 들면, 일체가 그대로 열반임을 깨닫는다.

열반은
가고, 올 곳이 없는 적멸원융(寂滅圓融)인 본성 그대로
곧, 열반이다.

찾아가야 할 열반이 없고
안주(安住)해야 할 열반이 없다.

본래 일체가 열반인데
지음으로 얻거나, 따로 열반을 구한다 하니
그런 열반은 망념(妄念)의 환처(幻處)이다.

단지,
깨달음으로 무위에 들면
일체상이 열반성임을 깨닫는다.

생멸이 끊어져, 생멸 없음이 열반이니
일체 법성이 곧, 열반성이다.

열반(涅槃)은
생멸 없는 본성의 성품이니
누가 무엇을 하든, 본성을 벗어난 바 없고
일체 생멸이, 열반 본성을 벗어난 바 없으니
일체가 그대로 열반이다.

본성을 깨닫기 전에는
유위심으로 열반을 얻으려 하고, 증득하려 하므로
열반을 알 수 없고, 열반에 들 수가 없다.

왜냐면,

유위심이 끊어진 본연 성품이 곧, 열반성이며
생멸이 없는 적멸부동성(寂滅不動性)이
곧, 본성 열반성품이기 때문이다.

보고, 듣고, 생각하는 그것이
곧, 열반성임을 깨달음이
본성 열반을 깨달음이며, 열반을 증득함이다.

구하는 열반은
생멸심으로 열반을 얻으려는 유위심이니
생멸심이 끊어진 본성에 이르면
일체가 그대로 열반이다.

본성 밖에 열반을 구하여
유위심으로 열반을 얻었다 해도
그 열반의 유위심으로는 생사와 생멸세계를
벗어날 수가 없다.

생사를 벗어남은
열반을 구하여 열반에 들기 때문이 아니라
본래 생멸이 없는 열반의 성품을 깨달아
열반의 본성에 들기 때문이다.

열반은 적멸(寂滅)이며, 적멸은 부동(不動)이며
부동은 무위성(無爲性)이며, 무위성은 본성이며
본성은 무생(無生)이며, 무생은 생멸이 없는 성품이다.

생멸이 없는 본성의 성품에 들지 못하면
생멸의 세계를 벗어날 수가 없다.

생멸이 없음이 열반이니
그 열반은 곧, 본성이다.

본성의 열반에 들려면
깨달음으로 일체가 생멸이 끊어진 열반성임을 깨달아
열반의 본성을 수순함이 일체에 장애 없이 온전하면
본연의 열반을 원융히 수용함이다.

일체 상견(相見)의 분별과 사량이 끊어져
열반(涅槃)의 본 성품에 들면
유심(有心)의 고요와 적멸의 열반은 열반이 아닌
상(相)에 머무른 분별심, 업식경계(業識境界)인
상(相)의 열반심(涅槃心)과 열반상(涅槃相)이니

구경(究竟)을 요달해 아(我)가 끊어진 열반에 들면
열반(涅槃), 부동(不動), 적멸(寂滅), 적정(寂定),
적정(寂靜), 멸정(滅定), 무생(無生), 금강정(金剛定) 등
일체가 초월성 청정(清淨) 각원융(覺圓融)임을 깨닫는다.

그러나 이름함이 서로 다름은
단지, 정(定)의 작용에 따라 이름을 달리한 것뿐이다.

11. 실상(實相)

실상(實相)은 공성(空性)이며
공성(空性)은 곧, 본성의 성품이다.

실상(實相)의
실(實)은, 존재의 실체(實體)를 뜻함이니
이는, 본성을 일컬음이다.

본성은, 일체 존재의 실(實)이다.

실(實)은,
불변(不變)의 성품으로
무엇에 의해 생성, 창조되거나 조작할 수 없는
무시무종성(無始無終性)이다.

실상(實相)의
상(相)은, 실(實)의 모습이니
이는, 무상청정(無相淸淨)을 일컬음이다.

실상(實相)은 상(相)이 아니니
생멸하거나 무엇에도 변화 없는
청정부동(清淨不動) 적멸상(寂滅相)이다.

이는, 자체의 모습이 없어
무자성(無自性)이다.

무자성(無自性)을 일러
청정상(清淨相)이라고 한다.

청정상(清淨相)이라 함은
청정한 상(相)이 있어 청정상(清淨相)이 아니라
일컫고 이름할 상(相)이 없어
그 모습이 없어 청정이라고 하며,
모습 없어 형상이 없는 그 성품 자체를 일러
청정상(清淨相)이라고 한다.

청정상(清淨相)은
상(相)이 없어, 때 묻거나 물듦이 없는 실체를
이름할 뿐이다.

청정(清淨)은 무위(無爲)이며
청정상(清淨相)은 무위(無爲)의 모습이며
상(相)이 없는 성품이라 공성(空性)이며
상(相)이 없는 그 자체라 공상(空相)이다.

공성(空性)인 청정성(淸淨性)은 본성의 성품이며
공상(空相)인 청정상(淸淨相)은 본성의 모습이다.

이 실상(實相)은
실(實)이 있어 실(實)이 아니며
상(相)이 있어 상(相)이 아니다.

일체 존재의 실체이므로
실(實)이며

성품이 상(相)이 없으나
상(相) 없는 실체가 없지 않으니
그 성품을 일컬어 실상(實相)이라 한다.

실상(實相)은
일체 본성의 참모습이다.

실상(實相)을 깨달음이
나의 실체, 참모습을 깨달음이다.

이는 곧, 나의 본성을 깨달음이다.

나의 본성은 일체 존재의 본성이므로
나의 실상을 깨달음이

우주와 만물의 본성을 깨달음이다.

나를 비롯한 일체 존재는
그 본성으로부터 화현한 유위상(有爲相)이다.

유위상(有爲相)이란
본성의 섭리에 의한 인연(因緣) 흐름의 현상이다.

유위(有爲)의 실상(實相)은
생멸이 없는 성품으로
우주와 일체 존재의 이전부터 항상한 성품이며,
우주가 소멸해도 그 실상은 생멸이 없어
항상 청정한 성품의 그대로다.

이 우주는
본성 섭리의 작용으로 생성되어 운행하며
변화하고 소멸하는 인연(因緣) 흐름의 현상이다.

본성 섭리의 작용으로
우주의 무한 조화(造化)는 무궁하여 끝이 없고
우주의 실상, 청정 본성은
우주의 생멸과 관계없이 청정성품 그대로
무한 속에 항상 여여(如如)하다.

본성은, 불변(不變)의 실성(實性)이니
그 성품을 실상(實相)이라 한다.

실상(實相)은, 만물과 나의 실체이며
청정상(淸淨相)은 만물과 나의 참모습이다.

만물과 나의 참모습은 생멸이 없고
생멸이 없는 무생(無生)의 성품은
우주의 본 성품으로, 우주의 끝없는 흐름 속에도
시공에 물듦이 없이 항상 청정하다.

이것이
나의 본성이며, 만물의 실체이며
시공(時空)에 물듦이 없어 항상 청정한 그 모습이
곧, 나의 실상(實相)이다.

12. 무원(無願)

무원(無願)은
원(願)이 없어 무원(無願)이 아니며
원(願)을 이루어 무원(無願)이 아니다.

무원(無願)이 곧, 본성이다.

더
무엇이 필요하거나 부족함이 없어
무한 절대(絕對) 청정원만(淸淨圓滿)이니
무원(無願)이다.

본성의 성품
물듦 없는 진여(眞如)가 무원(無願)이며
항상 깨어있는 보리(菩提)가 무원(無願)이며
청정불성(淸淨佛性)이 무원(無願)이다.

원(願)을 다 이루어 무원(無願)이 됨이 아니라
본래 부족함이 없는 원만(圓滿)의 성품이므로

불(佛)을 성취하여 무원(無願)에 든다.

불(佛)의 무원(無願)은
성취세계의 무원(無願)이 아니라
본성에 귀일(歸一)한 원만무원(圓滿無願)이다.

본성으로 돌아가지 못하면
무원(無願)이 될 수가 없다.

원(願)이 있는 그 자체가
무원(無願)의 본성에 들지 못했음이다.

원(願)은
유위(有爲) 세계의 일이니
일체 유위작용이 끊어진 본성에 들면
무원(無願)의 세계에 들게 된다.

무원(無願)의 세계가 곧, 불(佛)의 세계이다.

무원(無願)의 세계는
부족함 없는 본성의 세계이며
이룩하거나 성취할 것이 없는 본연의 성품이다.

무원(無願)에 들고자 원(願)을 발하고
원(願)을 따라 원행(願行)이 이루어지니

본래 본성에 이르면 일체 원(願)이 끊어진다.

원(願)은
나로 비롯되며
또한, 너로 비롯된다.

불(佛)이
나 없는 무원(無願)에 들어도

수 없는 생명들이
미혹심 무명(無明)의 장애로
자신과 남과 세상을 아프게 하고 병들게 하며
스스로 그 어리석음을 벗어나지 못하고 있어

무원(無願) 중
생명구제의 대비원(大悲願)을 발하니
대비원(大悲願)의 방편을 따라
본성을 향한 지혜의 길, 무원(無願)에 이르도록
무아(無我)의 도(道)에 들게 한다.

본성을 깨달음은
나의 본래 성품인 청정무아성(淸淨無我性)을
깨달음이다.

청정 무아(無我)

본성의 삶이 불(佛)이며
본성의 법이 불법(佛法)이며
무명과 어리석음 없는 무한 광명 지혜 길이
본성의 성품 청정무아(淸淨無我) 무원(無願)의 길이다.

미혹의 끌림에 사로잡혀
억겁을 묵은 미혹의 습관을 내려놓지 못해
나 없는 본성, 지혜의 길을 닦고 닦음이
미혹을 벗는 수행의 길이다.

본성을 모르는 미혹으로
무명의 삶과 생사윤회의 길을 헤매니
본성을 깨닫고자 노력함이
억겁의 무명과 미혹의 생사를 벗어나는
지혜의 길이다.

나 있음이
본성을 모르는 무명의 어둠이다.

나 없음을 깨달음이
무명이 없는 본성을 깨달음이다.

무명의 어둠은
본성을 모르는 미혹의 상념에 얽매인 집착은
나와 남의 삶을 병들게 하고

아픔의 세상으로 만든다.

무명과
미혹이 없는 지극한 무원(無願)에 이르기까지
지고한 원(願)의 궁극 점은
오직, 무원(無願)의 본성에 이르는
지혜의 길이다.

무원(無願)은
성취의 세계가 아닌
나의 성품, 본래의 본성으로 돌아감이다.

이 길은
본성행(本性行)으로, 무소득(無所得)의 길이며
무아(無我)의 길이다.

무소득(無所得)이
소득이 없는 것이 아니라
본래 본성으로 돌아가, 온 우주와 하나 됨이다.

무아(無我)의 길이라 하여
나 없는 길이 아니라
무명과 미혹이 없는 완전한 성품으로 돌아가는
무한 광명의 지혜 길이다.

무아(無我)가 지극하면
본성의 광명으로 무명이 없는 밝음이 지극하고,
무소득(無所得)이 지극하면
무한 시방 우주의 허공까지 무소득의 품에 수용하는
대(大) 무상각(無上覺)을 이룬다.

무원(無願)은
무아(無我)의 성품 속에 무소득(無所得)이 지극하여
자타와 만물뿐 아니라, 시방 허공과 우주까지 무르녹고
무한 밝은 깨달음의 지혜까지 사라져
완전한 무소득(無所得)인 궁극의 절정에 이르러
홀연히 열리는 광명
본래 자신의 완연한 성품의 세계이다.

무원(無願)은
본성의 무한 청정세계이며
무상지혜(無上智慧)의 무한 광명의 세계이다.

무원(無願)은
부족함이 없는 무한 궁극의 성품
나의 본래의 성품이며,
모습이다.

13. 반야(般若)

반야(般若)는
본성(本性)의 지혜이다.

본성의 지혜를
단순, 지혜라 하지 않고 반야(般若)라고 함은
반야 지혜의 특성 때문이다.

반야(般若)는
지식과 상념과 분별과 인식의 일체 유위(有爲)의
차별세계를 벗어난 지혜이기 때문이다.

그러므로
반야의 지혜는 지식과 배움으로 얻을 수 있는
지혜가 아니다.

반야(般若)는
본성의 지혜이므로
일체, 상(相)과 유위(有爲)를 벗어나

본성을 깨달음으로 발현하는 지혜이다.

본성을 깨닫지 않으면
반야(般若)를 알 수가 없다.

반야(般若)는
상(相)이 없는 본성의 지혜이기 때문이다.

반야(般若)는
본성 성품의 밝고 밝은 광명이니
일체 식(識)의 그림자가 없는 지혜이다.

본성은 반야(般若)의 성품이니
일체 상(相)과 유위(有爲)를 벗어나 본성에 듦으로
반야의 지혜를 발하게 된다.

반야(般若)는
실상(實相)의 지혜이며, 무아(無我)의 지혜이며
공(空)의 지혜이며, 불성(佛性)의 지혜이며
각성(覺性)의 지혜이다.

실상(實相), 무아(無我), 공(空), 불성(佛性),
각성(覺性)이
곧, 본성의 성품을 일컬음이다.

반야(般若)는
깨달음으로 얻거나, 성취한 지혜가 아니라
본래 본성의 지혜이다.

그러므로 반야(般若)는
수행으로 얻거나, 깨달음으로 증득하거나
무엇으로 성취하는 지혜가 아니라

본래의 본성에 듦으로
시종(始終)이 없이 두루 밝아
걸림 없는 청정 본성인 반야(般若)의 지혜에 들게 된다.

반야(般若)의 지혜는
생겨나는 것도 아니며, 소멸하는 것도 아니며
조작하거나 창조하는 지혜도 아니며
오롯이 깨어 있는 본래 본 성품의 지혜이다.

생겨나거나, 창조나, 완성의 지혜는
유위견(有爲見)에 의한 지혜이므로
그것은 반야의 지혜가 아니다.

반야(般若)는
지음이 없고, 생겨남이 없고, 만듦이 없고,
창조함이 없고, 완성함이 없는
생멸이 없는 무생본성(無生本性)의 청정지혜이다.

그러나, 반야가
깨달음의 성취를 통해 얻는다 함은
무명심(無明心)을 벗어나는 관점에서 일컬음이다.

일체 존재가, 본래 본성의 성품 속에 있으니
항상 반야(般若) 속에 있음이나
미혹과 무명심에 가려
반야(般若)를 깨닫지 못할 뿐이다.

무엇이든
구한 것이나, 성취한 것이나, 증득한 것은
생멸의 것으로 변하거나 파괴되는 것이니
본래 항상한 본성의 것이 아니다.

본래 본성은
구하거나, 깨닫거나, 성취하거나, 증득하지 않아도
그대로 항상 할 뿐이니,
스스로 미혹과 무명심을 벗으면
본래 항상한 그 모습 그대로의 밝음이 드러난다.

반야(般若)는
본래 시종(始終)이 없이 항상한 마음으로
무엇에도 걸림이 없이 두루 밝은
청정 본성의 지혜이다.

청정(淸淨)은 공(空)이며
본성은 시종(始終)이 없는 공(空)한 성품이며
반야(般若)는 우주의 무한 청정 본성의 지혜이니
일체의 차별을 벗어버린 우주 근원의 밝음인
초월의 지혜이다.

반야(般若),
일체 초월의 지혜는
불가사의 청정 무한 불이(不二)의 공(空)이다.

이는
곧, 나의 본래 본심(本心)이며
본성(本性)이다.

14. 공(空)

공(空)은
공(空)일 뿐,
텅 비어 있는 허(虛)도 아니다.

유(有)도, 무(無)도,
유위(有爲)도, 무위(無爲)도 아니다.

선(善)도, 악(惡)도, 지혜도,
적멸(寂滅)도, 열반(涅槃)도 아니다.

생(生)도, 멸(滅)도,
무생(無生)도, 무멸(無滅)도 아니다.

허공(虛空)도, 단공(斷空)도,
단멸(斷滅)도, 공멸(空滅)도, 멸멸(滅滅)도 아니다.

불(佛)도, 중생(衆生)도,
불성(佛性)도, 각(覺)도 아니다.

만약,
공(空)을 지칭하거나
안다 하면, 그것은 분별이며, 망견(妄見)이다.

공(空)은,
유(有)와 무(無)
유위(有爲)와 무위(無爲)
선(善)과 악(惡)
생사(生死)와 열반(涅槃)
생(生)과 멸(滅)
무생(無生)과 무멸(無滅)
불성(佛性)과 각(覺)의 실체이며,
그 성품이다.

만약,
공(空)을 깨달으면
일체가 공(空)일 뿐,
일컫고 이름할 상(相)도, 법(法)도, 불(佛)도
없다.

그것은 실체 없는 무생(無生)
그 자체이다.

15. 깨달음

깨달음이란
본성을 깨달음이다.

깨달음의 언어
무아(無我), 무상(無相), 공(空), 무위(無爲) 등의
언어와
언어를 벗어난 비언어(非言語) 등으로
깨달음의 세계를 드러내어도

깨달음을 드러내는 그것이 무엇이든
그 모든 표현이
단지, 드러낼 수 없고
일컬을 수 없는 본성을 드러낸다.

본성을 일컬음에는
언어도 언어의 한계가 있고
그 어떤 비언어(非言語)도 한계성을 초월하지 못하니
깨달음을 드러내는 언어와 행위가 무엇이든

지혜로 그 의미와 뜻에 바로 계합하지 못하면
깨달음을 드러내는 그 자체를 알 수가 없다.

깨달음이 중요한 것이 아니라
본성을 깨우침이 중요하다.

본성을 깨달음으로
자타(自他)의 사상(四相)과
분별심 자아의식의 굴레를 벗어나기 때문이다.

무엇이 있어, 깨닫고
깨달을 바가 있어, 깨닫고
무아(無我)와 공(空)이 있어, 깨닫는 것이 아니다.

본래 깨달을 것이 없어
깨달을 바가 없음을 깨달음으로 깨닫고,
깨달을 무아(無我)와 공(空)이 본래 없음을 깨달음이
곧, 깨달음이다.

반드시, 그리고 여실(如實)히
본성을 깨달아야만
깨달을 것이 없고
깨달을 바가 없고
깨달을 무아(無我)와 공(空)이 없음을 깨우치게 된다.

이것은
상(相)의 이견(二見), 미혹의 분별을 벗어나므로
이 사실을 깨닫는다.

상(相)의 분별심
이견(二見)의 미혹심(迷惑心)이 있으면
본성을 깨달을 수가 없다.

이견(二見)의 미혹, 이 일체가
본성을 알지 못하는 자아의식의 상념(想念)으로
곧, 사상심(四相心)인
상견(相見)과 상심(相心)의 분별세계이다.

이,
이견(二見)의 미혹(迷惑)을 벗어남이
곧, 깨달음이다.

왜냐면,
본성에는 이견(二見)의 일체 세계가
없기 때문이다.

깨달음의 지혜가
곧, 본래 본성의 밝음이다.

본성은
본래 미혹이 없이 밝게 깨어 있으니
깨달음이라 함이 곧,
미혹 속 미망견(迷妄見)에 의한 환상(幻想)이며
미망심(迷妄心)에 의한 환(幻)이니,
깨달아도, 본성에는 깨달음 그 자체가
아무런 의미도 없다.

그러므로
깨달은 자에겐, 깨달음 그 자체가 중요하지 않다.

깨달은 자에게 중요한 것은
단지, 본성의 지혜를 명료히 함일 뿐
깨달았다는 것이 중요한 것이 아니다.

단지, 중요한 것은
궁극의 깨달음이 완전함을 스스로 철증(徹證)하는
무한 각성(覺性)의 치밀한 삶이 중요하다.

이는
이견(二見)인, 사상(四相)의 미혹 없는
본성의 성품, 완전한 공(空)의 삶이다.

깨달은 자에겐 깨달았다는 것보다
완전한 깨달음을 명료히 스스로 철증(徹證)하는
궁극의 지혜, 각성(覺性)이 성성(醒醒)한

원융한 삶이 중요하다.

무아(無我)로, 공(空)으로
나를 벗어나거나, 나를 초월하는 것이 아니다.

벗어나거나
초월해야 할 것이 본래 없다.

왜냐면,
본래 나는 초월이니
벗어나고 초월해야 할 것은
자아의식, 상(相)의 상념(想念)인 사상(四相)과
일체 분별의 사량과 미혹의 관념이다.

깨달음으로
본래 일체(一切) 초월의 성품
본성을 깨달음일 뿐,
벗어나고 초월해야 할 것이 본래 없다.

깨달아도
본래 깨달을 것이 없고
벗어나고 초월해야 할 것이 본래 없음을
명료히, 그리고 분명하고 철저하게 밝게 깨달음이
곧, 구경의 깨달음, 완전한 초월의 지혜이다.

궁극의 깨달음은
깨달음의 흔적까지 벗어버린 완전한 깨달음이니,
본래 깨달을 것이 없음을 명료히 밝게 깨달은
완연한 본성의 밝음이다.

깨달음은
본래 깨어있는 성품 그대로 본연(本然)의 삶을
사는 것이다.

깨달아
깨어 있는 본연(本然)의 삶이란
일체에 둘 없는 성품 그대로의 삶이다.

깨달음은 불이(不二)이며
깨어 있음은 원융(圓融)이며
깨어 있는 삶은 나 없는 초월(超越)이다.

초월(超越)은
무한 우주 두루 깨어 있는 광명이다.

이는
곧, 공성(空性)의 무한 공덕의 삶이다.

공성(空性) 무한 공덕의 삶이 깨달음의 삶이며
일체 초월의 삶이다.

공성(空性)의 삶은
텅 빈 적멸의 삶이 아니라,
무엇에도 걸림 없는 생명상생 무한창조인
무궁조화(無窮造化)의 우주광명 무한 승화의 삶이다.

16. 구경지(究竟智)

구경지(究竟智)는 본성지(本性智)이다.

구경(究竟)에 이르도록 지혜를 닦고 닦아
궁극의 구경에 이른 완전한 성취
무상(無上)의 구경지(究竟智)는
일체를 초월 완연한 밝음인 본성지(本性智)이다.

본성은 본래의 성품이니
구경이 막연하고 까마득한 곳에 있는 것이 아니라
본래의 성품이 그대로 구경처(究竟處)이다.

지혜를 닦아 가야 할 곳, 무상처(無上處)가 따로 없고
수행으로 닦아 궁극을 이룩해야 할 성취와 완성이
저 멀리 가야 할 곳
보이지 않는 어디에 있는 것이 아니다.

상심(相心)은 상(相)을 쫓고
미혹은 망견(妄見) 속에 헤매며
집착은 끝없는 환(幻)을 불러일으킨다.

상심(相心)으로는 구경지(究竟智)에 다다를 수가 없고
미혹으로는 본성을 찾을 수가 없으며
집착으로는 미망환(迷妄幻)을 벗어날 수가 없다.

상심(相心)은 시종견(始終見)으로 구경(究竟)을 찾고
미혹은 바른 것이 아니니, 끝없이 방황하고
집착은 끝없는 생각만 불러일으킨다.

분별이 상심(相心)이며
정사(正邪)가 미혹이며
법탐(法貪)이 집착이다.

분별의 상심(相心)이 사라지고
정사(正邪)의 망견(妄見)이 끊어지며
법탐(法貪)의 집착이 쉬어지면
곧, 그대로 구경처(究竟處)이며,
본래 걸림이 없고 두루 밝은 본성지(本性智)이다.

찾고 구함이 상심(相心)의 분별이며
옳고 옳지 않음이 자심망견(自心妄見)이며

법(法)을 정(定)하고 머무름이 집착이다.

또한,
찾고 구함이 없는 무심(無心)도 망심(妄心)이며
정사(正邪) 없는 무견(無見)도 망견(妄見)이며
정(定)한 법(法)이 없고, 머무름인 집착이 없어도
망환(妄幻)이다.

구경지(究竟智)는
분별할 것이 없어 각심(覺心)이며
옳고 그름의 정사(正邪)가 없어 무상각(無上覺)이며
진(眞)과 정(正)을 벗어버려 무상지(無上智)이다.

일체(一切)
지(智)와 법(法)은
미망(迷妄) 속에 헤아리는 분별이며
망환(妄幻)이다.

미망(迷妄)이 끊어지면
망환(妄幻)의 구경지(究竟智)도 사라져
일체(一切)가 그대로 완연한 구경(究竟)이라
따로, 무엇을 드러낼 궁극의 구경(究竟)이
없다.

17. 일체유심조

깨달음은
일체유심조(一切唯心造)를 깨달음이며
깨달음으로 일체가 유심(唯心)임을 밝게 안다.

일체유심조의 법구(法句)
약인욕요지 삼세일체불 응관법계성 일체유심조
若人欲了知 三世一切佛 應觀法界性 一切唯心造

만약,
삼세 일체불을 깨닫고자 하는 사람은
법계성을 응관하여 일체유심조임을 알아야 한다.

일체(一切)가
유심(唯心)의 조화(造化)임을 깨달음으로

유심(唯心)인 일심(一心)의
불이심(不二心) 이문(二門)의 작용을 깨달으니

유심조화(唯心造化)인 불이심(不二心) 이문(二門)은
법계성(法界性), 본성조화(本性造化)와
연기성(緣起性), 연기조화(緣起造化)의 이문(二門)을
깨닫는다.

법계성(法界性)은 본성이며
본성이 마음의 성품이다.

법계성(法界性)의 유심조화(唯心造化)는
이는, 일체(一切)가
법계성(法界性)인 본성의 조화(造化)임을 깨달음이다.

응관법계성(應觀法界性)으로
일체유심조(一切唯心造)임을 깨달음이며,
일체유심조(一切唯心造)를 깨달음은
일체 만법이
법계성(法界性)인 본성의 조화(造化)임을 깨달음이다.

법계성(法界性)을 깨달음에
법계성(法界性)인 본성조화(本性造化)와
연기성(緣起性)인 연기조화(緣起造化)를 깨닫는다.

법계성(法界性)인 본성조화(本性造化)는
일체가 본성 조화(造化)의 화현상(化現相)임을
깨닫는다.

연기성(緣起性)인 연기조화(緣起造化)의 깨달음에
능소심(能所心)의 두 가지 차별 성품, 부사의 작용을
또한, 깨닫는다.

그 하나는, 능심작용(能心作用) 속에
연기성(緣起性)인 연기조화(緣起造化)가
마음에 여실하게 드러남이
곧, 물듦 없는 진여심(眞如心)의 조화임을 깨달음과

또 하나는, 소심작용(所心作用) 속에
일체상(一切相)의 상념(想念)이
미혹의 분별심에 의한
분별상(分別相)임을 깨달음이다.

법계성(法界性)을 깨달으면
법계성(法界性)이 곧, 본성임을 깨달음으로
법계성(法界性)인 본성이 그대로
곧, 유심(唯心)임을 깨닫는다.

또한, 심(心)의 작용에
능소심(能所心)의 차별작용을 깨달으니,
능심(能心)의 작용은
일체상이 드러남이 진여심(眞如心)의 작용임과
소심(所心)의 작용은
일체상의 상념(想念)이 미혹의 분별심임을

깨달음이다.

진여심(眞如心)은
물듦 없는 성품이라, 일체상에 걸림이 없어
법성(法性) 연기조화(緣起造化)의 일체상이
물듦 없어 걸림이 없는 진여심에 청정하게 드러난다.

법성(法性)에 미혹한 분별심은
법성(法性) 연기조화(緣起造化)의 일체상을
분별하여 집착하므로
상심(相心)인 의식(意識)이 일어나고
좋고 싫음을 분별하여 탐착하므로
상(相)의 상념(想念)인 자아의식(自我意識)을
벗어나지 못한다.

일체유심조(一切唯心造)는
법계성(法界性)을 깨달은 법성(法性)의 지혜이니
유심(唯心)이 미혹의 망심(妄心)이면
법계성(法界性)의 작용
일체유심조(一切唯心造)를 알 수가 없고,
만약, 유심(唯心)이 각심(覺心)이면
미망심(迷妄心)이 없어
법계성(法界性) 일체유심조화(一切唯心造化)가
삼세일체불(三世一切佛)의 화현처(化現處)임을
깨닫는다.

일체유심조(一切唯心造)의 지혜는
망(妄)과 각(覺)의 두 실상을 여실히 봄이니

망(妄)의 일체유심조(一切唯心造)는
법계성(法界性)의 무궁 조화(造化)와
삼세일체불(三世一切佛)의 부사의 실상을 알 수가 없고,
각(覺)의 일체유심조(一切唯心造)는
법계성(法界性)의 부사의 조화(造化)와
삼세일체불(三世一切佛)의 성품을 여실히 보는
각성각명(覺性覺明) 깨달음의 지혜이다.

미혹이 있으면
망(妄)의 일체유심조(一切唯心造)를 생각하고,
미혹이 없으면 지혜의 밝음으로
삼세일체불(三世一切佛)의 출현(出現) 성품
일체유심조(一切唯心造)를 깨닫는다.

만약,
응관법계성(應觀法界性)이면
망심(妄心)이 없는 법계성(法界性)인
본성작용의 일체유심조(一切唯心造)를 깨닫고
일체유심조(一切唯心造)를 깨달은 지혜는
미망(迷妄)의 일체유심(一切唯心)이
미망의 환(幻)임을 깨닫는다.

미혹의 세계는

미망(迷妄)의 일체유심조(一切唯心造)의 세상이니
미망이 사라지면
삼세일체불(三世一切佛)의 성품,
법계성(法界性)을 설(說)한 불지(佛智)인
일체유심조(一切唯心造)의 세계를 깨닫는다.

일체유심조(一切唯心造)는
본성(本性)의 세계이며,
청정진성(淸淨眞性)인 삼세일체불(三世一切佛)의 성품
법계성(法界性)의 실상세계이다.

만약,
삼세 일체불을 알고자 하면
법계성을 응관(應觀)하여
일체가 본성의 유심조화(唯心造化)임을 깨우쳐
미혹 없는 자신의 청정 본성을
깨달아야 한다.

일체(一切)가
물듦 없는 청정본성(淸淨本性) 유심(唯心)의
조화(造化)이다.

18. 깨달음의 수행

깨달음의 수행은
자신의 미혹을 제거하는 행위이다.

깨달음의 수행은
무엇이 없거나 부족하여
무엇을 찾고 구하며, 얻고, 성취하는 길이 아니라
단지, 자신의 미혹을 제거하는 길이다.

미혹은
본래 성품이 지혜가 부족함이 없는 밝은 성품임을
모름이다.

본래 성품을 모르는 그 미혹을 제거하는 행위를
수행이라 한다.

깨달음을 위한 수행은
단지, 스스로 그 미혹을 제거할 뿐,
본래 없는 무엇을 구하거나 성취를 위한 것이 아니다.

그러므로
자기의 성품을 모르는 미혹을 일러
무명(無明)이라고 한다.

무명(無明)은
지혜가 두루 밝고 완연한 자기 본성을 모르는
그 마음 작용을 일컬음이다.

그러므로
깨달음을 위한 수행의 목적은
자기 본성을 모르는 미혹인 무명(無明)을 벗어
바로 자기의 성품을 깨달음일 뿐,
없는 무엇을 얻거나 성취하여 완성하고 이룩하는
얻음의 법이 아니다.

깨달음의 수행은
본래 부족함이 없는 완연한 자기의 성품을
바로 깨달음일 뿐,
무엇을 얻어 이룩하는
소득(所得)과 증득(證得)을 위한 행위가 아니다.

깨달음의 수행은
자기 본성을 깨우침이 목적이며
본성을 모르는 미혹을 제거하는 행위이다.

그러므로 깨달음을 위한 모든 수행은
스스로 미혹을 제거하여 본래의 성품으로 돌아가는
귀일법(歸一法)이며, 환본법(還本法)이다.

그러므로 깨달음의 수행은
얻음이 없는 무소득(無所得)의 법이며
미혹의 무명(無明)을 벗어나는 해탈법이며
상(相)의 사견(邪見)과 망견(妄見)을 벗어나는
일체 초월법이다.

소득심 탐착을 벗어나면 무한 충만세계가 열리고
미혹심 무명을 벗어나면 무한 지혜광명이 열리며
분별심 사견을 벗어나면 무한 생명세계가 열린다.

무한 충만한 지혜광명의 생명 성품이
곧, 자기 본래의 성품이니,
이는 수행으로 얻거나 성취하는 세계가 아니라
본래 구족한 자기의 성품이다.

깨달음으로 그 성품에 이르더라도
본래 구족한 성품이므로
무소득(無所得)이라고 한다.

무소득(無所得)이라 함은
소득이 없음을 일컫는 것이 아니라
본래 본연(本然)의 바탕 성품임을 일컬음이다.

본래(本來)란
시종(始終) 없이 유유자존(幽幽自存)하여 항상한 것임을
일컬음이다.

본성(本性)의 본(本)은
시종(始終)이 없는 바탕이며, 근본임을 뜻하며,
본성(本性)의 성(性)은
일체에 작용하는 조화(造化)의 성품임을 뜻한다.

본성을 깨달으면, 미혹의 무명(無明)을 벗어나
본성의 무한성(無限性)에 이르러
자아상념(自我想念)의 일체(一切)를 초월하고
무한 본성의 지혜 광명에 들어
무시무종(無始無終)의 무한 무소득(無所得)인
무한 무궁의 성품세계를 열게 된다.

깨달음의 수행은
자기의 성품을 모르는 미혹인 무명을 제거하므로
무시무종 무궁무한 자기의 본 성품을 깨닫는
미혹 제거의 행위이다.

수행은
지혜를 무한히 밝히는
얻음과 성취와 완성의 길이 아니라
미혹의 묵은 습관의 장애를 제거하는 철저한 시간과
치밀한 노력의 행(行)이다.

7장_사유림 (思惟林)

01. 5종(五種)의 삶

삶의 차원에 5종(五種)의 삶이 있다.

욕구의 삶
선행의 삶
수행의 삶
보살의 삶
부처의 삶이다.

욕구의 삶은
일어나는 생각과 감정의 위주로 살아가는 삶이다.

이 삶은 남을 생각하고 배려하는 마음이 부족한
자기의 욕구를 우선한, 자기중심적 삶이다.

이 삶은 자신이 처한 환경과 상황을
항상, 자기 욕구충족의 상황으로 이끌고자 하므로
서로 화합하지 못하는 자기 욕구적 행위는

주위와 서로 다툼이 있고
서로 관계에 아픔과 상처를 주게 되므로
삶의 환경을 고뇌와 아픔에 빠지게 한다.

선행(善行)의 삶은
남을 배려하고 생각하는 삶이다.

이 삶은 항상 남을 배려하고 생각하며
남의 기쁨과 아픔, 행복과 불행을 생각하므로
더불어 아픔과 불행이 없는 삶을 생각하며
서로의 기쁨과 행복을 위해 노력하는 삶이다.

이 삶은 자신이 처한 환경과 상황을
항상, 더불어 행복한 삶의 상황으로 이끌고자 하므로
서로 생각하는 상생의 화합과 화목을 위한 행위는
아름다운 삶의 관계와 환경을 도모하므로
어려운 삶의 환경에도 서로 기쁨과 행복을 느끼며
서로 아픔과 상처를 이해하고 도와주므로
삶의 환경을 더욱 아름다운 세상으로 변화시킨다.

수행의 삶은
자신의 부족함을 일깨우는 승화의 삶이다.

이 삶은 항상 일어나는 생각을 돌이켜

자신을 일깨우는 정신으로 간별하며
자신이 원하는 삶의 정의(正義)와 목적을 향해
일어나는 생각과 행위를 밝게 점검하고
절제 속에 자신을 이끄는 수행심으로
목적한바 자기 이상을 향해 끊임없이 승화하는
정신 승화의 삶이다.

이 삶은 자신이 처한 환경과 상황 속에
이상을 향한 자기 승화의 목적을 위해
항상, 자신을 일깨우는 자기의 점검을 놓지 않으며
명확한 정의(正義)와 분명한 안목이 열리기 전에는
정당하지 않은 말이나 논리에 현혹되지 않으며
자신을 항상, 승화를 위한 진화체로 인식하므로
명확하고 바람직한 결과의 완전함에 이르기 전에는
자신의 부족함을 벗는 수행을 쉬지 않는다.

이 삶은, 주위의 환경에 새로운 삶의 길을 열고
삶의 혼돈과 방황에 질서를 일깨우며
삶의 정신을 새롭게 이끄는 시각의 힘이 된다.

보살의 삶은
미혹 없는 밝은 지혜의 세상이 되도록 하는 삶이다.

보살은 욕망을 집착하거나 머묾이 없어
항상 청정한 마음으로 모두의 삶을 이롭게 하며

어우른 삶 속에 미혹 없는 밝은 지혜로 이끎은
미혹으로 서로 아픔과 상처, 고통받는 일이 없도록
모두 행복한 지혜의 세상이 되도록 노력하는 삶이다.

이 삶은, 미혹 없는 보살의 지혜로
서로 아픔과 상처, 고통받는 삶이 없는
모두 행복한 지혜의 삶과 세상으로 이끈다.

부처의 삶은
둘 없는 근원, 지극히 밝은 한생명의 삶이다.

우주의 본성, 일체 초월의 한 성품
한생명의 무한 밝은 성품 속에 계시는 부처님은
모두 밝은 한 성품, 한생명 지혜 속에 살도록
한생명 지혜를 밝히시고, 한생명 지혜로 이끄시며
생명 축복을 위한 지극한 자비 광명의 삶이다.

이 삶은, 일체의 근본인 무한 광명 한 성품
지극히 밝은 무한 지혜의 한생명 삶이라
세상과 만물이 한 성품 한생명이니
일체가 한생명 무한 축복 세상이도록 한다.

욕구의 삶은
자기 욕구 충족을 위한 욕망의 삶이며

선행의 삶은
자타 행복을 위한 배려와 상생의 삶이며

수행의 삶은
자기 승화를 위한 멈춤 없는 진화의 삶이며

보살의 삶은
미혹과 고통 없는 지혜세상을 가꾸는 삶이며

부처의 삶은
일체의 근원, 지극한 한 성품, 한생명 자비광명의
삶이다.

02. 사랑

사랑은
본성작용의 또 다른 이름이다.

사랑은
생명작용이며, 생명의 삶이다.

생명작용은 사랑으로 비롯되고
생명의 삶은 사랑의 삶이다.

사랑은
한생명 작용이며, 한생명의 삶이다.

사랑은
근본 생명 순수작용의 힘이며
한생명으로 돌아가는 한생명작용이다.

사랑은 순수 생명의 근원, 한생명 작용뿐

사랑에는 너 나의 분리가 없다.

사랑은
자아 초월의 본성, 둘 없는 한생명 순수 본연의 힘이다.

사랑에 둘이 없음은
둘 아닌 근원, 한생명 성품의 작용이 흐르는 명(命)이
사랑이기 때문이다.

만약,
사랑에 나, 너의 생명이 분리되어 있으면
사랑이 아니다.

사랑이 소중하고, 고귀한 것은
존재의 근원이 둘 없는 숭고한 한생명이기 때문이며
오직, 한생명 명(命)의 흐름인 순수 아름다움 때문이다.

한생명 명(命)이 흐르는 작용인 사랑은
완전한 하나의 작용이, 불이(不二)의 상생(相生)이며

사랑은, 무한 우주를 창조한
일체 초월, 하나인 생명력
자아와 개체를 초월한 한생명 불이성(不二性)
절대성 한생명 명(命)의 흐름인 무궁 조화(造化)이다.

한생명 명(命)의 작용, 불이(不二)의 상생조화를 따라
물의 명(命)이 되고
불의 명(命)이 되고
땅의 명(命)이 되고
쉼 없는 바람의 명(命)이 되어

봄, 여름, 가을, 겨울, 한생명 세계
끊임없이 명(命)이 흐르는 작용
상생 융화의 밀물과 썰물이
우주 한생명 파도의 물결이 되어 출렁인다.

사랑이
지극하고, 고귀하며, 아름다운 것은
한생명이 가야 할 숭고한 숙명의 길이기 때문이며
생명의 본연에서 피어난 한생명 작용이기 때문이며
위대하고 숭고한 우주 한생명의 삶이기 때문이며
더없는 가치, 생명 절대정신의 길이기 때문이며
아름답고 숭고한 생명, 최고 최상의 삶이기 때문이며
무한 정신이 열린 최고 지성의 생명 길이기 때문이며
궁극의 가치, 절정 정신이 피어난 삶이기 때문이며
숭고한 진리, 무한 실천의 길이기 때문이며
궁극, 최고 최상 지혜의 삶이기 때문이며
우주 생명 길, 유일한 무한 가치의 삶이기 때문이며
초월 지혜의 최상 궁극 절정의 길이기 때문이며
생명이 피어난 영원한 아름다운 삶이기 때문이며

우주, 나의 존재 진실한 최상 가치의 길이기 때문이며
생명 궁극의 승화, 오직, 절정의 삶이기 때문이며
고귀한 정신이 피어난 더없는 숭고한 삶이기 때문이며
이 세상 삶을 아름답게 하는 유일한 길이기 때문이며
최고 지성이 살아가는 이상(理想)의 삶이기 때문이며
때 묻음 없는 숭고한 생명 사랑의 길이기 때문이며
누구나 간절한 꿈, 아름다운 영혼의 삶이기 때문이며
나의 순수 본연(本然), 억겁(億劫)의 길이기 때문이다.

진리의 꽃이 피어남이 사랑이며
진리의 열매 맺음도 사랑이며
진리의 궁극이 사랑이며
진리의 실천도 사랑이며
최상 지혜의 길도 사랑이며
최고 최상 존재의 가치도 사랑이며
믿음과 진실의 유일한 길도 사랑이며
삶이 아름다운 것도 사랑이며
관계가 아름다운 것도 사랑이며
세상이 아름다운 것도 사랑이며
하루가 기쁨인 것도 사랑이며
일생이 아름다운 것도 사랑이며
마음의 기쁨과 행복도 사랑이며
이상세계를 꿈꾸는 것도 사랑이며
진리의 이상, 궁극에 다다른 세상도 사랑이며
생명과 우주가 하나인 절대 세계도 사랑이다.

사랑의 위대한 가치는
사랑이 곧, 무한 우주가 열린 정신길이기 때문이며
사랑이 곧, 나 없는 궁극의 길이기 때문이며
사랑이 곧, 진정한 삶의 길을 일깨우기 때문이며
사랑이 곧, 나를 창조하는 무한의 길이기 때문이며
사랑이 곧, 더없는 영적 승화의 길이기 때문이며
사랑이 곧, 온 생명 하나 되는 삶의 길이기 때문이며
사랑이 곧, 세상 평온과 평화의 길이기 때문이며
사랑이 곧, 생명의 기쁨과 행복의 길이기 때문이며
사랑이 곧, 삶을 아름답게 하는 길이기 때문이며
사랑이 곧, 생명 무한 감사의 삶이기 때문이며
사랑이 곧, 모두의 삶을 축복하는 길이기 때문이며
사랑이 곧, 더없는 생명가치의 길이기 때문이며
사랑이 곧, 우주 생명의 길이기 때문이며
사랑이 곧, 승화된 이상을 향한 길이기 때문이며
사랑이 곧, 숭고한 생명 축제의 삶이기 때문이며
사랑이 곧, 짧은 삶, 최상 가치의 길이기 때문이며
사랑이 곧, 내 생명 감사의 삶이기 때문이며
사랑이 곧, 나의 열린 정신의 길이기 때문이며
사랑이 곧, 내가 태어난 가치의 삶이기 때문이며
사랑이 곧, 모두가 행복한 길이기 때문이며
사랑이 곧, 모두가 가야 할 참삶의 길이기 때문이다.

사랑은
나와 남을 초월한 순수 한생명 본연의 작용이다.

나와 남이 없는 무한 초월 일체 불이(不二)
끝없는 무한 승화의 정신이 사랑이며
무한 열린 깨어난 마음이 사랑이며
쉼 없는 절대 혼신의 열정이 사랑이며
삶의 간절한 혼의 숨길도 사랑이며
생명이 하루 살아있음이 곧, 사랑의 삶이다.

이것이
한생명 명(命)이 흐르는 도(道), 무궁 참삶의 길이며
한생명 우주 운행의 조화(造化), 무한 상생의 도(道)
한생명 궁극 승화의 길이다.

사랑은
모든 관념과 일체 장애를 초월하여
오직, 하나 한생명 되게 하고
모든 아픔을 함께하며
더불어 삶의 이상을 꿈꾸고
사라지는 생명의 소중한 시간을
삶과 세상을 아름답게 하는 길
더없는 행복을 여는 축복의 무한 정신이 열린
영적 무한 승화의 삶이다.

삶의 아픔은
사랑 없는 삶에서 비롯됨이니,
사랑이 없음은

기쁨과 행복이 없는 삶의 세상이 되게 한다.

삶과 세상을 아름답게 하고
기쁨과 행복을 위하는 유일한 길은
오로지, 아름다운 한생명 정신이 피어난
사랑의 세상을 만드는 지혜로운 길뿐이다.

사랑 잃은 삶과 세상은
삶과 세상, 온 우주가 아픔이고

사랑의 삶과 세상은
삶과 세상, 온 우주가 축복이다.

삶의 이상세계(理想世界)는
이 세상을 벗어난 색다른 세계가 아니다.

모두가 하나 된 사랑의 세계가
곧, 모두가 꿈꾸는 생명 아픔 없는 이상세계이며
삶의 축복, 기쁨과 행복이 충만한
이상향(理想鄕)이다.

사랑을 잃으면
사랑 잃은 마음과 행위는
그 삶과 세상이 아픔으로 가득하며
삶의 고뇌와 고통이 끊어지지 않는다.

삶의 축복인
기쁨과 행복과 감사는
그냥, 그저 누가 주는 것이 아니다.

사랑하는 마음 없이
기쁨과 행복을 외면한 삶으로
기쁨과 행복이 가득한 삶과 세상을 꿈꾸는 것은
지혜 없는 어리석음이다.

기쁨과 행복은
서로 믿음과 숭고한 사랑으로 피어나는
한생명 사랑의 축복이며, 결실이다.

둘 없는 궁극을 향한 가치 있는 길, 숭고한 사랑은
아무나, 그리고 누구나 할 수 있는 것은 아니다.

가치 있는 길, 사랑에는
밝은 이성(理性)과 깨어난 지성과 열린 정신이 있어야
가능하다.

어리석은 마음은
아픔을 주는 생각만 싹트게 한다.

어리석음 없음이

사랑이다.

사랑의 다른 이름이
성(聖)이며, 지성이며, 지혜며, 숭고함이며, 영적 승화며
열린 마음이며, 정신의 지고한 아름다움이며
생명의 고귀함이며, 지극한 도(道)이다.

그러므로
삶의 최상 가치는 사랑이다.

사랑에도
차원이 있고, 지적 승화의 차별이 있으며
궁극이 열린 절대 무한 사랑이 있다.

절대 사랑은
너 나 분별이 끊어진 무한 초월
완전한 불이(不二)의 한생명 사랑이다.

자타가 사라진 무한 절대 사랑은
초월 정신이 없으면 불가능한 세계이다.

자아(自我) 의식은
자타를 분별하고 헤아리는 의식이므로
자아의식으로는 무한 승화의 사랑에 들지 못한다.

정신 승화로

자아를 초월한 정신이 열리면
한생명 무한 절대정신이 밝게 활짝 열리어
자신이 사라진 무한 초월 완전한 한생명성에 들어
너 나 없는 한생명 불이(不二)의 절대 생명이 되어
무한 초월 오직, 한생명 절대 사랑의 삶을 살게 된다.

절대 사랑은
자타 초월로 대우주의 생명작용 우주와 한생명이 되어
자타 없는 무한 절대 한생명 사랑의 삶을 살게 된다.

그것이
완전한 불이(不二), 절대 무한 한생명 사랑이며
한생명 명(命)의 흐름 무한 절대 초월 한생명작용이다.

그 삶이
모든 생명의 이상향(理想鄕)
태장계, 여래장 무한 청정 연화장 세상,
무한 절대 불이(不二)의 한생명 불성(佛性)이 깨어있는
궁극 지혜가 열린 한생명 무한 불성광명(佛性光明) 세계
연화장엄 세상이다.

연화장(蓮華藏) 세상은
기쁨과 행복이 충만한 한생명 승화의 축복세상이며
너 나 초월한 순수 무한 사랑이 충만한
한생명 축복, 숭고한 빛 각성광명 승화의 세상이다.

연화장(蓮華藏) 세상은
나, 남을 분별하는 성숙하지 못한 미혹과 어리석음 없는
궁극의 지성과 지혜와 숭고한 영적 승화가 열린
불성(佛性) 광명이 장엄한 한생명 각성광명의 세상이니
무한 순수 불이(不二), 절대 정신 승화의 아름다움인
지극한 한생명 명(命)이 흐르는 도(道)의 세상이다.

그것은
한생명 불이(不二), 정신이 승화한 무한 축복세상이며
숭고한 한생명 사랑의 삶이 승화한 이상향(理想鄕)이며
한생명 명(命)이 흐르는 무한 행복세상이다.

03. 궁극(窮極)

무엇이든
시(始)에는 종(終)이 있어
시작은 반드시 끝이 있으며
시작의 시선은 끝점을 향한다.

수행에서
궁극(窮極)은 끝이 아니다.
궁극(窮極)에 다다라 시작점이 사라지니
끝, 또한 사라져
시(始)와 종(終)이 둘 다 없는 완전한 절대성
그것이 궁극(窮極)이다.

시(始)가 있으면
종(終)이 궁극(窮極)이라 생각한다.

시(始)가 있고
또한 종(終)도 있으면 그것은 종(終)이 아니며
또한, 궁극(窮極)이 아니다.

궁극(窮極)은
시(始)뿐만 아니라, 종(終)도 없어
그것이 완전한 종(終)이며, 궁극(窮極)이다.

시(始)와 종(終)이 있는 것에는
궁극(窮極)이 없다.

궁극(窮極)은
창조하거나, 건립하거나
완성하여 만들 수 있는 것이 아니다.

시(始)에서, 종(終)을 향한 멈춤 없는 길에는
궁극(窮極)이 없다.

궁극(窮極)이란
모든 차별성을 벗어난
완전한 무한 절대성이기 때문이다.

그러므로 궁극(窮極)에는
대상(對相)인 그 어떤 무엇도, 어떤 누구도 없는
완전한 절대성, 그 자체이기에
분별하고 논(論)할 시(始)도, 종(終)도 끊어져
무엇을 비교할 그 어떤 무엇도 없는 완전한 절대성,
그것이 완전한 궁극이며, 완전한 종(終)이며,
모든 차별과 대상을 벗어버린
완전한 절대성이다.

궁극(窮極)에는
그 어떤 차별과 시비와 정사(正邪)와
미완(未完)도 없다.

차별과 시비(是非)와 정사(正邪)는
완전한 궁극이 아닌
차별 속의 미혹 관념일 뿐이다.

부족함이 있으면
항상 시(始)와 종(終)의 관념 속에 헤매고
부족함이 없는 궁극을 생각하게 된다.

시(始)를
벗어나는 것은
종(終)에 이르는 것이 아니라
시(始)도 종(終)도 끊어진 완전한 절대성(絶對性),
완전한 궁극에 있다.

궁극에 이르면
시(始)도 종(終)도 없는 완전한 절대성(絶對性)
뿐이다.

04. 절정(絕頂)

절정(絕頂)은 끝이 아니다.

절정(絕頂)은
절대 평온에 이르는 마지막 관문이다.

절정은
일체 차별이 사라지는 절대정신의 무한 절정
일체 초월의 관문(關門)이다.

절정을 넘어서면
시종(始終) 없는 절대 무한 초월의 세계
본래의 무한 평온과 평정(平定)에 이르게 된다.

절정을 넘어선 절대 세계가 열리면
만물의 형형 색깔이 분명하고 역력하며
하늘, 땅이 분명하고
크고 작은 만물의 차별세계가 선명하게 열린다.

이 모든 명백한 차별이
절정을 넘어 절대 세계가 열린 초월세계이므로
어느 것 하나, 그대로 차별 없는 평온의 세상이다.

그러나
절정을 넘어서지 못하면
일체 차별이 평온의 세계가 아니라
일체 차별이 분별의 세계가 되어 온갖 시비심에
일체 차별이 정당하지 않은
옳고 그름의 차별로 비추어진다.

절정을 넘어서지 못한 차별은
일체 차별이 평온이 아니라
너와 나, 이와 저, 온갖 차별의 시비심에 사로잡혀
어두운 차별 사념을 벗어나지 못한다.

절정은
이 모든 일체 시비심의 차별을 넘어선
무한 궁극, 절대 세계가 열리는 지혜 광명의 길
무한 평온에 이르는 절대 지혜를 향한 마지막
관문이다.

온갖 시비
미혹 의식(意識)을 벗는 초월의 문(門)이

절정이다.

미혹 의식이 사라지며
온갖 차별 의식이 사라지는 절정은
바로 깨달음, 지혜의 문이다.

절정도 완전함이 아니니
절정을 완전히 넘어서지 못하면
절정에 의식이 사로잡혀 묶이게 된다.

그러면
무명(無明)의 미혹도, 완전한 밝음도 아닌
회색(灰色) 의식(意識)에 묶인 미망의 생명이 된다.

그 미망(迷妄), 회색(灰色)의 구덩이는
하늘이 사라지고, 땅이 사라지며
너와 내가 사라지고, 만물이 사라져도
빠져나올 수 없는
회색(灰色), 망각(妄覺)의 늪이다.

스스로
회색(灰色)의 늪을 벗어나지 못하면
그 속에서 갇힌 미망(迷妄)의 생명으로 살아야 한다.

시(始)가 종(終)이고
종(終)이 시(始)이니,
시(始)를 벗어나면 종(終)도 벗어나고
종(終)을 벗어나면 시(始)도 벗어난다.

시(始)가 없어 종(終)도 없고
종(終)이 없어 시(始)가 없다.

미망(迷妄)에 빠지면
허망한 시종(始終)을 헤아린다.

종(終)에 머물러 있으면
시(始)뿐만 아니라 종(終)도 모름이니
시(始)와 종(終)이 끊어진 부사의는 더더욱
알 수가 없다.

시종(始終)이 끊어지면
그림자 없는 해는 온 천지를 두루 비추고
지저귀는 새소리가 새롭다.

05. 정도(正道)

정도(正道)는 본래 없다.

단지,
샷됨이 있어 정도(正道)로 일깨울 뿐이다.

정(正)은
근본을 일컬으며, 바탕을 일컬음이니
일체 존재의 본성이 근본이며 으뜸이므로
정(正)이라고 한다.

왜냐면,
정(正)으로 세우는 근원은
창조하거나 조작하거나 만든 인위적인 것이
아니기 때문이다.

또한,
본래 그것은 만유(萬有)의 바탕이며
만물의 근본 실체이기 때문이다.

도(道)란
본성 작용인 행(行)을 일컬음이다.

본성 작용을 도(道)라 함은
일체가 본성의 작용이기 때문이다.

도(道)는
인위적으로 창조하고 만들며 생성하는 것이 아니라
본성의 성품과 작용을 따르고, 순응하는 것이다.

본성의 작용 일도(一道), 이 외는
도(道)가 없다.

만약, 본성의 작용 이외에 도(道)가 있다면
그것은 유위(有爲)이며, 인위적인 것이다.

유위(有爲)이며, 인위적인 것은
만유의 근본이며, 바탕인 도(道)가 아니다.

만유의 근본이며 바탕인 본성 작용을
정도(正道)라 함은
만유를 생성하고, 만물을 길러내며
그 작용과 법이, 우주와 하늘 땅 만물의 운행과
삼라 일체 조화가 그 본성의 법밖에는 없기 때문이다.

본성의 지극한 작용인 섭리의 도(道)로
만물이 생성하고
하늘 땅, 우주 조화(造化)가 이루어지며
우주 삼라만상 만물의 흐름과 생태작용이
안정된 질서 속에 전체가 관계 속에 조화롭고
무한 생태가 상생 조화를 이룬 작용의 흐름은
지극한 법(法)과 도(道)의 섭리와 작용으로
절대 조화(調和)를 갖춘 생태의 그 모습이
지극히 숭고하고 아름다우며
무한 조화(調和)가 순일하기 때문이다.

하늘 땅, 우주 조화 속에
이 법 이외에 또, 다른 법이 있다면
그것은 하늘 땅, 우주 조화를 벗어난
이 우주 조화(造化) 밖의 것이다.

이 우주 조화(造化)의 세계는
만물의 본성 일도일행(一道一行)에 의한
조화(造化)의 운행이다.

만물 일체 조화(造化)와 운행은
본성 섭리의 도(道)를 따라 운행한다.

그러므로
유일(唯一)한 본성의 법을 정도(正道)라고 하며

그 법을 벗어나면 유위(有爲)이며, 인위적인 것이니
정도(正道)를 벗어남이다.

그리고, 견(見)도
정도(正道)의 견해는 정견(正見)이며
정도(正道)를 벗어나면 사견(邪見)이다.

정견(正見)은 본성의 지혜이며
사견(邪見)은 본성을 벗어난 분별과 사량이다.

정도(正道)와 사도(邪道),
정견(正見)과 사견(邪見)인 정사(正邪)의 분별은
본성을 근간(根幹)으로 바탕하고 근본하여
정사(正邪)를 분별한다.

도(道)의 깨달음의 기준은
본성이며

깨달음을 위한 일체 수행은
곧, 본성을 깨닫기 위한 수단의 행위이다.

그것은
본성이 삶과 존재의 유일한 근본이며, 바탕이며,
뿌리이기 때문이다.

본성을 벗어나면
존재도, 삶도, 일체 우주조화의 작용도 없다.

그러므로 본(本)이란
일체의 근본이며, 바탕이며, 뿌리이기 때문이며,
성(性)이라고 함은, 바로 그 작용체이기 때문이다.

정도(正道)를 일컬음에는
본성의 성품과 작용을 벗어난
사견(邪見)과 사도(邪道)를 정도(正道)로 인식하므로
본성의 바른 도(道)를 드러내어
미혹의 사견(邪見)을 일깨우며
사견(邪見)과 사도(邪道)를 벗어나게 함이다.

미혹의 사견(邪見)과 사도(邪道)를 벗어나면
일체가 본성이니, 대(對)가 끊어져
무엇을 분별하여 정도(正道)라고 내세우거나
일컬을 법과 도가 없다.

정도(正道)란
미혹의 사견(邪見)과 사도(邪道)를 벗게 하는
본성의 진리이다.

이 우주
최고 최상의 유일한 법(法)과 도(道)는
본성의 길뿐이다.

06. 도심(道心)

도심(道心)은
통(通)이다.

심(心)이 두루 통(通)하면
그것이 도심(道心)이다.

무엇을 막힘 없이 다 알고
두루 밝은 그것이 도심(道心)이 아니라,
무엇에도 걸림 없는 그것이
도심(道心)이다.

도심(道心)은
지(智)의 밝음을 일컬음이 아니라,
무엇에도 걸림 없는
통(通)을 일컬음이다.

도심(道心)은
도(道) 닦는 마음인

수행심(修行心)을 일컬음이 아니다.

수행심(修行心)이
도(道)가 아님은
일체 통(通)에 이르지 못했으므로
분별과 사량, 미혹과 방황을 벗어날 수가
없기 때문이다.

도(道) 닦는 수행심은
통(通)의 장애를 제거하고자 마음을 맑히고
스스로 장애 된 의식의 어둠을 밝히고자 지혜를 닦는
수도심(修道心)이다.

도(道)를 구한다고
도(道)가 구해지는 것이 아니며,
통(通)에 이르고자 한다고
통(通)에 이르는 것이 아니다.

도(道)를 구함은
스스로 장애가 있어 그 장애를 제거하고자
도(道)를 닦음이니,
그 수행의 도(道)는 스스로 장애를 제거하여
통(通)에 이르기 위한 행위이다.

닦음이나 지음의 행위가 아닌
도(道), 그것은

무엇에도 장애(障礙) 없는 통(通)이다.

도(道)는 인위적이거나
지음으로 만들어지는 것이 아니라
우주 만유(萬有)가 흐르는 성(性)의 명(命)이
도(道)이며, 통(通)이다.

도(道)를 행하려 하면 지음이며 인위적이라
도(道)가 장애 되고,
통(通)하려 하면 그것이 조작이며 막힘이니
통(通)이 장애 된다.

통(通)은,
도(道)를 행하려 하거나, 통(通)하려 하는
자(自)가 없으면
그것이 바로 도(道)이며, 통(通)이다.

마음을 비우고, 의식(意識)을 밝히며
도심(道心)을 일으키고
도(道)의 고결한 마음을 가짐으로
도(道)가 되고, 통(通)이 되는 것이 아니다.

마음을 비우면, 비운 자(自)가 있어
비웠다는 그 마음이 자(自)로서 가득 채워져 있고

도심(道心)을 일으키면

도심(道心)을 일으킨 자(自)가 있어
일으킨 도심(道心)이 자(自)로서 가득 채워져 있다.

그것은 도(道)가 아니며
통(通)도 아니다.

도(道)는 자(自)가 없음이며
도심(道心)은 자(自) 없어 두루 통(通)이며
통(通)은 자(自)가 없음이니
자(自) 없으면 스스로 통(通)에 이르게 된다.

도(道)는 인위(人爲)나 지음이 아닌
스스로 자(自) 없는 궁극 밝은 지혜에 들면
통(通)에 이르니
그것이 도심(道心)이다.

도(道)를 닦음은 자(自)를 소멸함일 뿐
닦을 도(道)가 따로 있는 것이 아니다.

스스로 미혹 없어
무엇에도 장애가 없으면 그것이 밝은 지혜이며,
일체행(一切行)에 자(自)가 없으면
그것이 도행(道行)이며,
자(自) 없는 통(通)을 인연 따라 두루 밝게 쓰면
그것이 도심(道心)이다.

도(道)는, 미혹을 제거하고
마음을 비우며 맑히는 것에 있지 않고
그 마음 항상 자(自)에 장애 없이 두루 통(通)하고
막힘이 없으면 그것이 도(道)이다.

그러나 그것이
그냥 되는 것이 아니다.

미혹의 분별이 있으면
도(道)를 통(通)하지 못하니
스스로 미혹과 어리석음을 제거하는
지혜의 행이 있어야 한다.

그것이,
일체(一切)가 자(自) 없는 세계에 눈을 뜨면
지혜의 안목이 열리니
그것이 도(道)를 깨우침이며
통(通)의 자재(自在)에 이르는 길이다.

도(道)는 작용에 있으니
자(自) 없는 작용이 두루 통(通)에 이르면
그것이 도(道)이며, 도심(道心)이다.

허공이 빈 것이 도(道)가 아니라
허공이 만물을 수용하는 것이 도(道)이니

허공이 만물을 수용하지 못하면
한 티끌 없이, 무한 텅텅 비어 있어도
도(道)가 두루 밝게 통(通)하지 못하는 그것은
사공(死空)이며, 사도(死道)이다.

도(道)는
살아 있고, 숨을 쉬며, 호흡하고,
걸림 없이 두루 통(通)하여 작용하는
무한 우주 상생, 무궁조화(無窮造化)의 행이다.

작용이란,
일체를 수용(受用)하므로 통(通)의 작용이 일어나니
수용하지 못하는 것은 통(通)의 작용이 끊어져
스스로 죽거나 소멸하게 되고,
작용하는 것은 곧, 일체를 수용하고 상생하는
우주 생명작용, 수용섭리(受用攝理)의 명(命)을 따라
통(通)의 명(命)이 흐르는 무한 상생 도(道)의 삶이
이루어진다.

모든 존재는 본연 섭리의 흐름 통(通)의 명(命)을 따라
자기 존재 특성의 삶을 살아가니
모든 존재가 수용섭리인 통(通)의 명(命)을 벗어나면
자기 존재 섭리의 길, 무한 수용섭리(受用攝理)인
무한 상생, 생명정도(生命正道)의 명(命)을 상실하여
쇠퇴하고 소멸한다.

명(命)은
곧, 통(通)이며

통(通)이
곧, 명(命)이니

이것이
도(道)이며, 우주의 섭리, 무한 성(性)이 흐르는
명(命)의 길이다.

통(通)이 막히어 흐르는 명(命)이 끊어지면
곧, 도(道)가 끊어짐이니

무엇이든
명(命)이 장애 없이 두루 통(通)하게 하고
도(道)가 두루 펼쳐지게 해야 함이니
그것이 우주의 명(命)이 흐르는
명(命)의 섭리, 무한 수용섭리(受用攝理)의 세계
무한 상생(相生), 원융의 길이다.

명(命)이 장애 되어 막히면
통(通)이 끊어져, 우주의 섭리 도(道)의 덕화(德化)
통(通)의 이화(理化)인 명(明)의 지혜와
복(福)과 장생(長生)을 잃게 되고,
모습은 통(通)이 장애 된 장애상(障礙相)을 가지고
명(命)의 흐름이 장애 되어

통(通)이 막히는 장애의 삶을 살게 된다.

이것이
명(命)이 통(通)하지 못해
명(命)과 도(道)가 장애(障礙)된 재앙(災殃)이며
재난(災難)이다.

이 일체는
수용섭리(受用攝理)의 명(命)을 장애한
통(通)의 장애 때문이다.

우주의 섭리,
명(命)이 막힘 없이 흐르고
통(通)이 장애 없으면
무궁조화(無窮造化), 이화(理化)의 명(命)을 따라
복(福)과 장생(長生)의 축복과
명(明)의 밝은 지혜를 이룬다.

우주가 흐르는 섭리의 세계
도(道)는
이화(理化)의 명(命)에 의한 수용섭리(受用攝理)이니
통(通)하는 곳으로 명(命)이 흐르며
막히고 장애 되면 통(通)의 명(命)이 끊어지니
이것은 물이 흐르는 섭리와 같고
막힘 없는 곳으로 빛이 나아가는 섭리와 같다.

무엇이든 장애 되면
통(通)이 자재(自在)하지 못하여
명(命)의 흐름이 장애 되어 막히고 끊어지니,
그것이 무엇이든 파괴되고 소멸하며 쇠퇴하는
명(命)의 섭리이다.

도(道)는
명(命)이 통(通)하여 흐름이며
명(命)이 통(通)하지 못하면 그것이 죽음이니
무엇이든 만사(萬事)에 장애가 없고
이화(理化)의 명(命)이 걸림 없이
두루 원융히 통(通)할 수 있도록 해야 한다.

도(道)의 장애는 미혹이며
통(通)의 장애는 자(自)이니
도심(道心)은 미혹과 자(自) 없어 두루 밝은
통(通)이다.

07. 절대성(絶對性)

절대성(絶對性)은
불이성(不二性)을 일컬음이다.

절대성(絶對性)이
불이성(不二性)임은, 대(對)가 끊어진 성품이기
때문이다.

대(對)가 끊어짐이란
자타(自他), 유무(有無), 생멸(生滅), 명암(明暗),
고저(高低), 시종(始終), 생사(生死), 선악(善惡),
시공(時空), 물심(物心), 천지(天地), 남녀(男女),
주야(晝夜), 전후(前後), 좌우(左右), 상하(上下),
내외(內外), 심신(心身), 청탁(淸濁), 순역(順逆),
길흉(吉凶) 등
일체 존재와 상(相)이 끊어진 성품이다.

만약 일컬을 무엇이 있거나
보이는 무엇이 있거나

들리는 무엇이 있거나
촉각과 감각으로 느끼거나 생각할 대상이 있다면
그것은 관계성 속에 있으며, 대(對)의 성립이며
일컬을 대상인 유형 또는, 무형적 존재가 있음이며
대(對)가 존재하고, 관계가 성립함이니
이는, 절대성(絕對性)이 아니다.

유형이든, 무형이든, 존재에는
반드시 절대성(絕對性)이 될 수가 없다.

왜냐면, 유형이든, 무형이든, 존재 그 자체가
곧, 대(對)의 성립 관계성 속에 있으며
관계성을 가지지 않아도
존재, 그 자체가 곧, 절대성을 벗어난 것이기
때문이다.

천부경(天符經)에서는 절대성(絕對性)의 세계를
만왕만래용변부동본(萬往萬來用變不動本)이라
했으며

법성게(法性偈)에서는
제법부동본래적(諸法不動本來寂)
무명무상절일체(無名無相絕一切)라 했으며

반야심경(般若心經)에서는

제법공상(諸法空相)
불생불멸(不生不滅)이라고 했다.

만왕만래용변부동본(萬往萬來用變不動本)
제법부동본래적(諸法不動本來寂)
무명무상절일체(無名無相絕一切)
제법공상(諸法空相)
불생불멸(不生不滅)

이 법구(法句)가
일체상(一切相)의 부동본성(不動本性)
무위절대성(無爲絕對性)을 드러낸다.

여기에서
부동본성(不動本性)의 부동(不動)은
동(動)과 정(靜)을 벗어난
무위부동(無爲不動)을 일컬음이다.

무위(無爲)는
생멸(生滅)이 없는 본성(本性)의 성품을 일컬어
무위(無爲)라고 한다,

무위(無爲)는
유(有)의 반대 무(無)가 아니다.

또한,
유위(有爲)의 반대 무위(無爲)도 아니다.

유위(有爲)의 반대 무위(無爲)를
또한, 벗어나야
진무위(眞無爲)를 깨닫는다.

왜냐면,
무위(無爲)에는 일체(一切)가 끊어져
반대의 유위(有爲)가 없기 때문이다.

진무위(眞無爲),
그것이 절대성(絕對性)이다.

일컬을 것이나
반대(反對), 또는 상대(相對)가 있으면 그것은
무위(無爲)가 아니다.

무위(無爲)는
유(有)도, 무(無)도 아니며
아(我)도, 무아(無我)도 아니며
상(相)도, 무상(無相)도 아니며
동(動)도, 정(靜)도 아니다.

그러므로
무유정(無有定)이라고 하며

무위절대성(無爲絕對性)이라고 하며
성품의 성질과 작용성을 덧붙이지 않고 바로 일러
성(性)이라고 한다.

만약,
유위(有爲)의 반대를 무위(無爲)로 알고 있으면
진무위(眞無爲)를 아는 것이 아니다.

이해를 돕기 위한
논리(論理)적 상황 전개에서는
유위(有爲)의 바탕 인식견(認識見)에서
무위(無爲)가 유위(有爲)를 벗어난 세계이므로
유위(有爲)의 기본에서 무위(無爲)를 둘 수 있으나
실제(實際)는, 유위(有爲)의 반대인 무위(無爲)는
존재할 수가 없다.

그렇게 되면
유위와 무위의 두 세계가 실제 공존(共存)하는
이법(二法)의 세계로 서로 분리가 되기 때문이다.

왜냐면
유위(有爲) 그 자체가
곧, 무위(無爲)이기 때문이다.

이를, 반야심경(般若心經)에서는
색즉시공(色卽是空) 공즉시색(空卽是色)이라 하였다.

유(有)는 상(相)이니, 반대인 무(無)가 있고
유견(有見)에는 반대인 무견(無見)이 있으나
무위(無爲)는 유무(有無)의 상(相)을 초월하니
이법(二法)이 없기 때문이다.

이법(二法) 없는 그 자체가
불이성(不二性)이며, 절대성(絶對性)이며
무위(無爲)이다.

이것이
즉, 일체 만물의 본성(本性)인 성(性)의 세계이다.

만왕만래용변부동본(萬往萬來用變不動本)
제법부동본래적(諸法不動本來寂)
무명무상절일체(無名無相絶一切)
제법공상(諸法空相)
불생불멸(不生不滅)
이 법구(法句)는 상(相)을 벗어난 것이 아니라
상(相)의 실체이며, 생멸(生滅) 없는 본성인
불이성(不二性)을 일컫는 것이니
본성(本性)의 절대성(絶對性)은
대(對)인 이법(二法)이 존재할 수가 없다.

만약,
존재한다면 그것은

생멸 없는 절대성(絕對性)이 아니라
대(對)의 관계성 속에 있는 상(相)이며, 유(有)이며
존재의 세계이다.

천부경(天符經)에서는
이 절대성(絕對性)의 세계를
일시무시일(一始無始一)
일종무종일(一終無終一)이라 했다.

이곳에 이르는
깨달음의 본성심법(本性心法)을 드러내고자
천지인(天地人) 무궁조화(無窮造化) 속에
만왕만래용변부동본(萬往萬來用變不動本)을 드러내며
만물만상무한조화(萬物萬相無限造化)에도
그 본성(本性)은 부동(不動)임을 밝히고,
성통각명(性通覺明)으로
절대성(絕對性) 본성본심(本性本心)에 들어
본심본태양앙명(本心本太陽昻明)임을 깨달아
일체가 성통각명(性通覺明) 속에
본심본태양앙명인(本心本太陽昻明人)의 각명세계,
천지인(天地人)이 불이일성(不二一性)인
성통광명일성(性通光明一性)에 들게 되고,
천지인(天地人) 융화의 일종성(一終性)에 들어도
그 또한 무시무종성(無始無終性)이라
종(終)이 없는 성품, 일종성(一終性)이며,

종(終) 없는 성품 일종성(一終性)이
단멸(斷滅)이 아닌, 무종일성(無終一性)이니
천지인(天地人) 무량 무한 조화(造化)가
또한, 무궁(無窮)함을 드러낸다.

그 불가사의는
성통각명(性通覺明)으로 일시무시일(一始無始一)
일종무종일(一終無終一)을 깨달아
일체상(一切相) 천지인(天地人)이 끊어진 성품
본심본태양앙명(本心本太陽昻明)의
융화일성(融化一性) 성통심광(性通心光)에 들어야
그 법(法)의 세계를 바로 요달(了達)하는
법구(法句)이다.

만왕만래용변부동본(萬往萬來用變不動本)을 깨달음이
일체상(一切相) 제법(諸法)이
본래 생멸 없는 적멸성(寂滅性)인
제법부동본래적(諸法不動本來寂)을 깨달음이며,
이 성통각명(性通覺明)의 경계가
일체(一切) 상(相)과 명(名)이 끊어진
무명무상절일체(無名無相絕一切)를 깨달음이며,
이것이 곧, 일체상 제법(諸法)이 공(空)한
제법공상(諸法空相)을 깨달음이며,
이것이, 제법(諸法) 일체상의 실상(實相)인
불생불멸(不生不滅)을 깨달음이다.

공(空)은
상(相)이 없음을 일컬으며,
제법공상(諸法空相)은
일체상(一切相)이 실체가 없음을 일컬음이다.

불생불멸(不生不滅)은
공상(空相)과 공성(空性)을 일컬음이다.

공상(空相)의 불생불멸(不生不滅)은
생(生)이, 생(生)이 아닌 불생(不生)이며,
멸(滅)이, 멸(滅)이 아닌 불멸(不滅)이니
이는, 생멸상(生滅相)이 공상(空相)이기 때문이다.

공성(空性)의 불생불멸(不生不滅)은
성품은 상(相)이 없어, 생(生)이 없는 성품이며
또한, 멸(滅)이 없는 성품이다.

만왕만래용변부동본(萬往萬來用變不動本)
제법부동본래적(諸法不動本來寂)
무명무상절일체(無名無相絕一切)
제법공상(諸法空相)
불생불멸(不生不滅)
이 법구(法句)들은 동일성품(同一性品)의 법구이며
불이성(不二性)의 경계이다.

불이성(不二性)은
일체 대(對)가 끊어져 무위절대성(無爲絕對性)이니
앞뒤, 좌우, 상하, 내외, 물심(物心), 일체(一切)가
끊어진 성품이라,
불이성(不二性)은 일체가 끊어진 자체
그 하나도 없다.

왜냐면,
상(相)이 없어
정(定)함 없는 청정성품이라
절대성(絕對性)이며
무유정성(無有定性)이며
무유정법(無有定法)이기 때문이다.

일시무시일(一始無始一)과
일종무종일(一終無終一)의 일(一)은
단지, 성(性)의 성품을 일컬을 뿐
일컬을 하나가 존재하지 않는다.

이 말은
유견(有見)이나, 생멸견(生滅見)이나
상견(相見)으로 헤아리면
그것은 의식(意識)의 상념(想念)이라,
일컬을 하나가 존재하지 않는다는 이 말을
이해할 수가 없다,

그러므로
이 말에 무견(無見)이나 단멸(斷滅)이나
무기견(無記見)을 일으키게 된다.

왜냐면,
상(相)과 의식(意識)의 상념(想念)을
벗어나지 못하면
절대무위성(絕對無爲性)인 성(性)을 모르며
무위(無爲)를 모르며, 불이성(不二性)을 모르며
공(空)을 모르기 때문이다.

이 일체(一切)는
상(相)과 식(識)의 분별이 끊어진
절대(絕對) 공(空)의 세계이다.

일시무시일(一始無始一)과
일종무종일(一終無終一)의 일(一)은
천지인(天地人) 만물 조화(造化)의 성품을
깨닫게 하고자
일체상(一切相)이 끊어진 근본 성(性)을 일컬어
단지, 일(一)이라 했을 뿐이다.

일(一)은
온 우주 두루하여 지극히 원융하고 충만한
본성의 성품이다.

오로지, 그 외(外)는 무엇도 없기에
그 성품을 일컬어 일(一)이라고 했을 뿐이다.

그 일(一)은, 일체(一切)를 초월한 성품이니
일컬을 일(一), 그 자체도 벗어난 성품이다.

일(一)은 불이성(不二性)이니
단지, 성(性)의 성품을 일컬어 일(一)이라고 했을 뿐
이는, 일컬을 수(數)를 벗어난 일(一)이다.

일(一)은, 무한성(無限性)으로
곧, 초월성(超越性)이며, 절대성(絕對性)이며
궁극(窮極)이며, 완전(完全)이며, 필경(畢竟)이라
무명무상절일체(無名無相絕一切)이다.

일(一)은
무위절대성(無爲絕對性)인 불이성(不二性)이며,
절대중도(絕對中道)인
일즉다(一卽多) 다즉일(多卽一)의 세계이다.

일즉다(一卽多) 다즉일(多卽一)의 세계가
천부경(天符經), 일시무시일(一始無始一)로부터
일종무종일(一終無終一)에 이르는 전체세계이다.

상견(相見)으로 분별하여 헤아리면
아무리 추측해도 알 수 없으나

지혜가 밝아 무명무상절일체(無名無相絕一切)이면
바로 깨닫는 자기 본연(本然)이며
보고 듣는 자기 성품의 실체(實體)이다.

무명무상절일체(無名無相絕一切)는
일체상(一切相)이 끊어진 절대성(絕對性)이니
만약,
앞뒤, 상하, 좌우, 내외, 자타, 유무, 물심(物心)이
있으면 알 수가 없다.

왜냐면,
일체상(一切相)이 끊어진 초월성이기 때문이다.

그 성품이
일시무시일(一始無始一)이며,
일종무종일(一終無終一)이며, 불이성(不二性)이며
무위절대성(無爲絕對性)이다.

이 세계가 성통각명(性通覺明)으로
일체상(一切相) 천지인(天地人) 만물(萬物)을 초월해
불이(不二)의 성품에 듦이니,
이 각성(覺性)의 경계가 인중천지일(人中天地一)인
본심본태양앙명인(本心本太陽昻明人)의 경계이다.

성통각명(性通覺明)으로
천지인(天地人)이 하나인 불이성(不二性)에 이르며

이 성통각명(性通覺明)의 경계가
일체상(一切相)이 적멸(寂滅)한
만왕만래용변부동본(萬往萬來用變不動本)
제법부동본래적(諸法不動本來寂)
무명무상절일체(無名無相絕一切)
제법공상(諸法空相)
불생불멸(不生不滅)의 세계이다.

이 경계가
본심본태양앙명인(本心本太陽昻明人)의 경계임은
성통각명(性通覺明) 그 자체가
본심본태양앙명계(本心本太陽昻明界)이기 때문이다.

본심본태양앙명(本心本太陽昻明)이란
성통원융(性通圓融) 본심광명(本心光明)의 세계이니
본심은 본래 두루 밝은 태양의 밝음과 같아
일체불이(一切不二) 성통각명(性通覺明)으로
원융일성(圓融一性) 본심(本心)의 각명(覺明)인
본태양앙명(本太陽昻明)에 이른다.

본심(本心)이란
일체상(一切相) 천지인(天地人) 만물만상을 벗어난
원융광명(圓融光明) 본성심(本性心)이다.

이는, 성통각명(性通覺明)으로
심(心)과 성(性)이 하나인 불이성(不二性)에 이르니

이 성통심광(性通心光)의 경계를
본 서적 내용에는 일체불이각명(一切不二覺明)으로
심(心)과 천(天)이 하나 된 천인합일(天人合一)인
심천광명(心天光明)이라 했으며,
천부경(天符經)에서는
본심본태양앙명(本心本太陽昻明)이라 했다.
이는, 천지인(天地人)이
성통각명(性通覺明) 심광(心光) 속에
일체(一切)가 불이각명(不二覺明) 원융의 하나인
인중천지일(人中天地一)이다.

본심본태양앙명(本心本太陽昻明)과
인중천지일(人中天地一)이
심(心)과 성(性)의 불이(不二)에 이른
성통각명(性通覺明) 심광원융(心光圓融)의 세계이다.

본심(本心)이
본태양앙명(本太陽昻明)임은
본심(本心)은 일체상(一切相)을 초월한
성(性)의 성품 심(心)이니
이 원융심(圓融心)이
곧, 일시무시일(一始無始一)의 심(心)이며
일종무종일(一終無終一)의 심(心)이다.

이는, 일체를 초월하여
본태양앙명(本太陽昻明)과 같이

온 시방 우주를 두루 밝게 비추는
광명변조(光明遍照) 변일체처(遍一切處)인
원융각명성(圓融覺明性)이기 때문이다.

이는, 심(心)과 성(性)이 불이원융(不二圓融)인
성명심(性明心)이며, 각성심(覺性心)이며
각명심(覺明心)이다.

그러므로
만왕만래용변부동본(萬往萬來用變不動本)
제법부동본래적(諸法不動本來寂)
무명무상절일체(無名無相絶一切)인
성통각명(性通覺明)에 들어
본심본태양앙명(本心本太陽昻明)임을 깨달아
본심본태양앙명인(本心本太陽昻明人)이 되어
성통각명(性通覺明) 불이성(不二性) 속에
천지인(天地人)이 하나인
인중천지일(人中天地一)에 들며,
일시무시일(一始無始一)의 성품 속에
일종무종일(一終無終一)의 세계를 두루 밝게
통(通)하게 된다.

이 성통각명(性通覺明)으로
천지인(天地人) 일체(一切)가 끊어진
일종성(一終性)에 들어도
그 또한, 천지인(天地人) 무궁조화(無窮造化)의

무종성(無終性)임을 또다시, 깨달으니
그것이 일종무종일(一終無終一)이다.

일시무시일(一始無始一)은
천지인(天地人) 만물의 무궁조화(無窮造化)가
하나의 성품, 일성(一性)으로 비롯하였으며
그 하나의 성품은
시종(始終) 없는 무시무종성(無始無終性)이라
무엇에 의해 비롯하였거나 생성된 것이 아닌
천지인(天地人) 생성 그 이전부터
유유자존(幽幽自存)한 성품이다.

그러므로
시초(始初)가 없어 무시성(無始性)이며
무시일(無始一)이니

그 성품은
무엇에 의해 비롯하여 생성된 성품이 아닌
시초(始初) 없는 무시무종성(無始無終性)임을
일컬음이다.

일종무종일(一終無終一)은
성통각명(性通覺明)으로
만왕만래용변부동본(萬往萬來用變不動本)에 들어
본성심광(本性心光)이 열린

본심본태양앙명인(本心本太陽昻明人)이 되어
본심본태양앙명(本心本太陽昻明)의 밝음 속에
성통각명(性通覺明) 원융불이성(圓融不二性)인
심광(心光) 속에 천지인(天地人)이 하나인
인중천지일(人中天地一)의 일종성(一終性)에 들어도
그 일종성(一終性)은
일체단멸(一切斷滅)의 일종성(一終性)이 아니라
시종(始終) 없는 무시무종성(無始無終性)이며
또한, 천지인 무궁조화(無窮造化)가 끝이 없는
무종성(無終性)인
무종일(無終一)의 성품임을 뜻한다.

이 일체(一切)가
곧, 무한 절대성(絶對性)의 세계이니
이는, 불이성(不二性) 무위절대성(無爲絶對性)이며
일시무시일(一始無始一)이며
일종무종일(一終無終一)의 세계이다.

이것이
무한 절대성(絶對性)을 깨달은
성통각명(性通覺明)
본심본태양앙명인(本心本太陽昻明人)의 세계이다.

이처럼
성통각명(性通覺明)으로
각성광명(覺性光明)의 심광(心光)을 열어

이법(二法) 없는 불이성(不二性)으로
유(有)와 무(無)를 초월하고,
유위(有爲)를 벗어나 무위(無爲) 또한, 초월하여
진무위(眞無爲) 무한 절대성(絕對性)인
부사의 성품 일성(一性)을 깨달아
일시무시일(一始無始一)과
일종무종일(一終無終一)의 세계를 두루 밝게
통(通)한다.

08. 상상인(上上人)

상상인(上上人)은
높고 높은 사람이니
누구나 상상인(上上人)이 되고자 한다.

그러나 누가, 자신을
상상인(上上人)으로 만들어 주는 것이 아니다.

그리고 또, 누가
상상인(上上人)이 못 되도록 막고 있는 것도 아니다.

누구나
상상인(上上人)이 되고자 하여도
스스로 상상인(上上人)의 지혜와 면모와 기질과
성향과 품새를 갖추지 못했기 때문이다.

사람은
배우고 익히며, 누구나 이끌어주고, 스스로 가꾸면

남보다 앞설 수가 있다.

그러나
상상인(上上人)으로 가는 길은 끊어져
배우고 익힐 곳도 없어
어떻게 해야 상상인(上上人)이 될 수가 있는지
알 수가 없다.

상상인(上上人)은
지(智)와 예(禮)를 두루 갖추어
지극하고 숭고한 인성(人性)과 지성(智性)을 두루한
향지상인(香智上人)이 되어야 한다.

상상인(上上人)의 지(智)는
배워 익힘에 의한 지(智)를 넘어선 이념(理念) 속에
이성(理性)의 정신이 밝게 활짝 열린 지성(智性)으로
만물의 섭리와 순리를 터득한 도(道)의 지혜이며,

상상인(上上人)의 예(禮)는
배워 익힘에 의한 예(禮)를 넘어선 이성(理性)으로
만물의 섭리와 순리를 터득한 지혜의 정신 속에
만물의 섭리와 이치에 순응하는 천성(天性)이 열리어
인위(人爲)를 벗어버린 순수 이성(理性)으로
겸손하고 겸허하며, 상대를 공경하는
지극한 순수지혜 이성(理性)의 발현이다.

인간이
다른 생명체에는 없는 가치 있는 인간의 아름다움은
인간의 정신 속에
예(禮)의 정신이 있기 때문이다.

예(禮)는
인간의 인성(人性)을 성숙시키고
삶의 관계를 아름답게 하며
모두가 행복한 아름다운 사회적 정신을
성숙하게 한다.

예(禮)를 잃으면
인간의 인성(人性)이 타락하고
삶의 관계가 삭막해지며
모두가 행복한 아름다운 사회적 정신을
상실하게 된다.

만약,
지(智)만 있고, 예(禮)를 두루 갖추지 못하였다면
지(智)의 밝음을 갖추었어도
그 지(智)의 유익한 가치를 상승 발휘하고 활용할
삶의 사회적 인성(人性)이 부족하여
그 지(智)의 작용과 가치를 상실할 수도 있다.

태양의 가치는, 밝음에 있는 것이 아니라
만물을 상생(相生)하는 그 작용에 있고,

허공의 가치는, 텅 빈 것에 있는 것이 아니라
만물을 걸림 없이 수용하는 작용에 있다.

만약,
예(禮)만 있고, 지(智)를 두루 갖추지 못하였다면
스스로 예(禮)를 숭상하고 받들어도
그 예(禮)의 정신이 피어나는 근원의 뿌리
깊은 내향(內香)이 없어
예(禮)가 단순한 행위에만 그친다.

만약,
지(智)를 두루 갖추었고
또, 더불어 예(禮)까지 두루 갖추었다면
그 지(智)가 향기롭고, 고결하여, 그 가치를 더하고
모두가 그 지(智)를 따르고 공경하여 받들어
만인(萬人)을 구제하고 일깨우며 제도하여
세상에 더없는 밝은 가치의 세계를 정립하는
바탕을 건립한다.

만인을 살리는 영약(靈藥)이
냄새까지 향기로우면
멀리 있는 사람도 그 향기에 매료되어
온 세상 사람들을 구제하는 큰 효과를 볼 수가 있다.

또한,

예(禮)를 두루 갖추었고
또, 더불어 지(智)를 두루 갖추었다면
그 예(禮)를 행함의 기품이 더없는 향기를 발하고,
그 깊은 내면의 아름다움은
모든 사람을 순수 이성(理性)으로 인도하는
진리의 모습이다.

만인(萬人)이 흠모하고 찬탄을 하는 것에는
밝음만 있는 것이 아니라
더불어 행하는 아름다움을 겸함에 있음이니
세상에 금(金)과 옥(玉)이 좋다고 하나
사람의 깊이 있는 그 향기의 가치를 능가할 수는
없다.

상상인(上上人)은
누구나 간절히 바라고 원해도
스스로 다스리고 가꾸지 않으면 이룰 수 없으니
자신의 부족함을 항상 일깨우고 다스리다 보면
동쪽에서 해가 솟아 세상을 환히 비추듯
홀연히 마음에 어둠이 걷히고 정신이 열리어
많은 생명과 삶의 세상에 이로움을 주는
태양처럼, 물처럼, 생명에 더없이 소중한
무상인(無上人)이 되리라.

지혜의 눈이 더욱 밝아져

천지의 도(道)와 심근(心根)의 도(道)를
두루 밝게 통(通)한
걸림 없는 일통명안(一通明眼)이 홀연히 열리면,
사람을 초월하고
초월한 사람을 또한, 초월하여 벗어버린
초연(超然)한
상상인(上上人)을 우연히 보게 된다

09. 성(性)

성(性)은
우주의 만물과 모든 생명 존재의
바탕이며, 근본인 성품이다.

이 성품을 일러, 성(性)이라고 함은
일체 만물의 생성과 작용의 실체이기 때문이다.

이 성품을
본성(本性)이라고 함은
이 성품이 모든 존재의 근본 뿌리인 바탕이며
실체(實體)이기 때문이다.

이 성(性)은
모든 물질적, 생명적 존재와
모든 심식작용(心識作用)의 바탕이며
실체(實體)이다.

이 성(性)은

일체의 근본이며, 바탕으로
유무(有無)와 생멸(生滅)을 초월한 청정성품이니
일체(一切) 시(時), 공(空), 심(心), 물(物),
유무(有無)의 세계에 걸림이 없는
초월의 성품이다.

성(性)의 특성이
일체에 장애 없는 원융무애성(圓融無礙性)으로
원융일성(圓融一性) 속에
부사의 원융의 밝음인 명(明)과
불가사의 청정(淸淨)한 부사의 정(精)의 성품을
지니고 있다.

명(明)의 성품은
스스로 원융히 두루 밝게 깨어 있는 신령(神靈)한
광명성품(光明性品)으로
심(心)의 부사의 작용의 바탕 성품이다.

정(精)의 성품은
무위정(無爲精)으로 성품이 적정청정(寂靜淸淨)하여
일체에 걸림 없는 무애자재성(無礙自在性)으로
성(性)의 부사의 섭리를 따라
물(物)을 생기(生起)하는 바탕 성품이다.

성(性)은

원융광명(圓融光明)의 밝음인
명(明)의 자성(自性)과
불가사의 청정무애(淸淨無礙) 적정(寂靜)인
맑은 정(精)의 자성(自性)을 지니고 있어
명(明)과 정(精)이 불이(不二)의 일성(一性)이다.

성(性)의 명(明)의 성품은
성(性)의 부사의 작용, 원융동(圓融動)의 성품으로
밝음이 온 우주에 두루 하여 비추지 않음이 없는
일체 장애 없는 신령(神靈)한 성품으로
일체(一切) 시(時), 공(空), 심(心), 물(物),
유무(有無)에 걸림이 없어
시종(始終)과 생멸(生滅)을 초월한
무시원융각명(無始圓融覺明)의 밝은 성품으로
일체 심식(心識)을 생기(生起)하는
심(心)의 바탕 성품이다.

성(性)의 정(精)의 성품은
청정무애(淸淨無礙) 적정(寂靜)한 성품으로
온 우주 충만한 청정무애자재성(淸淨無礙自在性)이니
일체(一切) 시(時), 공(空), 심(心), 물(物),
유무(有無)에 걸림이 없어
시종(始終)과 생멸(生滅)을 초월한
무시적정무애(無始寂靜無礙)의 청정성품으로
성(性)의 섭리 속에 물(物)을 생기(生起)하는
물(物)의 바탕 성품이다.

성(性)의 불이일성(不二一性)인
명(明)과 정(精)의 불이자성(不二自性)은
시방 우주와 만물 만 생명을 창출하는 바탕이며
근원이다.

명(明)의 원융각명자성(圓融覺明自性)은
각명성(覺明性)으로 광명양성(光明陽性)이라
원융천(圓融天)을 생기(生起)하는 바탕의 성품이며,
정(精)의 적정무애자성(寂靜無礙自性)은
열반성(涅槃性)으로 적정음성(寂靜陰性)이라
물(物)인 지(地)와 일체 만물을 생기(生起)하는
바탕의 성품이다.

명(明)의 자성(自性)은 각명본성(覺明本性)으로
천(天)과 일체식심(一切識心)과 정신(精神)을
생기(生起)하는 바탕의 성품이며,
정(精)의 자성(自性)은 적정본성(寂靜本性)으로
지(地)와 일체상(一切相)과 만물(萬物)을
생기(生起)하는 바탕의 성품이다.

원융일성(圓融一性)인 본성(本性)의 성품
불이일성(不二一性)인 명(明)과 정(精)의 성품은
자성작용(自性作用)의 조화(造化) 속에
성품의 특성을 따라 천(天)과 지(地)를 열고
시방(十方) 두루 만물만생(萬物萬生)을 펼쳐
본성불이(本性不二) 원융일성(圓融一性)의 작용 속에

천(天)과 지(地)의 작용이 혼연히 하나인
본연일성(本然一性) 섭리의 무궁조화(無窮造化)로
시방천(十方天) 무한 우주의 만물을 운행한다.

본성의 원융일성(圓融一性)에 드는 깨달음의 길에
일체식심(一切識心)은
각명본성(覺明本性)의 장애로 생기(生起)한 것이니
허공천(虛空天) 또한
식(識)이 생기(生起)한 식천(識天)이므로
각명본성(覺明本性)에 들면
일체식심(一切識心)이 타파되어 소멸할 때
허공천(虛空天) 또한, 타파되어 사라진다.

심식(心識)의 일체상(一切相)은
열반성(涅槃性)인 적정본성(寂靜本性)이 장애 되어
생기(生起)한 것이므로
일체상은 생멸심(生滅心)이 생기(生起)한 것이니
생멸심(生滅心)이 끊어져 열반성(涅槃性)인
적정본성(寂靜本性)에 들면
만물(萬物) 일체상(一切相)이 또한, 타파되어
사라진다.

명(明)과 정(精)의 불이일성(不二一性)인
원융본성(圓融本性)에 들면
천지(天地)의 근원과

만물(萬物)의 근원과
일체식심(一切識心)의 근원에 들게 된다.

이는,
천지(天地)와 만물(萬物)과 일체식심(一切識心)이
열리기 전(前)의 본성 무생성(無生性)에 듦이다.

성(性)의 성품
명(明)과 정(精)은 불이(不二)의 초월성(超越性)으로
우주와 만물과 만 생명 존재의 바탕 성품이 되어
성(性)의 섭리의 작용으로
우주 만물과 만 생명이 생성되어
생멸의 운행을 한다.

우주와 만물, 만 생명의 생성 소멸의 작용과 운행은
성(性)의 지극한 섭리에 의함이니
성(性)의 성품의 섭리를 따라 생멸하고 운행함이
우주의 만물과 만 생명의 생태적 삶이다.

우주에 그 무엇이든
유형무형(有形無形)의 존재 일체(一切)가
성(性)의 성품을 벗어나 존재할 수가 없으며
그것이 무엇이든 그 존재 자체는
성(性)의 섭리의 생태작용으로 생성되어 존재하며,
모든 존재의 삶이

성(性)의 섭리의 작용 속에 이루어지고 있다.

성(性)의 명(明)의 자성(自性)은
스스로 어둠 없이 밝고 밝은 각명성(覺明性)으로
무엇에도 장애가 없는 원융각명성(圓融覺明性)이며
심(心)의 바탕 진성(眞性)인
일체 심작용(心作用)의 자성(自性)이다.

성(性)의 정(精)의 자성(自性)은
스스로 고요하고 맑고 맑은 청정성(淸淨性)으로
무엇에도 걸림이 없는 적정무애성(寂靜無礙性)이며
물(物)의 바탕 진성(眞性)인
일체 물(物)의 생기조화(生起造化)의 자성(自性)이다.

자성(自性)이란
존재와 작용의 바탕 성품이니
무엇에도 말미암지 않고 유유자존(幽幽自存)하는
우주에 항상 충만한 성품으로
그 성품은 본연성(本然性) 그대로
시종(始終)과 생멸에 관계없이 항상 하는 성품이다.

심(心)의 작용이 있는 것은
그 바탕 성품이, 무엇에도 걸림이 없이 두루 밝은
명(明)의 자성(自性) 때문이다.

물(物)이 생기(生起)하는 것은
그 바탕의 성품이, 무엇에도 걸림이 없이 맑고 맑은
정(精)의 자성(自性) 때문이다.

그러나,
명(明)과 정(精)이 불이(不二)의 일성(一性)이니
서로 떨어져 있거나, 두 성품이 따로 있지 않아
명(明)의 자성(自性) 작용 속에
정(精)의 성품이 바탕이 되고,
정(精)의 자성(自性) 작용 속에
명(明)의 자성이 함께한다.

그러므로
명(明)의 작용 속에
정(精)을 생기(生起)하기도 하고,
정(精)의 작용 속에
명(明)을 생기(生起)하기도 한다.

이것은
명(明)의 성품과 정(精)의 성품이
성(性)의 한 성품으로
불이성(不二性)이기 때문이다.

단지, 차별은
명(明)의 성품은
성(性)의 원융무애각명성(圓融無礙覺明性)으로

부사의 작용의 신령(神靈)함은
스스로 시방 우주를 두루 밝게 비추는 각명작용이 있어
성(性)의 부사의 무위동(無爲動)의 성품이다.

정(精)의 성품은
성(性)의 적정무애청정성(寂靜無礙淸淨性)으로
그 무위청정(無爲淸淨)한 정(精)의 성품이
시방 우주에 충만하여 성(性)의 무위섭리를 따르는
성(性)의 부사의 무위정(無爲靜)의 성품이다.

명(明)은 성(性)의 부사의 성품으로
심(心)의 바탕 자성(自性)이나
심(心)을 초월한 부사의 성(性)이며
정(精)은 성(性)의 부사의 성품으로
물(物)의 바탕 자성(自性)이나
물(物)을 초월한 부사의 성(性)이다.

심(心)의 차원 차별세계가 있으니
심(心)의 초월성과 차별차원에 따라
심(心)을 지칭하고 이름하는 각각 심(心)이 다르니
무량 각(覺)과 무량 식(識)의 심(心)의 차별차원이 있다.

물성(物性), 또한
물성의 차원, 차별세계가 있으니
물성(物性)의 초월성과 물성(物性) 차별차원과

물성, 체용상(體用相) 생태의 작용 차별차원을 따라
유무의 일체상 물성을 각각 일컬음과 이름함이 다르다.

원융한 밝은 성품, 명(明)의 자성(自性) 작용인
원융각명(圓融覺明)의 신령(神靈)한 작용으로
부사의한 심(心)의 조화(造化)가 이루어지니,
신령(神靈)한 작용의 조화(造化)가
명(明)의 차별차원에 따라 다르겠으나
명(明)의 성품, 신령(神靈)한 작용을 따라
부사의 정(精)의 물성(物性)을 생기(生起)하여
영성(靈性)이나, 영체(靈體)나,
부사의 차별차원 개체성 식(識)의 몸을
생성하기도 한다.

신령(神靈)이란
신(神)은 원융무애(圓融無礙)의 작용이며
영(靈)은 두루 밝음이니
이는, 명(明)의 자성(自性)의 부사의한 작용으로
원융무애하고 무애자재하여
무엇에도 걸림이 없는 원융작용 그 자체를 일컬음이다.

명(明)의 부사의 자성작용(自性作用)인
신(神)을 통해
심(心)의 작용이 이루어진다.

여기에서 신(神)은
명(明)의 부사의 원융무애 각명작용(覺明作用)인
그 자체를 일컬을 뿐
관념의 인격체(人格體)적 신(神)을 말함이 아니다.

신(神)은, 무엇에도 걸림 없는 부사의 작용인
명(明)의 원융자재통(圓融自在通)을 일컬을 뿐이다.

불가사의한 청정무애(淸淨無礙) 적정(寂靜)인
정(精)의 자성(自性)의 작용은 자재(自在)하여도
명(明)의 자성(自性)의 작용처럼
신(神)이라 하지 않고, 명(命)이라고 한다.

명(明)의 작용도 부사의하여 심오하고
정(精)의 작용도 부사의하여 심오하나
그 부사의하고 심오한 작용의 차별이 있으니
명(明)과 정(精)의 작용을 일컬음이 다르다.

신(神)과 명(命)의 부사의 작용의 차별은
신(神)이라 함은,
그 각명작용이 무엇에도 걸림이 없이
스스로 자유자재의 작용이 있기 때문이니,
명(明)의 작용이라 원융무애(圓融無礙)하여
스스로 밝아 심(心)의 원융무애작용을 하기 때문이다.

명(命)이라 함은,
그 작용이 성(性)의 섭리를 따르기 때문이니,
청정무애(淸淨無礙) 무위정(無爲精)의 작용이나
성(性)의 섭리 작용인 명(命)과 도(道)를 따라
작용하기 때문이다.

명(命)과 도(道)란
성(性)의 무위성(無爲性)의 섭리 작용인
무유정(無有定)의 섭리를 따라
성(性)의 작용이 나아감이 명(命)이며
명(命)을 따라
성(性)의 조화(造化)가 이루어짐이 도(道)이다.

이는,
성(性)의 작용이 나아가는 명(命)으로
도(道)의 이화세계(理化世界)가 펼쳐지므로
성(性)의 섭리대로 이루어지는 것이
도(道)의 세계이다.

옛 지성(知性)들은
성(性)과 명(命)과 도(道)의 근본 체(體)를
우주(宇宙) 즉(卽), 천(天)으로 보았으므로
천성(天性), 천명(天命), 천도(天道)를 일컬음이
곧, 성(性)의 섭리의 세계이다.

그러므로
천성(天性), 천명(天命), 천도(天道)라 할 때는
천(天)이 단순한 허공의 하늘을 뜻함이 아니고
우주 만물의 조화가 이루어지는 천지운행의 작용세계로
무궁조화(無窮造化)가 이루어지는 섭리의 본체(本體)인
이체(理體)의 세계를 일컬음이다.

그러므로 섭리의 운행인 이(理)는 곧, 천(天)이며
천(天)은 무궁조화(無窮造化) 우주 섭리의 작용인
천성(天性), 천명(天命), 천도(天道)의 세계
천지운행 만물섭리의 세계를 지칭함이다.

그러므로
천성(天性)이 열림이 곧, 성통각명(性通覺明)이며
천명(天命)을 깨달음이
성(性)의 작용이 나아가는 명(命)을 깨달음이며
천도(天道)를 깨우침이
성(性)의 섭리인 이화(理化)의 도(道)를 깨우침이며
천심(天心)이 열림이
성(性)의 섭리 작용 이화세계(理化世界)인
하늘 우주의 일체(一切)가 하나인 조화(造化)의 세상
이천(理天)을 공경하는
경천정신(敬天精神)이 열림이다.

성(性)을 깨달아
성(性)의 섭리를 따라 삶이

곧, 천도(天道)을 깨달아
천명(天命)을 따라 천성(天性)이 열린 천심(天心)의
삶을 사는 것이다.

이것이
옛 지성(知性)들이 꿈을 꾼
천인합일(天人合一)의 도(道)의 세상이니,
자자손손(子子孫孫) 무한 생명이 끝없는 미래의 세상이
생명축복 무한 충만한 이화광명(理化光明)의 세상이기를
간절히 바라는 소망이었다.

옛 선조(先祖)의 지성(知性)들이
간절히 희망하고, 간절히 바라며 축원(祝願)한
숭고한 그 염원(念願)의 정신이
시공(時空)을 초월하고, 시공(時空)을 넘어
끝없는 미래세상, 그 후손의 영원한 생명들에게
그들의 혼(魂), 하늘과 우주의 광명정신(光明精神)인
광명(光明)의 혼(魂)을 전하려 했던
생명 축복의 세계
꿈의 이상향(理想鄕)이었다.

성(性)의 성품, 명(明)의 작용은
스스로 밝고 밝아 원융무애(圓融無礙)하여
성(性)의 섭리인 명(命)과 도(道)를 초월해
걸림이 없이 원융하여 무애자재(無礙自在)한 작용이다.

성(性)의 성품, 정(精)의 작용은
성(性)의 작용이 나아가는
무위절대성(無爲絶對性)의 명(命)을 따르며
무유정(無有定)의 생기섭리(生起攝理)인
일명일도(一命一道)를 따라 행(行)한다.

명(明)도 성(性)이며
정(精)도 성(性)이니,
명(明)과 정(精)은
성(性)의 성품 무위의 불이일성(不二一性)으로

부사의한
명(明)과 정(精)의 성품 특성이
명(明)의 성품은 심(心)의 작용, 바탕의 성품이 되고
정(精)의 성품은 물(物)의 근원, 바탕의 성품이 되어
명(明)과 정(精)의 불이일성(不二一性)의 작용 속에
심(心)과 물(物)을 생기(生起)하는 차별의 특성이 있어
심(心)과 물(物)의 생기(生起)하는 차별의 특성을 따라
그 성품 작용의 차별 특성을 깊이 관(觀)하여 살피고
그 심오한 작용의 특성을 따라 차별성을 분별하여,
알 수 없어 불가사의하고, 심오하여 부사의한
명(明)과 정(精)의 자성작용(自性作用)의 세계
불이일성(不二一性) 부사의 작용 특성인 그 차별세계를
밀(密)의 논(論)을 통해 드러내어 밝힌다.

명(明)과 정(精)의 특성은
성(性)의 일도일행(一道一行) 속에
작용하여 드러나고 나타남이
심(心)과 물(物)의 생기(生起)로 차별이 있으며

서로 융화일성섭리(融化一性攝理)의 작용 속에
융화된 불이일성(不二一性) 생태의 작용으로
그 섭리를 따라 우주 만물과 만 생명체가 생성되어

명(明)과 정(精)의
원융작용 섭리의 생태성 속에
마음과 몸이 불이(不二)의 한 생태성을 이루어
심신이 융화된 조화(造化)의 성(性)의 법리(法理) 속에
마음과 몸이 융화된 하나인 삶을 살아가고 있다.

자연의 섭리와 현상에 의지한
시각(視覺)에 의한 도(道)와 진리(眞理)는
정(精)을 바탕한
물(物)의 섭리와 현상, 그 운행과 작용을 통해
물성(物性)의 도(道)와 진리(眞理)의 이치를 깨닫고,

정신 승화(昇華)로 초월성(超越性)에 들어
성(性)을 깨달아
성(性)의 명(明)에 듦으로
명(明)을 바탕한

심성(心性)의 도(道)와 진리(眞理)의 이치를
두루 통하여 깨닫는다.

물(物)의
섭리에 의한 도(道)와 진리(眞理)는
성(性)의 무위절대성(無爲絕對性)인
심오한 무유정(無有定)의 숭고한 섭리를 따라
지극한 절대성 조화(造化)의 아름다움인
상생(相生)과 조화(調和),
화합(和合)과 융화(融和),
평정(平正)과 균형(均衡),
순리(順理)와 질서(秩序),
평화(平和)와 안정(安定),
공경(恭敬)과 순응(順應) 등의

지극하여 숭고한 도(道)와
명(命)의 진리와
무궁한 섭리를 깨달아 지극한 지혜를 열고
마음 다스림의 숭고한 길을 열어
자연섭리의 무궁조화(無窮調和) 덕화(德化)의 세계인
심오한 진리의 진선미(眞善美)의 섭리를 따라
사람의 인성(人性)을 성숙시키며

사람 행(行)함의 섭리와 도(道)를
자연의 지극한 섭리의 세계인 순리의 진리와

그에 의한 순응의 순수 질서인 도(道)를 본받아
인간의 삶과 세상의 순리를 따르는 행을 도모하므로
이것이 인간 사회의 법(法)이 되어 자리하게 되었다.

그것이
인성(人性)을 성숙시키는 이성(理性)과
정신을 개화하여 승화하게 하는 지성(知性)인
순수의 예(禮)이며, 효(孝)이며, 인(仁)이며, 화(和)이니,
그 명(命)과 지(智)와 정(正)과 의(義)의 섭리를 따라
사람의 어리석은 마음을 일깨우고 가르치며
그 법(法)을 따라 인성(人性)을 성숙하게 하고
이성(理性)과 지성(知性)을 더욱 상승하게 하였다.

그 순수 순리의 일깨움 속에
지극한 순수 조화(調和)와 섭리의 도(道)인
공경(恭敬)과 순응(順應)의 정신을 배우고 익히며
마음과 정신을 성숙하게 하고,
자연의 아름다운 순수 덕화(德化)의 섭리를 본받아
지극한 진선미(眞善美)의 덕(德)과 지혜를 쌓으며
정신이 무한 열린 지각(知覺)을 일깨우고
자신의 삶과 사회적 유익한 인성(人性)을 도모하며
시대의 흐름과 더불어 인간의 의식은
더욱 깨어나고 발전하며 계승하여
오늘에 이르게 되었다.

그러므로

자연의 섭리를 받드는 순수한 이성(理性)
경천정신(敬天精神) 속에
우주 만물을 운행하는 지극한 하늘의 섭리를 받들어

인간의 삶과 세상을 아름답게 하는
순수의 예(禮), 효(孝), 인(仁), 화(和)의 도(道),
지극한 순리의 명(命)과 작용의 바탕 근간인 지(智)와
지극히 바람직한 그 정(正)과 의(義)의 섭리를 따라
사람의 미혹을 일깨워 인성(人性)을 성숙시키므로

그 정신이
순수 조화(調和)의 인성(人性)과
무궁 조화(造化)의 섭리인 지성(知性)을 일깨우는
진선미(眞善美)의 덕화(德化) 속에
순수 이성(理性)의 정신이 밝게 열리고
순수 의식(意識)이 발전을 기하며
사람 사회를 아름답게 하는 자연의 숭고한 섭리를
삶의 도(道)와 진리(眞理)로 받들어 공경하고
숭상하게 되었다.

또한,
정신의 승화로 초월성(超越性)에 들어
성(性)을 밝게 깨달아, 성(性)의 궁극 명(明)에 듦으로
명(明)을 바탕한
심(心)의 궁극세계 초월의 도(道)

완전한 무상(無上), 성(性)의 명(明)인 진리의 세계
정신 무한 승화의 무상지혜(無上智慧)의 길인
성도(聖道)를 열게 되었다.

명(明)의
섭리에 의한 도(道)와 진리(眞理)는
그 근원 바탕이 성(性)의 성품 궁극(窮極)의 명(明)으로
본연각성(本然覺性)인 명(明)의 자성(自性)이다.

심(心)의 도(道)와 진리(眞理)는
명(明)의 성품
원융각명(圓融覺明)의 본연각성(本然覺性)을
수순하여 행(行)함이다.

성(性)을 깨닫지 못하여
명(明)을 모르는 무명(無明) 속에 있으면
그 무명(無明)의 미혹을 제거하여
성(性)을 깨달아 원융각명(圓融覺明)의 밝음에 들어
명(明)의 성품을 수순(隨順)하여 행(行)하는 것이
심(心)의 도(道), 각명(覺明) 진리(眞理)의 길이다.

무명(無明)의 미혹으로
성(性)의 명(明)을 수용(受用)할 수 없으면
성(性)을 깨닫는 수행을 해야 한다.

성(性)을 깨닫는 수행은

성(性)을 모르는 무명(無明)과
명(明)을 수용(受用)하지 못하는 미혹과 장애를
제거하는 행(行)이다.

성(性)은 원융하여 무엇에도 걸림이 없고
일체 장애를 초월한 원융한 밝음의 성품이니,
궁극의 초월, 지혜의 길인 심(心)의 도(道)와 진리는
성(性)의 성품, 명(明)의 자성을 체(體)로 한
성(性)의 밝음인 명(明)의 무상각명(無上覺明)에 드는
본연각명(本然覺明) 각성(覺性)의 길이다.

그러므로
심(心)의 도(道)와 진리(眞理)는
일체상(一切相)과 일체물(一切物)과
일체심식(一切心識)을 벗어나
일체 초월의 성품, 원융각명인 성(性)을 깨닫는
일체 초월, 깨달음의 길이다.

무상지혜(無上智慧), 초월의 길에는
일체상(一切相)과 일체물(一切物)과
일체심식(一切心識)을 초월하여 벗어나는 길이므로
무엇에 의지해야 할 것이 없다.

왜냐면,
무엇에 의지할 궁극의 상(相)과 식(識)과 심(心)이
없기 때문이다.

또한
일체, 상(相)과 식(識)과 심(心)을 벗어나는 길이
성(性)의 명(明)을 깨닫는 초월의 길이기 때문이다.

단지,
심(心)의 도(道)는 성(性)의 성품을 깨달아
일체상(一切相)과 일체물(一切物)과
일체심식(一切心識)에 얽매여 벗어나지 못하는
자아의식(自我意識)의 소멸로
일체(一切) 상(相)과 식(識)과 심(心)을 벗어나,
만물(萬物), 만상(萬相), 만법(萬法), 만심(萬心)의 근원
궁극의 초월성, 성(性)의 명(明)에 들어
원융 각성각명(覺性覺明)의 밝음인
본연성(本然性)의 명(明)을 완전히 회복하는 길이다.

그러기 위해선
무위(無爲)의 성(性)을 수행의 체(體)로 삼고
일체상 초월의 각명(覺明)을 수행지(修行智)로 하여
성(性)의 명(明)인 무상지혜(無上智慧)를 밝혀야 한다.

그러나
성(性)을 깨닫지 못하면
초월의 무위(無爲)가 무엇인지, 성(性)이 무엇인지
명(明)이 무엇인지
각명(覺明)이 무엇인지를 알 수가 없다.

왜냐면
이 일체는 일체상(一切相)과 일체물(一切物)과
일체심식(一切心識)과 자아의식까지 벗어난
일체 초월의 성품이기 때문이다.

초월의 성(性)을 모르면
우선 성(性)을 깨닫는 성통각명(性通覺明)의 지혜에
들어야 한다.

이 수행은, 일체상을 벗어나는 행이므로
일체상에 얽매이고 머무름을 벗어나기 위해
일체상에 머묾의 의식(意識)을 소멸하는
삼매(三昧)와 정(定)과 열반(涅槃)의 수행이나

수행력(修行力) 증장(增長)으로
의식(意識)의 층을 단박 뚫어 초월하거나
의식(意識)을 찰나 타파하여 초월하는 선(禪)이나

일체상(一切相)이
무상(無相)이며, 무아(無我)이며, 공(空)인
무자성(無自性)임을 깨닫는 법성관(法性觀)이나
기타 등등의 일체상 초월을 목적한 수행으로
일단(一旦), 우선, 성(性)을 깨달아야 한다.

성(性)을 깨닫지 못하면
초월의 지혜를 얻지 못하여, 성(性)을 알 수가 없어

성(性)의 원융각명(圓融覺明)에 들 수가 없다.

자아의식(自我意識)은
일체상(一切相)과 일체물(一切物)과
일체심식(一切心識)에 의한 상념(想念)이니,
자아의식이 끊어지거나 타파되지 않으면
그 의식(意識)은 일체상의 상념(想念) 세계에 얽매여
벗어나지 못하므로
수행을 한다 하여도, 항상 자아관념(自我觀念) 속에
분별과 상념의 의식세계(意識世界)만 거듭 맴돌 뿐이다.

일체 수행은
성(性)을 깨닫기 위한 과정이며
성(性)을 깨달음이 자아 초월의 지혜이며
일체 초월의 지혜는 곧, 성(性)을 깨달은 지혜이다.

무상(無上)의 지혜는, 다름이 아니라
일체를 초월한 성(性)의 지혜이며
성(性)의 지혜는
자아의식(自我意識)과 미혹과 무명(無明)이 끊어진
성(性)의 밝음, 각성각명(覺性覺明)이다.

원융무애(圓融無礙)한 각성각명(覺性覺明)이
곧, 성(性)의 명(明)이다.

성(性)의 명(明)의 자성(自性)이 두루 밝아
일체에 걸림 없고 원융함이 무상지혜(無上智慧)이며
일체를 초월한 무상각명(無上覺明)이다.

그러므로, 일체 초월의 성(性)에 들려면
수행심과 보고 듣는 마음 씀이
성(性)의 체성(體性)인
무아(無我), 공(空), 무위(無爲), 무상(無相),
청정(淸淨)을 바탕해야 하며,

그 지혜의 작용은
항상 명(明)의 자성(自性)에 의지해
원융(圓融), 무애(無礙), 각성(覺性), 각명(覺明) 등,
미혹과 무명(無明)이 끊어진 성(性)의 명(明)의 자성
광명지(光明智)를 발(發)해야 한다.

그러나, 성(性)을 깨우치지 못하면
각성각명(覺性覺明)의 무위지혜(無爲智慧)를
발(發)할 수가 없으니,
수행 정신과 열린 수행지혜에 의지해
각조(覺照), 관조(觀照), 관지(觀智), 관(觀),
정(定), 삼매(三昧), 선정(禪定) 등의 수행으로
일체(一切) 상(相)의 상념(想念)을 타파하여
성(性)의 성품 지혜의 각성지(覺性智)를 열어야 한다.

수행은
정진력을 더하기 위한 행위도 있겠으나,
수행의 목적은
단지, 성(性)에 미혹한 무명(無明)과
일체상을 벗어나지 못한 미혹을 타파하기 위함이니,
깨닫기 위한 수단인 수행만을 목적으로 하지 말고
무명(無明)과 미혹을 단박 벗어나
일체 해탈 무상지(無上智)
성(性)의 각성각명(覺性覺明)의 원융지혜를
발(發)하려고 해야 한다.

왜냐면,
성(性)이 자신의 본성(本性)이며
마음의 실체(實體)이며
자신의 참된 진면목(眞面目)이기 때문이다.

성(性)을 깨닫기 이전에
나라고 생각하는 그것은 나의 실체가 아니니,
성(性)을 깨닫지 못하면
생사(生死) 없는 나의 실체를 알 수가 없다.

나의 실체가 아닌, 나는
의식(意識)과 관념(觀念)과 상념(想念)의
환(幻)이다.

자아(自我),

의식(意識)의 나는,
수행력으로 일체 유위상(有爲相)이 끊어지는
깨달음의 찰나에 그 흔적이 사라져
나라는 의식(意識)과 관념(觀念)과 상념(想念)은
실체 없는 공(空)한 환(幻)임을 깨닫는다.

의식(意識)이 한없이 밝아지고
수행력을 더하여 수행 정신이 끝없이 깊어지며
수행이 오묘한 경지에 다다라도
나라는 그 상념(想念)의 환(幻)을 벗어나기 전에는
무한 초월의 각성각명(覺性覺明)인 나의 본성을
알 수가 없다.

왜냐면, 성(性)은
의식(意識)으로, 상념(想念)으로, 관념(觀念)으로,
지식과 사량과 분별의 헤아림으로는 알 수 없는
일체상념(一切想念)의 한계를 벗어난
초월의 성품이기 때문이다.

성(性)의 명(明)은
신령(神靈)한 각명원융자성(覺明圓融自性)으로
일체에 걸림이 없이 원융하고
일체에 두루 밝아 영묘(靈妙)한
각성각명(覺性覺明)이니,
신령(神靈)하고 영묘(靈妙)한 그 작용은

무엇에 막히거나 장애가 없어
일체 걸림 없이 초월한 명(明)의 자성(自性) 원융작용을
신(神)이라고 한다.

신(神)은
일체(一切) 상(相), 물(物), 심식(心識),
시(時), 공(空), 유무(有無)의 세계와
무명(無明), 미혹(迷惑), 의식(意識) 세계와
각조(覺照), 관조(觀照), 관지(觀智), 정(定),
삼매(三昧), 선정(禪定), 열반(涅槃) 등
수행지(修行智) 일체 그 무엇에도
장애가 없고 막힘이 없는 원융한 부사의 작용이다.

그러나
무명(無明)에 의해
일체에 장애가 없는 명(明)의 원융무애 신력(神力)이
장애가 되어 막힘으로
부사의 원융작용의 명(明)의 신력(神力)을 잃어,
명(明)의 자성(自性)을 잃은 장애(障礙)의 작용은
무명식(無明識)을 생기(生起)하니,
그 무명식(無明識)은 장애의식(障礙意識)으로
원융하지 못하여 상(相)에 걸리어 막힘으로
미혹의 장애의식(障礙意識)을 유발하며
상(相)의 상념(想念)인 자아(自我)의 세계를 생성한다.

이는,
상(相)에 기인(起因)한 마음작용으로
생성된 것이므로
상(相)을 분별하고, 상(相)에 머무르며
상(相)에 의지하고, 상(相)을 탐착하므로
상(相)에 의지한 상념(想念)이 굳어져,
상(相)에 의지한 상념(想念)인 의식(意識)의 작용은
자타내외(自他內外)를 분별하여
자아관념(自我觀念)을 생성하고,
자아의식 관념세계(觀念世界)의 분별, 상호작용 속에
자아의식이 상(相)에 얽매여 생멸유전(生滅流轉)하는
관념(觀念)과 상념(想念)과 의식(意識)을 생성하여
상(相)을 집착하고 탐착하며 안착(安着)하고자
자아의 끝없는 안정을 위한 쉼 없는 욕구의 갈증은
끝없는 상(相)의 세계를 헤매게 된다.

그 연유는,
무엇에도 걸림이 없는 명(明)의 성품을 벗어나므로
명(明)의 자성(自性) 장애로
무명식(無明識)을 생기(生起)하기 때문이다.

무명(無明)은
명(明)의 자성(自性)을 잃은 생기의식(生起意識)이다.

명(明)의 자성(自性)을 잃은 무명식(無明識)은
성(性)의 명(明)을 잃어

성(性)의 작용인 공상(空相)을 분별하여 사량하고
상(相)을 집착해 머무르므로
상(相)을 탐착하는 의식(意識)을 유발하기 때문이다.

이는,
성(性)의 명(明)을 상실해
성(性)의 원융한 밝음을 벗어나므로
성(性)의 섭리 법성(法性)의 작용으로 생기(生起)한
상(相)의 성품, 공(空)한 자성(自性)을 몰라
상(相)을 정(定)해 머묾으로
상(相)에 머무른 의식작용(意識作用)을
유발하게 된다.

상(相)은
무위정(無爲精)의 원융자성(圓融自性)이
성(性)의 섭리를 따라 생기(生起)한 머묾 없는 현상인
무자성(無自性)의 상(相)인 공상(空相)이다.

성(性)이
심(心)의 작용을 하고
물(物)을 생성(生成)하는 것은
성(性)의 성품 속에
심(心)의 바탕 작용의 성품이 있기 때문이며
또한, 성(性)의 성품 속에
물(物)을 생성하는 바탕의 성품이 있기 때문이다.

심(心)의 작용 바탕의 성품은
성(性)의 명(明)의 자성(自性)이며
물(物)의 생성 바탕의 성품은
성(性)의 정(精)의 자성(自性)이다.

명(明)의 성품은
무엇에도 걸림이 없이 두루 밝게 깨어 있는
원융무애한 성품으로
시방의 우주를 걸림이 없이 두루 밝게 비치고
영묘(靈妙)한 신력(神力)으로 모두를 밝게 아는
각(覺)의 성품이다.

명(明)의 성품 작용은
원융무애성(圓融無礙性)으로
무엇에도 장애가 없이 우주를 두루 밝게 통(通)하므로
불가사의 통(通)의 작용이 신(神)이다.

신(神)이라 함은
명(明)의 자성작용의 원융한 신력(神力)으로
시방을 두루 밝게 원융히 비치는 장애 없는 통(通)이다.

이는,
성(性)의 밝은 명(明)의 자성(自性)의 작용으로
심(心)의 원융작용인 원융무애성(圓融無礙性)이다.

성(性)의 명(明)의 작용이 심(心)의 작용이니
명(明)의 원융무애성(圓融無礙性)은
곧, 심(心)의 원융무애성(圓融無礙性)이다.

심(心)의 바탕인 명(明)의 성품의 작용은
원융무애작용(圓融無礙作用)으로 무엇에도 걸림이 없어
그 원융무애(圓融無礙)한 통(通)의 작용을 일러
신(神)이라고 한다.

물(物)의 바탕인 정(精)의 성품의 작용은
성(性)의 무위절대성(無爲絶對性)인
무유정(無有定) 섭리의 치밀한 도(道)를 따라
행(行)하므로,
정(精)의 성품의 작용을 명(命)이라고 하며
명(命)의 작용에 의한 조화(造化)의 작용과 세계를
도(道)라고 한다.

도(道)는 명(命)이 흐르는 이화(理化)의 길이며
명(命)은 정(精)이 성(性)의 섭리를 따름이며,
성(性)의 섭리는
성(性)이 무엇에도 치우침이나 머무름 없는
무위절대성(無爲絶對性)의 작용
심오(深奧)한 무유정(無有定)의 섭리이다.

성(性)의 성품, 물(物)의 바탕 성품인

무위적정(無爲寂靜) 열반(涅槃)의 청정성(淸淨性)인
정(精)의 자성(自性)은
물성(物性)을 생기(生起)하는 바탕인 인성(因性)이다.

무위성(無爲性)인 무위정(無爲精)이
성(性)의 섭리(攝理)인
심오(深奧)한 무유정(無有定)의 섭리를 따라
청정 무위정(無爲精)의 태동(胎動)으로
무형물성(無形物性)인 물리(物理)를 생기(生起)하고

생기(生起)한 물성(物性) 물리(物理)의 인연작용에
정(精)의 기(氣)로 응화(應化)하여
생태인연 상황의 특성작용을 따라
형질(形質)을 이루는 특성 유형인자(有形因子)의
유전기운(遺傳氣運)으로 응화(應化)함의 변화 속에

성(性)의 섭리, 무위절대성(無爲絶對性)의 작용인
무엇에도 치우침 없는 무위일도(無爲一道)의 명(命)
무유정(無有定)의 생기섭리(生起攝理)를 따라
유전인성(遺傳因性)으로 생태 섭리의 환경 속에
절대안정(絶對安定)과 절대평정(絶對平正)과
절대균형(絶對均衡)과 절대조화(絶對調和)의
생기섭리(生起攝理)의 조화(造化)를 이루어

물(物)의 생성 무유정(無有定)의 섭리 삼리(三理) 작용
진선미(眞善美) 숭고한 상생조화(相生調和)의 기틀로

형질(形質)의 생태와 내외상하좌우(內外上下左右)의
시방내외(十方內外)의 균형적 안정의 구성(構成)과
상(相)과 색(色)의 지극한 조화(造化)와
생태 안정 인성조화(因性調和)의 절대성을 이루어

성(性)의 무위조화(無爲造化)의 일명일도(一命一道)
무유정(無有定)의 섭리
진선미(眞善美) 이화(理化)의 명(命) 절대성을 따라
무엇에도 치우침이 없는 절대 안정과 균형
절대 조화(調和)의 생태존재를 창출하게 된다.

심오한 성(性)의 섭리
무유정(無有定)의 생기섭리(生起攝理)인
절대안정(絕對安定)과 절대평정(絕對平正)과
절대균형(絕對均衡)과 절대조화(絕對調和)의
생태의 아름다운 현상과 작용의 섭리를 보며

인간의 순수 영명(靈明)한 열린 심성이
우주의 섭리가 지극하여 아름답고 숭고함을 깨우쳐
그 섭리를 수용하고 본받은 순수 심성은
경천정신(敬天精神)이 열리어
최고 최상의 승화된 이성(理性)을 일깨우고
더없이 밝고 밝은 지성(智性)을 일깨우는
진선미(眞善美) 조화(造化)인 이화(理化)의 진리 속에
지극하고 숭고한 순수 도(道)의 정신을 열게 되었다.

진선미(眞善美)의
숭고한 진리와 도(道)의 세계를 열고
인성(人性) 최고 최상의 이성(理性)을 눈뜨게 하며,
삶의 아름다움인 최상선(最上善)의 길을 깨달아
인간의 삶과 사회의 바람직한 도리(道理)를
우주의 섭리 속에 배우고 터득하며,
우주의 숭고한 섭리인 진선미(眞善美)의 진리를 따라
삶의 인성(人性)과 지성(知性)을 일깨우며,
아름다운 정신을 승화하게 하는 예(禮)를 숭상하여
삶의 지극한 조화(調和)를 도모하고,
인간의 삶과 사회행복의 무한 축복의 이상향(理想鄕)인
진선미(眞善美)의 지극한 조화(調和)의 세상
생명 축복의 궁극 세계를 열고자 했다.

지극한
최상 선(善)을 지향하고
최고 최상의 이성(理性)을 일깨우며
더없는 최고의 지성(智性)이 깨어난 승화의 세계
진리(眞理) 속에 하늘과 사람이 하나된
천인합일(天人合一)의 이상세계(理想世界)를 위해
정신(精神)이 깨어난
옛 지성(知性)들은 혼(魂)의 정성을 다하였다.

그것이
정신이 깨어난 옛 지성(知性)들이
인간 자자손손 영원한 행복의 세상이기를 꿈꾸며

혼(魂)의 정신과 정성을 다해 이루고자 소망했던
인간의 영원한 행복과 삶의 축복을 위한
간절한 꿈의 세상
인간의 최고의 이성(理性)과 정신이 깨어난
완전한 세상
꿈의 이상향(理想鄕)이었다.

10. 신통(神通)

신통(神通)은
마음의 원융자재(圓融自在)의 작용이다.

신통(神通)이
신(神)과 통(通)함이 아니다.

신(神)과 통(通)함이 신통(神通)이면
그것은 신통(神通)이 아니라
영통(靈通)이다.

신(神)이 들어간 낱말은
신경(神經), 정신(精神), 신비(神秘), 신명(神明),
신성(神性) 등이 있다.

영(靈)은
의식(意識)의 작용을 하는 육체가 아닌
영혼(靈魂)의 존재를 일컬음이다.

영혼(靈魂)은
영(靈)은 신령스럽게 두루 밝음이며
혼(魂)은 정신의식체(精神意識體)이다.

그러나
영(靈)을 신(神)이라고 함에는
영(靈)의 초월적 능력에 연유한 때문이다.

신(神)은
걸림 없고, 막힘 없으며, 장애 없음인 초월의 뜻과
불가사의하고 부사의함의 뜻이 있다.

통(通)은
원융, 자재, 무애, 초월, 깨달음, 요달, 앎, 성취,
도달함 등의 뜻이 있다.

그러나
신(神)이 통(通)이며
통(通)을 신(神)이라고 함에는
신(神)은 걸림 없이 통(通)하기 때문이며,
통(通)은 막힘 없기 때문이다.

신통(神通)은
무엇에도 걸림이 없고 막힘이 없이

두루 통함을 신통(神通)이라 한다.

신통(神通)은
마음 본성의 작용이며
본래 마음의 자유자재한 능력이므로
본성은 무엇에도 걸림이 없이 무애자재(無礙自在)하며
온 시방 우주 무량 무한 차별차원의 세계에
두루 걸림이 없이 원융무애(圓融無礙)하다.

걸림이 없는 본래의 성품이 장애됨이
본성을 모르는 미혹에 의함이다.

미혹이란,
마음이 걸림 없는 본성의 작용이 장애 됨을
일컬음이다.

본성이 장애 되면 자아의식(自我意識)에 갇혀
자신의 밝고 원융한 부사의 본성을 알 수가 없으며
시방 우주 만물 만법과 일체 생명의 본성을
두루 통할 수가 없다.

그것은
정신이 원융한 청정성을 잃어
자아(自我) 상념(想念)의 장애에 가로막혀
의식(意識)의 층을 타파하지 못하기 때문이다.

의식(意識)의 작용을 벗어나
상념(想念)에 걸림이 없는 초월정신의 각력(覺力)으로
의식(意識)의 세계를 초월해 상승하면
원융무애(圓融無礙)한 본성의 성품에 들게 된다.

본성의 성품이 원융무애(圓融無礙)함은
일체의 유무(有無)와 일체의 생멸(生滅)과
일체의 의식(意識)과 일체의 식견(識見)인
일체의 심(心), 식(識), 물(物)의 세계를 초월한
무위(無爲)의 성품이기 때문이다.

의식(意識)의 상념(想念)에 얽매인 정신은
일체(一切)의 시(時), 공(空), 심(心), 물(物)의 층을
타파할 수가 없어, 그 앎과 지혜는
일체의 시(時), 공(空), 심(心), 물(物)의 세계를
벗어나지 못한다.

그러나 무위본성(無爲本性)은
일체(一切) 시(時), 공(空), 심(心), 물(物)의 세계
무엇에도 걸림이 없고, 장애가 없는 성품이니
원융무애(圓融無礙)하고, 무애자재(無礙自在)하여
그 성품의 작용이 불가사의하다.

본성은
장애가 없고 물듦이 없는 무애(無礙)의 성품이며

걸림이 없이 두루 통하는 신통(神通)의 성품이며
원융무애(圓融無礙)로 두루 밝은 광명의 성품이며
위 없는 무한 밝은 지혜인 무상(無上)의 성품이며
어둠 없이 두루 밝게 깨어있는 각명(覺明)의 성품이며
일체를 초월한 불가사의 무한 초월의 성품이다.

정신의식(精神意識)이
일체(一切) 시(時), 공(空), 심(心), 물(物)의
상념(想念)의 세계를 타파하지 못해
시(時), 공(空), 심(心), 물(物)의 세계인
자아의식의 상념(想念) 층에 머물러 있으면
그것은 원융하지 못한
의식(意識)의 상념에 머물러 있는 장애의식이니,
자아상념(自我想念)을 벗어난 깨달음으로
자신의 본연 본성의 성품에 들어
무엇에도 걸림이 없는 지혜의 밝음에 들어야 한다.

이 무상지혜(無上智慧)의 각성광명(覺性光明)이
일체를 초월한 본성광명(本性光明)이다.

본성 성품의 밖에서 간절히 구하는
도(道)와 진리(眞理)의 세계, 그것이 무엇이든
본성의 도(道)와 진리를 따를 수가 없다.

만약, 어떤 법이
우주 최고 최상의 진리(眞理)로 인식되어도

그것이 본성을 벗어난 것이면
의식(意識)의 관념과 차별의 세계를 바탕한 것이니
그 도(道)와 진리는 완전한 것이 아니다.

왜냐면,
일체 의식과 관념을 초월한 본성이
우주의 근본이며 으뜸인, 무한 궁극의 최고 최상인
무상진리(無上眞理)의 본체(本體)이기 때문이다.

신통(神通), 또한
본성의 신통(神通)은 원융무애하여 걸림이 없으나
본성을 벗어난 일체신통(一切神通)은
차별차원의 세계를 벗어나지 못한
차별세계에 속한 것이다.

차별세계의 신통(神通)은
그 신통(神通)이 무엇이든
그 누구도 행할 수 없는 뛰어남을 갖추었어도
그 신통(神通)은
일체(一切) 시(時), 공(空), 심(心), 물(物),
유무(有無)의 세계에 얽매여
벗어날 수가 없다.

일체(一切)
시(時), 공(空), 심(心), 물(物), 유무(有無)의
그 무엇에도 얽매임이 없는
최고 최상의 완전한 신통(神通)은
마음이 무엇에도 걸림이 없는 본심자재(本心自在)인
원융심(圓融心)이다,

11. 이(理)

이(理)의 바탕과 체성은
성(性)이다.

다만,
이(理)를 지칭하는 설정(設定)의
논(論)의 성격과 설(說)함의 이(理)의 주체에 따라
이(理)을 일컬음이 차이가 있다.

이(理)와 사(事)를 일컬을 때는
이(理)는 본성(本性)인 성(性)이며
사(事)는 본성의 작용으로 드러나는 모습인
물(物)과 심(心)의 현상인 상(相)이다.

이(理)와 사(事)에 있어서
이(理)는 성(性)이며, 사(事)는 상(相)이다.

명(命)을 이(理)라 할 때도 있다.

명(命)이란,
성(性)이 섭리를 따라 나아감이 명(命)이다.

명(命)은 성(性)의 섭리를 따라 나아감이니
명(命)은 성(性)이 작용하는 행(行)이다.

성(性)이 섭리를 따라 나아가는
명(命)이 흐르는 행(行)을 도(道)라고 한다.

성(性)이 작용하는
섭리와 이치를 일컬어 이(理)라고 하기도 한다.

이때는
이(理)라 함은 성(性)을 일컬음이 아니라
성(性)이 작용하는
섭리와 이치와 원리를 일컬어 이(理)라고 함이다.

이때의 이(理)는
단지, 성(性)의 작용인 섭리를 지칭할 뿐이다.

진리(眞理)라 일컬음에도
논(論)과 설(說)이 설정(設定)한 상황에 따라
진리가 성(性)을 지칭할 때도 있고

진리가 섭리를 지칭할 때도 있다.

진리가 성(性)을 지칭할 때는
섭리의 체성(體性)인 본성(本性)을 일컬으며,
진리가 섭리를 일컬을 때는
본성(本性)이 작용하는 섭리를 일컬음이다.

그것은 논(論)과 설(說)의 과정에
무엇을 뜻하며, 무엇을 지칭하는지를 알 수가 있다.

작용을 일컬음에
도(道)와 이(理)의 관계는
도(道)는 성(性)의 운행과 작용이 흐름이며
이(理)는 성(性)의 운행과 작용의 섭리이다.

성(性)의 명(命)은
무위절대성(無爲絕對性) 일도일행(一道一行)의 흐름
우유정(無有定)의 섭리를 따라 나아간다.

우유정(無有定)의 섭리는
무엇에도 치우치거나 기울어짐이 없는
절대성(絕對性) 일도일행(一道一行)인
심오한 섭리의 조화(造化)로
무위절대성(無爲絕對性)의 명(命)을 따라
절대 안정과 절대 균형과 절대 조화(調和)와

절대 평정(平定)의 궁극 부사의 공덕행(功德行)을
드러낸다.

이것이, 바로
우주 섭리의 부사의 조화(造化)로
이천(理天) 섭리의 이화계(理化界)이니,
이는, 우주의 만물 조화(造化)의 현상으로
지극한 성(性)의 숭고한 섭리를 따라 흐르는
안정과 조화의 순수 아름다움을 창출하는
진선미(眞善美) 조화(調和)의 섭리세상이다.

12. 이천삼리(理天三理)

이천삼리(理天三理)는
우주 섭리 조화(造化)의 삼종섭리(三種攝理)이다.

이천삼리(理天三理)에서
이천(理天)을 뜻하는
이(理)는 우주 조화(造化)의 섭리(攝理)를 말하며
천(天)은 섭리가 이루어지는 우주를 말한다.

그러므로 이천(理天)은
우주의 섭리가 이루어지고 있는 세계이다.

삼리(三理)는
삼종섭리(三種攝理)의 조화(造化)이다.

우주 무궁조화(無窮造化)의 섭리 세 가지는
진(眞), 선(善), 미(美)의 섭리이다.

이천(理天) 섭리의 조화(造化)가

진선미(眞善美)의 삼종섭리(三種攝理)로 이루어짐은
이천(理天) 성품의 지극한 상생조화의 특성이니
성품이 작용하는 섭리를 통해 그 성질의 특성이
발현되어 드러난다.

그러므로
이천삼리(理天三理)는
이천(理天) 조화(造化)가 삼리(三理)의 작용이다.

이천(理天) 성품의 특성은
이천(理天) 성품의 작용으로 드러나는
삼종섭리(三種攝理)인 진선미(眞善美)의 특성으로
귀결(歸結)되므로
이천(理天) 성품의 작용 섭리가
진선미(眞善美) 삼리(三理)의 작용 속에 이루어짐을
알 수가 있다.

이는,
보이지 않는 이천(理天) 성품의 특성은
그 성품의 작용 속에
내재적 성질의 특성이 드러나고
그 성품 섭리의 작용을 따라
모든 현상의 세계가 두루 갖추어지니,
드러나는 무한 상생조화의 생태 현상계의 모습
진선미(眞善美) 삼리(三理)의 조화로운 현상을 통해
이천(理天) 성품의 특성을 알 수가 있다.

이천(理天)의 성품 이천성(理天性)은
우주 일체의 만물과 만 생명의 본성(本性)이며,
시종(始終)이 없고 생멸(生滅)이 없는
무시무종성(無始無終性)으로
우주의 조화(造化)와 섭리 작용의 본성(本性)이다.

우주(宇宙)를 이천(理天)이라 함은
우주는 섭리조화(攝理造化)의 세계이기 때문이며,
이 우주는 섭리 속에 만물과 만 생명이 생성하고
생멸변화의 운행을 하는 세계이기 때문이다.

이 세계를 이천(理天)이라고 함은,
이(理)는
천(天)의 섭리인 이(理)이니 곧, 우주섭리를 일컬으며,
천(天)은
이(理)의 섭리의 천(天)이니 곧, 우주를 일컬음이다.

우주 조화(造化)의 섭리, 근본을 알려면
이천(理天)의 성품을 밝게 깨달아
성(性)의 체성(體性)의 특성과
성(性)의 부사의 작용의 특성을 깨우쳐야 한다.

그러나,
성(性)의 부사의 작용으로 드러나는
현상의 모습과 생태의 작용을 통해

성(性)의 부사의 작용의 성질과 그 특성을
살펴볼 수가 있다.

이천(理天)의 성품 섭리의 조화(造化)로 드러나는
세 가지의 특성인
진선미(眞善美)의 삼리(三理)를 밝게 깨달으면
우주 조화(造化)의 섭리뿐만 아니라
인간의 삶의 섭리도 깨우치게 된다.

왜냐면,
우주 조화의 섭리로 인간도 태어났으며
인간 또한, 우주 조화의 섭리와 생태 속에 살아가는
우주 섭리의 작용에 의한 생명체이기 때문이다.

우주의 섭리 작용의 조화(造化)는
진(眞)의 섭리
선(善)의 섭리
미(美)의 섭리, 융화(融化)의 일도일행(一道一行)
지극한 조화(造化)의 작용이다.

진(眞)의 섭리는
이천(理天) 성품의 특성인
무위절대성(無爲絕對性)의 작용으로
무유정(無有定)의 특성 섭리를 바로 드러낸다.

이는,
성(性)의 성품의 작용이 어느 한쪽으로 치우치거나
무엇에 예속되거나, 장애로 이지러짐이 없어
무엇에도 부족함이 없는 절대적 완전성을 이루는
지극한 성(性)의 특성, 진(眞)의 섭리 작용이다.

이 진(眞)의 섭리의 특성은
성(性)의 성품이 무위성(無爲性)이기 때문이며
무유정성(無有定性)이기 때문이다.

이 성(性)의 작용은
무위(無爲)를 행(行)하는
무위절대성(無爲絶對性)의 작용으로
무유정(無有定)의 섭리를 따라 흐르는
명(命)의 일도(一道)를 행한다.

명(命)이란
성(性)이 섭리를 따라 나아가는 그 자체이다.

이는, 무위(無爲)의 성(性)이
무위절대성(無爲絶對性)을 벗어나지 않는
무유정(無有定) 일도(一道)의 정도(正道)
무위일도(無爲一道)의 명(命)을 따라 행하는
무유정성(無有定性)의 일도행(一道行)이다.

유일(唯一)한 일도행(一道行)

지극한 무위절대성(無爲絕對性)의 명(命)의 흐름을
도(道)라고 한다.

성(性)의 섭리의 작용, 진(眞)의 섭리는
성(性)의 작용인 명(命)의 일도일행(一道一行)이
절대 치우침이 없는 안정조화(安定造化)인
정당하고 당연한 바름을 행하는 진(眞)의 섭리이니,
성(性)의 성품의 조화(造化)로 생성된
우주가 벌어진 안정된 천체의 형태와 현상의 세계,
천지 만물 만상의 하나하나 풀 포기에 이르기까지
일체 조화의 작용이 절대적 생태안정 현상을 갖추어
각각 개체나 전체 생태의 어우름과 작용이
무엇에 치우치거나 이지러짐의 부조화가 없는
전체가 절대적 안정된 한 생태성을 이루어
존재의 삶을 살아가고 있다.

진(眞)이란,
스스로 부족함 없는 완전함이며
그 무엇도 따를 수 없는 완전함이며
변하거나 잘못됨이 없는 완전성(完全性)이며
무엇에도 이끌림 없는 정(正)이며
무엇에도 치우침 없는 정(正)이다.

성(性)의 성품이
스스로 완연(完然)하여 완전(完全)하고

부족함이 없는 그 여실(如實)한 특성이 드러남은
진(眞)의 섭리의 작용이니

이는,
무위일도(無爲一道)의 지극한 섭리의 작용이다.

이 일도(一道)가
곧, 지극한 무위절대성(無爲絶對性)인
무엇에도 치우침 없는
완전한 절대(絕對) 중(中)의 섭리(攝理)이며
성(性)의 성품이 나아가는
지극한 무위(無爲)의 명(命)인 일도일행(一道一行)
도(道)의 명(命)이며, 원리(原理)이다.

성(性)의 섭리의 작용, 선(善)의 섭리는
성(性)의 작용인 명(命)의 일도일행(一道一行)이
곧, 선(善)의 섭리이니,
성(性)의 섭리인 생명성(生命性)이 나아가는
명(命)의 일도일행(一道一行)이
곧, 우주와 만물, 만 생명체를 이롭게 하는
무한 창생(創生)과 상생조화(相生造化)의 작용으로
존재의 생성(生成)과 성장(成長)의 삶을 운행하는
창생섭리의 작용이기 때문이다.

성(性)의 성품이 생명성(生命性)이므로

지극하고 숭고한 무한 궁극의 선(善)임을
알 수가 있음은
선(善)의 섭리의 작용이다.

이것은
장엄한 무한 우주의 생성(生成)과
무수(無數)한 만물 만 생명체의 생성과 삶,
또한, 작고 작은 한 씨앗과 한 풀 포기
작은 한 생명체에 이르기까지 그 조화의 지극함과
우주의 무한 불가사의 운행의 그 위대함의 섭리는
그 무엇도 따를 수 없는 지극히 숭고한 섭리이니,
일체 초월의 숭고한 선(善)의 섭리가 아니면
모든 만물의 생성과 운행의 섭리가
불가능한 세계이다.

우주의 만물과 만 생명의 일체가
지극한 성(性)의 섭리 일도일행(一道一行)인
숭고한 선(善)의 섭리로
무한 창생작용(創生作用)의 조화 속에 생성되어
무한 상생조화의 생태환경 속에 무한 생명의 삶이
이루어지고 있다.

이 무한 생명 상생의 축복과 생명 감사의 세계가
성(性)의 지극하고 숭고한 선(善)의 섭리에 의한
무한 생명 상생 축복의 선(善)의 섭리의 세계이다.

성(性)의 지극한 숭고한 섭리
생명 상생의 일도일행(一道一行)이 이루어지는 것은
성(性), 그 자체가
생명성(生命性)의 무한 공덕체이기 때문이다.

그러므로
성(性)의 명(命)이 흐르는 일도일행(一道一行)은
곧, 생명(生命) 상생작용의 일도일행(一道一行)이다.

이 관계는
생명(生命)과 성(性)이 둘이 아니기 때문이며
성(性)의 작용이 생명의 작용이며
생명의 작용이 곧, 성(性)의 작용이기 때문이다.

그러므로
성(性)을 깨달으면 생명의 세계를 깨달으며
생명의 성품과 생명의 실체를 깨달음이
성(性)의 성품과 성(性)의 실체를 깨달음이다.

성(性)의 실체가 생명(生命)이며
생명의 실체가 곧, 일체 초월의 성(性)이다.

성(性)의 작용인 선(善)의 섭리를 깨달으면
우주의 만물과 만 생명 창생(創生)의 섭리를
깨닫는다.

성(性)의 섭리의 작용, 미(美)의 섭리는
성(性)의 작용인 명(命)의 일도일행(一道一行)이
미(美)의 섭리이니,
성(性)의 섭리로 생성된 우주의 생태와 현상
전체 또는, 개체의 모습과 현상이
그 생태의 구조(構造)와 형태(形態), 또한, 관계성이
완전한 안정적 조화(調和)을 이루었다.

이는 상대적 미(美)가 아니라
지극한 진(眞)과 선(善)의 상생섭리 속에 이루어진
무위(無爲) 절대성의 작용에 의한 미(美)이므로
전체와 개체가 완전한 생태적 안정 조화(調和)의
모습과 형태를 갖추어
전체와 개체가 안정된 조화(調和)의 섭리를 따라
운행하고 있다.

무엇이든
존재 생성의 완전한 섭리의 과정은
구성(構成)과 형태(形態)의 모습과 현상이
완전한 생태안정의 조화(調和)와 균형을 이루어
지극히 안정된 상태의 모습을 갖추게 된다.

왜냐면,
지극한 성(性)의 섭리인 명(命)의 흐름 일도(一道)가
이천삼리(理天三理)의 지극한 조화(造化)의
현상이기 때문이다.

무유정(無有定)의 지극한 일도(一道)는
이천삼리(理天三理) 진선미(眞善美) 조화(調和)의
통일섭리(通一攝理)를 따라 행하게 된다.

무유정(無有定)에 의한
진(眞)의 섭리는 무엇에도 치우치거나 이끌림이 없는
스스로 부족함이 없는 완전함을 드러낸다.

무유정(無有定)에 의한
선(善)의 섭리는 만 생명과 만물을 생성하고
무한 상생 조화(造化)의 운행을 한다.

무유정(無有定)에 의한
미(美)의 섭리는 지극히 안정된 형태적 조화(調和)의
무한 존재의 조화(調和)와 안정세계를 형성한다.

무엇이든
그 바탕의 성품 속에 그 어떤 성질의 속성이 없으면
그 바탕의 성품이 아무리 작용을 하여도
본래 없는 성질의 속성이 드러나거나
나타날 수가 없다.

체성(體性)의 작용으로 나타나는 현상 속에
그 어떤 성질의 속성이 드러나면
그 바탕 속에 내재한 성질의 속성이 작용하여

나타나고 드러나는 것이다.

가령,
복숭아나무를 심었는데
복숭아나무에서 사과 열매가 열리 수가 없다.

그러나, 만약
복숭아나무에서 사과 열매가 열린다면
그 복숭아나무 속에는 사과 열매가 열리 수 있는
원인의 성질이 내재해 있었기 때문이다.

그러나
복숭아나무에 사과 열매가 나오게 하는
원인의 성질이 없다면
복숭아나무를 아무리 심고, 또 심어도
사과 열매는 열리지 않는다.

왜냐면
어떤 것이든 그 바탕 속에
인(因)이 없으면 과(果)가 이루어지지 않고,
과(果)가 나타남은
그 바탕 속에 과(果)를 생성할 인(因)의 성질이
있었기 때문이다.

사과 씨앗을 쪼개어 안과 밖을 아무리 살펴보아도
사과나무의 모습과 사과의 성질을 알 수가 없다.

그러나, 그 사과 열매의 씨앗을 땅에 심으면
그 씨앗에서 자라나는 나무와 열매를 보며
눈에 보이지 않던 그 씨앗의 나무와 열매의 성질을
눈으로 확인할 수가 있다.

그것은
사과의 열매 속에는 눈에 보이지 않아도
그 사과나무와 사과 열매의 인성(因性)이 있었기
때문이다.

이천(理天) 성품이 눈에 보이지 않아
그 성품의 섭리와 성질을 알 수 없어도
우주 섭리의 조화(造化) 속에 드러나고 나타나는
현상세계의 섭리와 작용을 보면
눈에 보이지 않는 이천(理天) 성품의 섭리와 성질을
알 수가 있다.

이는,
인(因)이 있으면 과(果)가 나타나고
과(果)가 있음은, 인(因)에 의함이기 때문이다.

이것은 너무나 당연한 결과며
이 간단한 당연한 진리가
우주 만물을 생성하고 운행하는 만고불변의 진리이며,
누구도 파괴할 수 없는 우주의 섭리와 원리로
지극히 당연하고 바르며, 공평하고 정당한

우주 운행의 지극히 당연한 섭리이다.

이 섭리가 변하지 않고, 파괴되지 않으므로
우주는 이 질서 속에 무궁 세월 변함없이 운행하고,
복숭아나무에는 복숭아 열매가 열리고
사과나무에는 변함없이 사과의 열매가 열리며,
만물은 이 섭리의 작용 속에 안정된 삶을 유지하며
이 진리의 생태 속에 삶을 의지해 살아가고 있다.

사람의 정신이 신령(神靈)하고 영명(靈明)하여
밝게 두루 깨어있어
사물(事物)에 대해 사유(思惟)하기를 좋아하고,
마음의 평안과 이상(理想)을 추구하는 성향이 있어
삶의 발전과 정신 승화의 노력은 쉼이 없어
정신 밝음을 위한 끝없는 추구는 무한세계를 향하고,
궁극을 향한 이상(理想)은 진리적 성향을 생성하여
정신의 밝음이 열리어 궁극의 세계로 향하고,
만물의 섭리가 흐르는 순리의 작용을 보며
우주의 숭고한 위대한 섭리를 깨닫고,
정신이 깨어난 이성(理性)으로
인간의 인성(人性)과 지성(知性)을 일깨우며,
인간의 삶과 정신 승화의 이상을 도모하여
지극하고 숭고한 진리의 정신을 열어 밝게 밝히며,
이 우주 운행의 숭고한 섭리를 수용하여
지극하고 숭고한 무궁 무한 섭리의 조화 속에

인간 세상의 삶이 영원히 행복하고,
인간의 인성(人性)과 지성(知性)이 무한 승화하여
인간의 삶이 무한 축복 세상이기를 간절히 바람이
인간 순수 지성(知性)이 깨어난 사람들의 꿈이며
이상향(理想鄕)이다.

그 길은
인간의 순수 인성(人性)과 지성(知性)이 완전히 열린
최고 최상의 무한 궁극 이상(理想) 세계이니,
우주의 숭고한 아름다운 무한 상생 조화의 섭리가
인간 세상에 활짝 피어난 행복의 세계,
무한 생명 축복의 완전한 이상(理想) 세계를
자자손손에 전하여 인간 세상의 영원한 삶의 안락과
생명생명의 평화와 행복이 영원 무궁한
지극한 이상(理想) 사회를 옛 지성(知性)들은
꿈꾸었다.

이는
우주의 숭고한 무한 무궁 상생 조화의 섭리인
이천이화(理天理化) 섭리의 진리 세상
진(眞), 선(善), 미(美)의 삼리(三理)가 활짝 피어난
우주의 순수 평화의 무한 상생 섭리의 세계
인간의 인성(人性)과 지성(知性)이 활짝 피어난
인간의 마음과 정신이 무한 열린 이상의 세계이다.

진선미(眞善美), 그 이념(理念)의 뿌리가

추상적 이론이나 이념(理念),
또는, 사고(思考)에 의한 사상(思想)이면
그 이상향은 막연한 지향성은 될 수 있어도
구체적인 진리의 바탕이며 근본인 체성(體性)이 없어
이념과 정신적 사고와 개념이 의지할 뿌리며 바탕인
명확한 구심점인 실체가 없으니,
그 방향성과 목적 점이 막연한 개념에 의지함으로
과녁이며 목적 점인 초점이 없어 분명하지 않아
그 이상을 추구하고 향해도, 항상 모호하고 허황하며,
추상적인 막연함이라 현실성과 실현성이 없어
뜬구름을 쫓음과 같아 모호하여
이상(理想)의 실현은 막연한 환(幻)과 같은 꿈이라
불가능하다.

그러나
그것이 추상적 이론(理論)이나 이념(理念)이 아니며
또한, 사고를 바탕한 사상(思想)이 아닌
우주 섭리의 현실적 현상인 실체의 섭리세계는
사고가 깨어나고, 지혜가 밝아지면
누구나 눈으로 보고 느끼며
지각(知覺)하는 체(體)로써
작용하고, 움직이며 생동(生動)하는 진리인
우주와 자신 존재의 삶과 생태 운행의 진리세계이다.

또한,
우주에 존재하는 무한 만물이 그 섭리를 따르고

그 섭리로 무한 광활한 우주도 운행되며
이 우주 시공(時空)의 세계가, 그 섭리의 작용세계이니,
인간이 행복하고, 안정된 무한 축복의 세상은
시방 우주가 행하는 숭고한 그 길을 따르고
우주가 만물을 기르고 운행하는 지극한 섭리인
그 숭고한 위대함을 따르는 그 길만이
이 생태환경 속에 삶을 살아가는
지금의 사람뿐만 아니라
자자손손 영원히 인간 사회가 행복할 수 있는
유일한 길이다.

왜냐면,
인간의 인성(人性)과 지성(知性)이 발달하고
무한 승화하여 무상(無上)의 궁극에 이르러도
우주가 만물을 생성하고 기르는
숭고한 섭리와 진리의 세계를 벗어날 수가 없고
또한, 능가할 수가 없기 때문이다.

생명의 진정한 행복은 불이(不二)에 있으며
삶의 아름다움은
지극한 상생조화(相生調和)에 있으며
삶이 소중함은 함께하는 사람이 있기 때문이며
마음의 진정한 기쁨과 행복은 서로 하나 되는
순수성에 있다.

오직
그것을, 그 조화(造化)를, 그 섭리를
그 살핌과 보살피는 지극한 작용의 운행을
쉼 없이, 그리고 변함없이 언제나 한결같이
그 숭고한 진리를 실천해 보임이
곧, 하늘이며, 우주이기 때문이다.

그런 사람이,
또한, 그런 관계, 또는 그런 환경 속에 있음이
곧, 축복이다.

진정한 지극한 사랑, 어머니의 순수 헌신의 모습을
진정한 숭고한 진리, 아버지의 더없는 사랑을
우주의 작용에서, 모습에서, 깨닫고 배우며
더없는 자각과 깊은 지각(知覺) 속에
스스로 인성(人性)과 지성(知性)을 일깨워
자신과 자신의 삶뿐만 아니라
함께한 세상의 삶까지 유익하게 해야 한다.

이천삼리(理天三理), 진(眞)의 섭리를 따라
항상 스스로 인성(人性)과 지성(知性)을 일깨우며,
어떤 상황 속에서도 지성(知性)의 밝음을 발(發)하여
밝은 마음과 정신이 항상 지극하고 오롯하며,
어떤 삿됨이나 어리석음에도 때 묻거나 물들지 않고
치우치지 않는 청정한 그 마음과 정신을 가짐으로

스스로 항상 부족함 없는 완전한 성품을 갖추게 되고,
항상, 진(眞)의 섭리를 공경하고 받드는
지극한 명(命)의 일도일행(一道一行) 속에
진(眞)의 성품 밝음으로
항상, 정당(正當)하고 바르며, 참됨을 벗어나지 않아
누구도 삿됨과 어리석으므로 범할 수 없는
진(眞)의 오롯한 밝은 성품을 두루 갖추게 된다.

이천삼리(理天三理), 선(善)의 섭리를 따라
항상 스스로 인성(人性)과 지성(知性)을 일깨우며,
지극한 이천행(理天行)의 선리(善理)을 받들어
홍익창생(弘益創生) 대도대행(大道大行)인
홍익정신(弘益精神)을 밝게 일깨워
항상, 선(善)의 섭리를 공경하고 받드는
이천심(理天心),
지극한 명(命)의 일도일행(一道一行) 속에
선리(善理)의 밝음으로
그 행함이 언제나 상생(相生)을 도모하고,
모두를 위하는 홍익대원(弘益大願)의 정신이 무한 열린
지극한 대도대행심(大道大行心)은
천성(天性)의 지극한 선리(善理)의 밝음을 열어,
상생이화(相生理化)인 이천섭리(理天攝理)의 삶 속에
모두가 이로운 지극한 선리(善理)의 성품을 열어
이천대덕(理天大德)의 삶을 두루 갖추게 된다.

이천삼리(理天三理), 미(美)의 섭리를 따라
항상 스스로 인성(人性)과 지성(知性)을 일깨우며,
절대조화(絕對調和)와 절대균형(絕對均衡)으로
절대안정(絕對安定)을 이루는
무위(無爲) 절대성의 작용인 이천조화(理天調和)에서
절대절정(絕對絕頂) 조화(調和)의 질서인
아름다운 무한 창조성(創造性)에서
조화(調和)의 미(美)는 관계성의 조화임을 깨달으며,
조화(調和)의 아름다움은 순수 순응의 질서이니
이천조화(理天調和)의 순응의 질서를 깨달아,
이천(理天) 섭리의 아름다운 조화(調和) 속에는
예(禮)의 아름다운 숭고한 섭리와 정신이 깃들었으니
숭고한 예(禮)의 정신과 섭리를 터득하고 일깨우며,
지극히 아름다운 조화(調和)의 정신
미(美)의 섭리의 정신을 받들어
예(禮)를 숭상하는 향기로운 마음과 정신은
품성과 기개(氣槪)가 고결하고 정신이 밝으며,
존귀(尊貴)한 인성을 두루 갖추어
부족한 인성(人性)과 지성(知性)을 일깨우며,
서로 조화롭지 못해 안정되지 못한 삶과 사회를
예(禮)를 받들어 숭상하는
지극히 아름다운 삶의 모습 이상향(理想鄕)인
삶과 사회를 만들어야 한다.

우주의 지극한 아름다운 섭리가
진선미(眞善美) 이천삼리(理天三理)에 있으니
인간 사회도 진선미(眞善美)를 잃은 사회정신은
진정한 삶의 행복사회가 되지 못한다.

인간의 순수 심성에
진선미(眞善美)를 숭상하고 받드는
이천삼리(理天三理)의 정신이 피어나고 승화할 때,
그 마음이 진(眞)으로 순수 참되고
그 행함이 선(善)으로 상생하며 화목하고
그 삶과 세상이 미(美)로 지극히 아름다운 세상이 되어
인간의 삶과 사회는 삶이 행복하고 아름다운
무한 축복의 삶과 세상이 될 것이다.

진선미(眞善美)는
인간의 인성(人性)과 지성(知性)이 활짝 열리는
정신 승화의 이상향(理想鄕)을 위한
생명 무한 행복과 무한 축복의 출발점이며,
무한 궁극 승화의 최상점(最上點)이다.

13. 옴마니(om-mani)

옴마니(om-mani)는
발음이 어머니를 부르는 소리와 흡사(恰似)하고,
유사(類似)하다.

그렇게 생각한 것은
어머니를 부르는 각 지방의 토속 말이
엄마, 옴마, 오마니, 어무이 등
옴마니(om-mani)가 변형된 듯한
느낌을 주기 때문이다.

우리말의 고대(古代) 어원(語源)이
산스크리트어 범어(梵語)라는 설이 제기되고 있다.

그러한 연유보다
범어(梵語) 옴마니(om-mani)의 뜻이
어머니를 뜻하고 있기 때문이다.

어머니의 뜻에서
옴마니(om-mani)의 뜻을 사려(思慮)해 보면

옴(om)은
생명의 근본인 태장(胎藏)이며
생명을 잉태하는 자궁(子宮)인 태궁(胎宮)이며
생명을 생성하고 성장시키며 탄생하게 하는
태장(胎藏)의 뜻이다.

또한, 옴(om)은
진리(眞理), 신성(神性), 무한성(無限性),
우주(宇宙), 창조(創造), 성음(聖音), 성스러움,
무한 찬탄과 감사, 귀일(歸一) 등의
철학적, 정신적, 종교적 많은 의미가 있다.

마니(mani)는
마니보주(摩尼寶珠), 여의주(如意珠),
보광명(寶光明), 부사의 광명(光明) 등의 뜻이다.

이는, 생명에서
심성광명(心性光明)이며
자아생명(自我生命)이며, 생명각성(生命覺性)이며
생명성품(生命性品)을 뜻함이니,
곧, 이 뜻은 자아광명(自我光明)인
어머니의 태장(胎藏)에 드는 생명성(生命性)을
뜻한다.

어머니를 뜻하는
옴마니(om-mani)의 의미는
오! 나의 생명을 주신 분이시여!
오! 나의 생명을 잉태하신 성스러운 분이시여!
오! 나의 생명 길을 열어주신 분이시여!
오! 나의 생명에 무한 정성 다하신 소중한 분이시여!
오! 나의 생명을 탄생한 성스러운 분이시여!
오! 피와 살을 나에게 주신 성스러운 분이시여!
오! 나에게 생명 축복을 열어주신 거룩한 분이시여!
오! 나를 사랑 품에 안아 기르신 진리의 분이시여!
오! 나에게 무한 사랑의 은혜를 베푸신 분이시여!
오! 나를 위해 삶을 헌신하신 숭고한 분이시여!
이다.

어머니라는 언어나 어원(語源)의 생각보다
옴마니(om-mani), 태장(胎藏)의 진리를 사유하며
어머니에 대한 깊은 진리적 사유를 하게 되고
생명으로서 숭고한 감사와 은혜의 세계를
생명감성으로 느끼며
어머니에 대한 인식과 감성의 세계에
한층 더 깊이 잠자는 순수 의식의 세계를
자극하게 된다.

무엇이든
지나치는 짧은 한 글귀나 낱말
또는, 눈에 보이는 예사로이 그냥 스치는 것이나
귀에 들리는 무심히 스치는 소리를 통해
문득, 색다른 영감과 정신 촉각과 감각이 열리고,
닫혀있는 다른 차원 뇌파(腦波)가 열리는 섬광으로
차원을 초월한 정신 감각과 생명감성이 열리는
순간들이 있다.

흔한 것이며
항상 예사로이 보는 것이어도
어느 한 순간 정신 촉각과 감각이 달라지거나
무한 순수 생명감성이 열리면
어느 것 하나 무엇이라도
그를 수용하고 인식하는 정신 감각이 달라지고
인식의 세계와 차원이 달라진다.

정신 촉각과 감각이 닫혀있으면
무엇을 보거나 들어도
정신 촉각이 열려 있지 않아
정신 감각이 둔하여 무심히 지나치게 된다.

만약,
정신 촉각과 감각이 무한 열려있고
생명 감성이 또한 무한 열려 있으면
보고 듣는 그것이 예사롭지 않음에

또 다른 차원의 촉각과 감각으로 느끼게 되고,
또 다른 마음 열림의 차원으로 수용하게 되므로
그로 인해 의식이 승화하고
인성(人性)과 지성(知性)이 진화(進化)하며
무한 열린 끝없는 차원의 시야를 가진
새로운 각성광명(覺性光明)의 삶을 열게 된다.

지금,
이 지각(知覺) 인성(人性)의 삶은
항상 예사로이 봄이 몸과 정신에 베이고
그러한 일상의 이음은 무딘 정신의 습관이 되어
언제나 그러하듯 무심히 보며 지나치는
어머니에 대한 무심함이,
새로운 정신의 촉각과 감각으로 수용하는
의식 승화가 있어야만
인성(人性)이 진화(進化)한 새로운 삶인
각성광명(覺性光明)을 열 것이다.

그것이
옴마니(om-mani)의 진리
생명 무한 축복과 은혜를 깊이 자각하는
생명 감사의 무한 정신이 열린
각성광명의 삶이리라.

어머니의 실체는
언어나 언어의 어원에 있지 않다.

그분은
나를 잉태하시고
나에게 무한 축복, 우주의 생명 길을 열어주시며
나를 무한 사랑의 정성과 은혜로 보살피고
자신의 삶을 바치고, 헌신하며
나를 위해, 성스럽고 거룩한 무한 시간의 인욕과
인내하는 나날이 가슴 여린 아픔의 삶을 사신
분이시다.

그것을 자각한 삶이
옴마니(om-mani), 우주 진리의 삶이니
생명 길을 열어 주신 무한 은혜에 깊이 감사하는
각성광명(覺性光明)의 삶이다.

어머니는
나의 생명을 주신 분이시며
나의 생명을 잉태하신 성스러운 분이시며
나의 생명 길을 열어주신 분이시며
나의 생명에 무한 정성을 다하신 소중한 분이시며
나의 생명을 탄생한 성스러운 분이시며
자신의 피와 살을 나에게 주신 성스러운 분이시며
나에게 생명 축복을 열어주신 거룩한 분이시며
나를 사랑 품에 안아 기르신 진리의 분이시며
나에게 무한 사랑의 은혜를 베푸신 분이시며
나를 위해 삶을 헌신하신 숭고한 분이시다.

나에게
무엇보다 소중한 그분을 이름함이
옴마니(om-mani)의 뜻을 담은
어머니이다.

14. 여천심(如天心)

하늘 모습은
마음과도 같다.

하늘에 티끌 한 점 없이 맑아
끝없이 높고 푸른 때도 있다.

하늘에 구름 한 점 없이
태양이 온 세상을 밝게 뚜렷이 비출 때도 있다.

하늘에 뭉게구름이 피어
아름답고, 평화로운 모습일 때도 있다.

하늘에 검은 구름이 가득해
태양도 보이지 않고
금방 비를 쏟아부을 것 같은 때도 있다.

하늘에 천둥과 비바람이 거칠게 불며
온 천지가 시끄럽게 진동할 때도 있다.

평안한 봄날에 하늘에서 보슬비가 내려
촉촉한 대지에 만물이
평화로운 생명의 꿈에 젖을 때도 있다.

하늘에 흰 눈이 내려, 이유 없이 가슴이 설레이고
온 세상을 하얗게 축복처럼 느낄 때도 있다.

그 모습이 마냥
마음의 흐름과도 같다.

마음에 티끌 한 점 없이 맑아
끝없이 청아하게 맑고 맑을 때도 있다.

마음에 티끌 한 점 없이 밝은 마음은
세상을 밝게 티 없이 비출 때도 있다.

마음에 기쁨이 가득한 뭉게구름이 피어
마음이 아름답고, 평화로운 때도 있다.

마음에 어둡고 검은 사념들이 가득해
맑은 마음도 보이지 않고
뭉친 감정이 금방 터질 것 같은 때도 있다.

마음에 감정이 폭발하여 축적된 억념들이 쏟아져
온 천지가 시끄럽게 진동할 때도 있다.

평안한 마음에 끝없는 아름다운 생각이 이어져
만물과 세상, 풀잎 하나까지 아름답게 보여
평화로운 생명의 꿈에 젖을 때도 있다.

마음에 마냥 밝은 희망과 꿈이 피어나
이유 없이 가슴이 설레이고
온 세상이 축복처럼 느껴질 때도 있다.

가만히 생각해보니
하늘의 모습이 마음의 모습이며
마음의 모습이 하늘의 모습 그대로다.

그러나
그런 변화의 모습이 하늘의 성품에는 없고
마음의 성품에도 없다.

하늘의 성품은
항상 청정하게 비어 있을 뿐
조금도 어떤 변화에도 요동이 없다.

마음의 성품 또한
항상 청정하게 비어 있을 뿐
조금도 어떤 변화에도 요동이 없다.

하늘이
항상 비어 무엇에도 요동이 없기에

허공 속에 무한 조화가 일어나고,

마음 성품 또한
항상 비어 무엇에도 요동이 없기에
무한 조화가 걸림 없이 일어난다.

하늘 성품, 마음 성품
항상 무엇에도 걸림 없이 비었기에
무한 인연의 조화가 끝이 없고

끝없는 인연의 조화들이 일어나도
하늘과 마음 성품은 항상 청정하여
무엇에도 티끌 한 점 걸림 없어
옛과 지금이 끊어졌다.

하늘 성품이 마음 성품이고
마음 성품이 하늘 성품이다.

하늘 성품이 비어 청정하며
마음 성품 또한 비어 청정하여
두 성품은 옛과 지금 없이 그대로 비어 있다.

비고
비어 있는 그 성품은
하늘과 마음이 차별 없는 성품으로
하늘 빔, 마음 빔, 두 성품 따로 없어

둘이 아니다.

비어있는 그 성품은
둘이 아닌 그 자체도 없다.

둘과
하나 없는 그 자체로

완전
비고, 비어 있는 것이다.

일어나는 그것이 무엇이든
그것은
하늘도, 마음도 아닌
일렁이는 바람결에 출렁이는 물결 따라
일어나면, 금세 사라지는
물거품일
뿐이다.

8장_동공
(瞳孔)

01. 모래알

어느 날
바닷가에서
그 바다에 있는 모래알을 세기로 했다.

모래를 한 줌 손에 쥐었다.

그리고,
천천히 그 모래알들을 하나하나 세기 시작하였다.

얼마나 시간이 흘렀을까
한 손에 쥔 모래알을 다 세고는
다시 모래를 한 줌 쥐고, 그 모래알들을 또 하나하나
세기 시작하였다.

한 줌, 한 줌 쥔 모래알들을 하나하나 세며
시간이 흘러가는 줄을 몰랐다.

모래알 세는 것은 내가 하는 것이며

시간의 흐름은 우주가 알아서 할 일이니
해가 돋든, 시간이 흐르든, 해가 지든 그것은
내가 관여할 바가 아니다.

나는, 바다에 있는 모래알을 다 세는 것이
불가능하다는 생각을 하지 않는다.
그렇다고, 바다의 모래알을 다 셀 수 있다는
생각도 또한, 하지 않는다.
다만, 그 바다의 모래알을 세고자
한 줌 안에 있는 모래알을 세고 있을 뿐이다.

삶이란,
뜻을 다 이루는 것은 아니다.

다만, 뜻을 세우고,
의지를 더 하며 지혜를 도모하고
열정을 다하는 끈기와 인내로 정신을 갈무리하며
자신을 점검하고, 자신을 극복하며
의지를 놓지 않고, 뜻한바 그 길을 갈 뿐이다.

어떤 계기로, 자기 뜻을 굽히거나
뜻을 달리하기 전에는, 뜻한 그 길을 가야 한다.

그렇게 하다
그렇게 하다 호흡이 다 하면, 어쩔 수 없겠으나

호흡이 다 하지 않았다면
삶의 여정, 호흡이 멈추는 그 순간까지
무엇이든 원하는 것에 바람직한 뜻을 세우고
그 꿈을 향해 자신을 다스리며 자신을 극복하고,
의지를 굳게 하여 뜻을 세운바 그 목적을 향해
쉼 없이 가야 한다. 그것이 삶이다.

삶의 행위란
맞닿는 상황을 따라 지혜와 열정을 다해
최선의 노력을 다할 뿐이다.

나는 그 바다에 있는 모래알을 세려고 했을 뿐
모래알 전체의 숫자에 관심이 없다.

단지, 나는
그 바다의 모래알을 세고자 했을 뿐이다.

그리고, 나는 모래알을 세어도
하나, 둘, 셋, 이렇게 숫자를 헤아리지 않았다.

만약, 내가 그렇게 숫자를 세려고 했다면
인간이 사용하는 숫자로는 한계가 있어
그 모래의 수를 다 헤아릴 수가 없으므로
바다의 모래를 세려고 생각하지 않았을 것이다.

나는 한 줌, 한 줌의 모래알 하나하나를
크고 작음을 촉각과 느낌과 감각으로 세면서
하나의 숫자를 넘어가지 않았다.

하나의 모래알을 세면, 그다음 모래알은
또, 새로운 하나다.

왜냐면,
한 모래알을 센 그다음 모래알이
같은 모래가 아니기에, 다음 모래알도 또, 하나다.

내가 모래알을 세는 것에는
숫자 2, 3, 4는 필요하지 않았고,
많은 모래알을 세면서, 하나라는 그 숫자만으로도
부족함이 없었다.

무엇이든
하나를 벗어나지 않고, 하나이면
분별이 생기지 않아 마음이 편하다.

하나에 머무르지 못하는 마음도
분별심 때문이다.

하나, 다음에 둘, 셋 더 올라갈수록
분별의 세계에 빠지게 된다.

한 줌의 모래알을 다 세면
그다음 모래를 한 줌 또, 쥐고 모래알을 세다
주위가 어둠 속에 싸여도 시간이 가는 줄을 몰랐다.

왜냐면,
하나하나 모래알을 세면서 그 모래알들이 나에게
우주에 대한 신비로운 많은 느낌과 사실
그리고, 내가 몰랐던 자신들의 삶과
우주의 이야기를 많이 해주었기 때문이다.

모래알을 세어갈수록
모래알 하나하나의 생명은 우주의 확장이었고,
모래알 하나가 바로 우주이며
또한, 나이기도 하였다.

모래알을 세다
어느 순간, 그 바닷모래를 더 셀 필요가 없었다.

왜냐면,
바다의 모래알을 다 세지 않아도
그 바닷모래 모두의 이야기를 들었기 때문이다.

그 모래알들이
나에게 하는 간곡한 바램도 있었다.

그 우주의 이야기는

아픔이기도 했고, 감사하기도 했고
무한 축복이기도 했다.

그리고,
그런 일이 있었던 후로는 사람을 보아도
그냥 사람이 아니고, 한 알 모래의 모습이었다.

그리고, 그 사람의 모습만 보이는 것이 아니라
모래알 성품처럼, 눈으로는 볼 수 없는
그 사람의 성품까지 보게 되었다.

사람도 모래알처럼 같은 사람이 아니므로
사람도, 하나, 둘, 셋이 아니라
모래알처럼, 하나, 하나, 하나,
하나일 뿐이다.

그러나,
스스로 그 하나의 소중함을 모른다.

하나가 소중함은,
그 하나하나가 우주의 순수 성품을 담고 있는
특별한 하나이기 때문이다.

그 하나가, 스스로
우주의 소중한 보석임을 알 때는
그 깨달음으로 자아(自我) 가치의 결정체가 달라져

생명 촉각과 감각으로 느껴지는 모든 사물과 존재
그 하나하나는 모두
우주의 성품, 특별히 소중한 보석일 것이다.

우주
보석임을 깨달은
그 깨달음은
우주 보석 성품의 특별한 가치를 가진 생명으로
무한 생명 축복의 삶을
살 것이다.

02. 빛의 명상

어느 날
작은 계곡 물이 졸졸 흐르는 물가에 앉아
햇살이 물길에 비치고 반사되어
햇빛이 여러 빛깔이 되어 물길에 반짝이며
물의 흐름을 따라 부서지기도 하고
아름다운 빛의 조각 조각들이 반짝이며
빛의 조화(造化)가 아름답고
찬란하기도 했다.

흐르는 물은 보지 않고
찰나에 부서지는 반짝이는 빛깔의 환영을
한참이나 바라보고 있었다.

단지,
순간에 사라지는 그 영롱한 빛깔만을 볼 뿐,
어떤 생각도 하지 않았다.

찰나에 사라지는 빛깔을 바라보는 시간이

한참 흘러갔으리라 생각한다.

찰나에 부서지는 그 영롱한 빛깔에
내 몸과 마음이 깨끗이 정화되는 느낌을 받았다.

나도 무심히
빛의 명상에 깊이 젖어들고 있었다.

그 영롱한 빛깔들과 나는
어느 순간 바라보는 자의 경계가 사라졌다.

그 빛깔과 나는 둘이 아니었다.

그 빛깔들이 곧, 나였고
내가 바로 그 빛깔들이었다.

반짝이며 부서지는 영롱한 빛깔들이
바로 온 우주였다.

없는 내 몸도,
없는 내 마음도,
반짝이는 영롱한 빛깔들이 온 우주에 충만한
텅 빈, 나였다.

온 우주는
영롱한 빛의 조화(造化)로 텅 빔 속에 충만하고

충만으로 무한한 그 자체뿐이었다.

그 빛의 명상 속에서 한참이나 시간이 흐르고
명상에서 깨어나 현상세계로 돌아오니
내 몸과 마음이 빛의 정화(淨化)로 변화가 왔다.

명상에서 깨어나도
몸과 마음에 그 빛의 오라(aura)가 있어
보이는 하늘과 땅, 또한, 사물에 대한 색다른 감각과
느낌을 가지게 되었다.

사물을 보아도 그 사물의 속성을 느끼게 되고
시간과 공간의 느낌이 전과는 달랐다.

생각이 아닌
사물에 대한 사유가 깊어지는 시간이 많아졌다.

시각에 보이는 그것이
전부가 아님을 느낄 뿐이다.

모든 사물은 거짓이 없다.

만약, 거짓이 있다면 그것은
진실하지 못한 인간의 말과 행동일 것이다.

그러나,

거짓된 말과 행동에도 자신의 오라(aura)가
변하는 줄을 잘 모르고 있다.

나쁜 마음으로
자신과 남을 해치는 거짓된 말이나 악한 행동은
상생융화의 성품에 분리(分利)의 이질성을 가져와
자신의 상생기운을 쇠퇴하게 하고 소멸하게 한다.

또한, 자신과 남을 위한 좋은 선행(善行)은
상생융화의 성품을 더하고,
자신을 해치는 분리(分利)의 이질성을 소멸하게 하며
자신의 삶을 상생하는 기운을 북돋우게 된다.

누구나, 자신의 몸과 마음에
좋은 공덕 빛깔의 성품을 가지고 살고 싶으나
좋은 기운의 오라(aura)를 스스로 생성하지 못하면
자신의 몸과 삶에 좋지 않은 악영향을 주는
오라(aura) 속에 살 수밖에 없다.

마음은 보이지 않아도
마음 씀의 기운에 따라 오라(aura)의 변화가 있으니
남에게 지극히 이로운 선(善)한 말과 행동으로
입으로, 몸으로, 마음으로, 의지(意志)로
항상 좋은 공덕 성품의 오라(aura)를 생성하여
자신의 삶이 개선되는 무한 축복과 행복을 위한
좋은 오라(aura)의 삶을 살아야 한다.

좋은 삶이란
항상 좋은 기운의 오라(aura)를 생성하는
복된 상생기운의 삶이다.

좋은 오라(aura)의 기운은 삶을 축복으로 이끌고
나쁜 오라(aura)의 기운은 삶을 쇠퇴하게 한다.

그것의 선택은
자신이 생성한 명(明)과 암(暗), 선(善)과 악(惡),
오라(aura)의 기운을 따라
다가오는 삶의 행복과 불행의 길이
달라진다.

03. 성(性)의 조화(造化)

일체상(一切相)의 조화(造化)는
성(性)이 무유정(無有定)의 섭리를 따르는
인연조화(因緣造化)의 작용이다.

상(相)의 시각(視覺)에서 보면
상(相)이 상(相)을 생성하고
상(相)의 조화(造化)로 만물이 형성되는 것으로
보인다.

그러나 깨닫고 보면
일체(一切)는 성(性)의 인연조화(因緣造化)에 의한
작용이다.

깨닫고 보면
일상사, 보고 듣는 예사로이 생각한 것들에 대해
새로운 깨달음의 시각을 가지게 된다.

물은, 귀가 아닌
눈을 통해 인식하는 물질이다.

물이 소리의 성질이 아니니
귀로 인식할 수가 없다.

그러나 물도
부딪히는 물질의 성질에 따라 다양한 소리를
만들어 낸다.

물방울이 잔잔한 수면에 떨어지는 소리는
깊은 여운을 남기는 소리를 만들어 낸다.

빗방울이 장독이나 우산에 떨어지는 소리는
둔탁한 소리를 만들어 낸다.

물의 다양한 소리는
물과 부딪히는 물체의 특성에 따라 그 다양함이
헤아릴 수가 없을 정도이다.

왜냐면, 부딪히는 물질의 상태나 종류만큼이나
다양한 소리가 생겨나기 때문이다.

항상 예사로이 보고 듣는 것에도
어느 한 순간에, 새로운 시각이나 영감으로

느끼거나 보여질 때가 있다.

어느 날, 우연히 물소리를 듣고
물은 눈으로만 볼 수 있는 물질이지만, 그곳에서
귀로 듣는 물질인 소리가 생겨남이 신기하게도
느껴졌다.

왜냐면, 눈에 보이는 물질 현상은, 귀가 있어도
귀로 들을 수가 없기 때문이며,
귀에 들리는 물질인 소리는, 눈이 있어도
눈으로 그 소리의 물질을 인식할 수가 없기 때문이다.

그런데
이 소리는 어디에서 온 것일까?

물에서 온 것일까?

아니면, 물과 물질이 부딪히는 그곳에서
온 것일까?

그것은, 생각으로 알 수 있는 것도 아니며
과학적 실험으로도 알 수 있는 것이 아니다.

이는, 일반상식이나
과학적 상식과 논리로도 풀 수가 없다.

왜냐면, 물에 의해 소리가 나오는 비밀은
물질인 상(相)의 법(法)으로는
그 근원적 원인을 알 수가 없기 때문이다.

왜냐면, 그 비밀을 알려면
소리를 발생하는 그 물의 성품과
물과 부딪히는 물질의 성품 속으로 들어가 보아야
하기 때문이다.

일반상식과 과학적 실험과 이론으로
소리의 발생 근원을 알 수 없는 까닭은,
일반상식은, 보고, 듣고, 생각하면 알 수 있는
인지에 의한 지식과 인식의 세계이기 때문이며,
과학은, 존재 생태의 물질적 실험과 원리적 이론과
또한 그를 바탕한 설정(設定)의 세계이기 때문이다.

소리 근원의 성품을 모르므로
단지, 물질에 기본한 물질적 작용인
소리의 발생은 물질의 진동에 의한 것임을 밝히는
그 외는 알 수가 없다.

왜냐면,
현상과 물질에 기본한 것은
현상계를 초월한 세계에 대해서는 가름할 수가
없기 때문이다.

물질의 진동은 소리 발생의 조건성인
원인은 될 수 있어도
진동하는 물질에서 소리가 나오는 것은 아니다.

물이 부딪혀 소리가 나는 것은
물에서 나오는 소리도 아니며
물이 부딪히는 물질에서 나오는 것도 아니며
또한, 물이 물질과 부딪히는 그 접점(接點)에서
발생하는 것도 아니다.

그 소리가 나오는 곳은
물도 아니며, 물이 부딪히는 물질에서도 아니며
물과 물이 부딪히는 그 접점에서 소리가 발생하여
나오는 것도 아니다.

그 소리가 나오는 곳은
모습 없고 형상 없는 일체 존재 근원의 성품인
청정본성(淸淨本性)에서 나온다.

물과 물질이 부딪히며 맞닿는 물질의 상태는
소리를 생성하며, 소리의 성질을 결정하는
인성(因性)이 되며,
물과 물질이 부딪힘, 작용의 상태는
소리를 생성하는 동기(動機)인 연(緣)이 되어,
소리는 인(因)과 연(緣)에 의한 과(果)이다.

물질과 물질이 부딪혀도
그것에 반응하는 본성(本性)의 작용이 없으면
소리는 발생할 수가 없다.

돌을 눈으로 아무리 살펴보아도 돌에는 불꽃도 없고
또, 귀로 아무리 들어 보아도 돌에는 소리가 없다.

그러나, 돌과 돌이 세게 부딪히면
그 순간에 불꽃이 튀며 소리가 발생한다.

그 불꽃과 소리는 돌에서 나온 것일까?
아니면 돌과 돌이 부딪히는 그 접점에서 나오는
것일까?

그 불꽃과 소리가 나오는 곳은 돌에서도 아니며
돌과 돌이 부딪히는 접점에서 나오는 것도 아니다.

그 불꽃과 소리가 나오는 곳은
돌도 아니며, 불꽃도 아니며, 소리도 아닌
일체 존재의 성품, 청정 본성에서 나오는 것이다.

그러나, 돌과 돌은
불꽃과 소리를 나오게 하는 인(因)이며
돌과 돌이 부딪히는 것은 불꽃과 소리가 나오게 하는
조건성 동기(動機)인 연(緣)이며,

불꽃과 소리는 인(因)과 연(緣)에 의한 과(果)로써
일체 존재의 성품, 본성에서 생기(生起)하는 것이다.

나뭇가지에서 잎새가 돋고, 꽃봉오리가 맺히며
꽃잎이 떨어지고 열매를 맺는 것이
사실은,
나뭇가지에서 잎새가 돋지 않고
나뭇가지에서 꽃봉오리가 나오지 않으며
꽃 속에서 열매가 나오는 것이 아니다.

눈에 보이는 것으로는
나뭇가지에서 움이 터 잎새가 돋아나오고
나뭇가지에서 꽃봉오리가 나오며
꽃 속에서 열매가 맺히는 것으로 보이므로
그렇게 인식하게 된다.

그러나, 실제 사실은 그렇지 않다.

나뭇가지는
잎새와 꽃봉오리를 나오게 하는 인(因)이며,
주위의 땅과 기후 환경과 여건은
잎새와 꽃봉오리를 나오게 하는 필연의 조건인
연(緣)이다.

꽃은 열매를 맺는 인(因)이며,

나무의 상태와 기후의 여건인 환경은
열매를 맺게 하는 필연(必然)의 조건인
연(緣)이다.

나뭇가지의 잎새와 꽃과 열매는
인(因)과 연(緣)이 과(果)를 생성하는
조건인 동기(動機)가 되어 무형의 본성으로부터
모든 과(果)가 찰나에 바로 생기(生起)하는 것이다.

이러한 사실은,
가지에서 움이 터 새잎이 돋아나고
꽃봉오리가 가지에서 맺히는 사실을 보고 있는
현상에 묶인 상(相)의 상념(想念), 의식(意識)으로는
도저히 이해할 수 없는 일이다.

또한,
무형의 청정 본성에서 새잎과 꽃과 열매가
나뭇가지를 통해 나온다는 이 사실, 실제(實際) 또한,
신비로움이다.

해가 뜨고 달이 솟으며
우주의 만물이 생성되어 운행하고
눈에 보이고 귀에 들리며, 몸의 촉각과 감각으로
보고 듣는 이 모든 것이
무형(無形)인 청정 본성의 성품에서
인(因)과 연(緣)의 필연성(必然性)을 따라

일체(一切)가 나오는 것은 실제(實際)이며
사실(事實)이다.

이 실제(實際)의 사실은
깨달음을 얻어 본성에 들면, 바로 깨닫는
실제(實際)의 사실이다.

그러므로
깨달으면, 일체상이 공(空)한 경계에 들게 되고,
일체상(一切相)이 무자성(無自性)의 환(幻)이며
공상(空相)임을 깨닫는다.

본성의 세계에 들면
일체상(一切相)이 무자성(無自性)이며
일체상(一切相)이 공(空)한 환(幻)의 세계임을
깨닫는다.

이 섭리, 법성묘법(法性妙法)의
무자성(無自性) 세계의 조화(造化)를 깊이 깨달아
상견(相見)으로는 도저히 이해할 수 없는
상즉상입(相卽相入)의 상공조화(相空造化)인
사사무애(事事無礙) 원융도리(圓融道理)를 터득하며
자성(自性)이 청정(淸淨)한 묘법(妙法) 속에
무자성(無自性)의 지혜를 두루 밝게 통(通)하게 된다.

물소리, 나뭇가지의 잎새, 꽃봉오리, 열매,

삼라만상 만물의 일체상이 공상(空相)인 환(幻)이며,
인(因)과 연(緣)을 따라 본성에서 일어나는
무위절대성(無爲絶對性)의 무자성조화(無自性造化)인
이사무애(理事無礙)와 사사원융(事事圓融)의 현상이다.

열매가 땅에 떨어져
땅속에서 씨앗이 움이 터, 싹이 땅을 뚫고 나와
떡잎 속에 새순이 올라오며 자라 큰 나무가 되고,
해마다 나무에 새잎이 돋아나 꽃과 열매를 맺는 것이
아니다.

그 작용의 일체(一切)가 청정 본성의 작용이니,
나무의 씨앗은 단지, 어떤 상황 전개의 인(因)이며
자연환경의 생태조건은 땅속에서 씨앗이 움이 터는
생태 필연의 조건성인 연(緣)이 되어
청정 본성이 인연을 따르는 섭리의 작용으로
환(幻)과 같은 법성묘법(法性妙法)인
부사의한 이사무애(理事無礙)와 사사원융(事事圓融)의
무자성(無自性)의 원융 섭리의 작용이 일어나니,
청정 본성의 작용이 바로 씨앗을 통해 일어나 움이 터
싹이 땅을 뚫고 나와 떡잎 속에 새순이 성장하여
가지를 뻗어 큰 나무가 된다.

인성(因性)을 발(發)하는 필연성의 조건
인성생기(因性生起)의 연성(緣性)이 두루 갖추어져

본성이 인연을 따르는 원융무위(圓融無爲)의 섭리로
무자성(無自性)의 작용 속에 나무의 인성(因性)을 통해
인연의 흐름인 새잎이 돋아나 꽃과 열매를 맺는 것이다.

인연의 작용은
인성(因性)의 성질인 인연자력(因緣磁力)의 작용으로
무자성(無自性)의 자력인성(磁力因性)을 따라
여러 성질의 특성이 상호작용 생성의
부사의 무수 찰나의 인연작용을 하니
인성(因性)의 특성에 따른 부사의 작용은
참으로 불가사의하다.

일체상은 찰나에도
청정 본성의 부사의 작용이 없으면 존재할 수가 없고,
생멸의 변화와 일체 현상의 작용을
드러낼 수가 없다.

일체 현상과 그 작용은 본성의 작용으로 일어나는
무위절대성(無爲絶對性) 무연성(無緣性)인
무유정(無有定)의 부사의 작용의 현상이다.

눈으로만 볼 수 있는 물에서
생각하지도 못한, 귀로 듣는 물질인 소리가 나오듯
성(性)의 조화(造化)는 불가사의하여
상상을 초월한 무궁무한조화(無窮無限造化)가
펼쳐진다.

햇빛이,
달빛이,
별빛이 직접, 우리에게 오는 것이 아니다.

성(性)의 작용과 조화(造化)의 일체(一切)는
무자성(無自性)의 성품이 인연성을 따르는
부사의 작용뿐, 일체가 오고 감이 없다.

다만, 해, 달, 별이 인(因)이 되고
허공세계 우주 여러 성질의 집합 생태환경이
필연성(必然性)에 의한 생기(生起)의 연(緣)이 되어
시방 우주에 두루 충만한 본성의 부사의 작용으로
지금, 이곳의 무연본성(無緣本性) 성품의 작용으로
바로, 촉각하고 인식하는 햇빛과 달빛과 별빛의
과(果)가 생기(生起)하는 것이다.

가령, 횃불을 들고 동서남북으로 움직이면
그 횃불이 동서남북으로 움직이는 것처럼 보여도
사실은 그렇지가 않다.

횃불은 단지, 불의 인성(因性)이 되고,
우주에 두루 걸림 없고 충만한 본성의 성품이 있어
조건성을 따라 생기(生起)하는 본성의 작용이 있으니
모든 것은 머무름이 없는 인연의 흐름을 따르는
머무름 없는 찰나의 모습이므로

동쪽으로 갔을 때는 동쪽에 있는 본성의 작용으로
불이 일어나고,
서쪽, 남쪽 북쪽으로 갔을 때는 그쪽에 있는
본성의 작용으로 일어나는 불이다.

눈으로 인식하는 것은
한 횃불이 장소를 옮겨 다니는 것 같아도
그 한 횃불이 동쪽으로 옮겨 간 적도 없고
또한, 서쪽, 남쪽, 북쪽으로 옮겨간 적이 없다.

횃불은, 사람의 눈으로 인식하지 못하는
머무름이 없는 인연의 흐름인 상황의 조건성을 따라
무수 찰나 생기(生起)의 작용으로 잠시도 머무름 없는
법성(法性)의 작용에 의한 현상이므로
지금, 이 찰나에도 눈에 비치는 그 횃불에는
1초(秒) 전의 횃불은 이미 사라져 거기에는 없다.

그러나,
횃불이 여전히 끊임없이 타오르고 있음을
눈으로 인식하는 것은
단지, 횃불의 상(相)의 상념(想念)에 머물러 있는
의식작용에 의한 상념(想念)의 환영(幻影)일 뿐이다.

가령, 1초 전의 횃불이 지금도 존재한다면,
1초 후인 지금의 횃불은 존재할 수가 없다.

왜냐면, 현상은 인연(因緣)에 의한 흐름의 현상이므로
1초 전의 횃불은 이미 사라져 존재하지 않으므로
1초 후인 지금의 횃불이 있는 것이다.

하나의 파장(波長)은
시간이 서로 겹쳐 중첩(重疊)될 수가 없다.

또한, 동일상태 차원의 한 파장은
시간이 서로 겹쳐 중첩(重疊)될 수가 없다.

왜냐면,
시간은 실제(實際)하지 않은
가정(假定)하고 설정(設定)한 인식 흐름의 세계이니,
현상이 머무름이 없는 성질의 흐름이 시간이며
현상이 머무름이 없는 변화와 작용이 시간이므로
현상이 머무름이 없는 흐름의 모습이
곧, 시간(時間)의 실체(實體)이기 때문이다.

이것을 초월하여
무엇에도 중첩(重疊)하여 겹칠 수 있는 것은
무연성(無緣性) 무위절대성(無爲絕對性)인
본성(本性)뿐이다.

그 외는 일체(一切)가
머무름이 없는 인연작용 흐름의 현상이며,
머무름이 없는 인연작용이 끊어지면 그 무엇이든

그 현상은 잠시도 존재할 수가 없으며,
그것이 무엇이든 그 현상이 존재하는 것은
잠시도 머무름이 없는 섭리의 작용으로 나타난 현상인
무유정(無有定) 섭리의 흐름 생태작용 속에 있음이다.

존재와 시간은 따로 있는 것이 아니다.

현상(現象),
그 자체가 시간의 실체(實體)이며, 체성(體性)이다.

현상이 머무름이 없는 흐름의 작용이
곧, 시간이다.

모든 존재는
잠시도 머무름이 없는 생태의 섭리 속에 생겨나
찰나에도 머무름이 없는 흐름의 현상이므로
일체 존재는 머무름이 없는 흐름 속에 있는 현상이며,
일체 현상은 머무름이 없는 흐름인 시간을
벗어날 수가 없다.

현상을 깨닫는 것에는
두 가지 차원의 경우가 있으니,
촉각과 감각을 통해 사물을 인식하는
의식작용의 상념(想念)에 의한 인식견(認識見)과
촉각과 감각을 초월한 본성의 성품에서

현상이 공(空)한 무자성(無自性)의 실체를 바로 보는
실상견(實相見)이다.

촉각과 감각을 통해 사물을 인식하는 것은
의식(意識)의 작용인 상념(想念)에 의한 것이며,
촉각과 감각의 의식(意識)을 벗어나
시간의 흐름을 초월하여, 시간이 끊어진 공(空)한
사물의 실체 성품을 바로 보는 것은
자성견(自性見)이다.

자성견(自性見)이란
촉각과 감각과 의식을 초월한
대(對)가 끊어진 절대성(絕對性) 본성에서
그 사물 실체(實體)의 성품을 바로 보는 것이다.

촉각과 감각과 의식(意識)에 의한 인식은
객관적 대상(對相)을 인식하는 것이며,
자성견(自性見)은 객관적 대(對)가 끊어진 성품에서
그 현상의 실체를 바로 직관(直觀)함이다.

온 우주의 일체가
우주에 두루 충만한 청정 본성에서
찰나의 인연(因緣) 작용의 필연성(必然性)을 따라
즉시, 인연을 따라 바로 나타난 현상이다.

온 세상 수많은 가지가지의 꽃들이
인연의 필연성을 따라 본성에서 바로 피어난 꽃이며,
그 꽃향기도 꽃에서 나오는 것이 아니라
본성에서 인연을 따라 즉시(卽時) 생기(生起)한 것이니
이 모든 현상세계가 이사무애(理事無礙)이며
사사원융(事事圓融)인 부사의 본성의 조화(造化)이며
또한, 일체(一切)가
상(相)의 상념(想念)인 일체유심계(一切唯心界)이다.

이 모든 조화(造化)는
무연본성(無緣本性)이 인연(因緣)을 따르는
무연성(無緣性)의 지극한 조화(造化)
무유정(無有定)의 일명일도(一命一道)이니,
이 사실을 깨달으면
일체유심(一切唯心)이라는 법구(法句)를
바로, 깨닫는다.

**성(性)의 조화(造化) 일체가 무자성(無自性)의 조화이니
공화(空華)이다.**

모두
꿈과 같은 공화(空華)의 세상에
환(幻)과 같은 삶을
살고 있다.

나,
그 자체가
실체 없는 환(幻)인데
꿈 아닌 것이 어디 있으랴.

그,
긴 꿈을 깨고 나면
무한 광명(光明) 본연(本然)이
무한 시방 우주 허공을 두루 무한 충만하여
한 발자국 내딛지 않아도
그대로
무한 광명세상이다.

04. 생멸연기관(生滅緣起觀)

관행(觀行)은
지혜의 차별에 따라
또는, 수행의 성격에 따라 무량관(無量觀)이 있다.

깨달음을 위한
그 모든 관행(觀行)의 목적을 요약하면
두 가지 맥락에서 볼 수가 있다.

일체상(一切相)
법(法)의 성품, 본성을 깨닫기 위함과
미혹을 벗어나 지혜를 발(發)하기 위함이다.

무량관(無量觀) 중에
어느 것이 좋으냐보다
자신의 수행 습관과 수행지혜의 열림에 따라 다르다.

모든 관행(觀行)이
미혹을 벗어나 지혜를 발(發)하기 위한

수단이며, 방편이니,
차원이 높고 깊은 관행(觀行)이 무엇이냐가
중요한 것이 아니라,
자신의 미혹을 타파하며, 깨달음의 지혜를 얻기 위해
자신이 선호하는 수행 심리나
수행 정신의 성향에 따라 다르다.

미혹을 벗어나 지혜를 발(發)하는 것에는
관행(觀行)의 선택과 어떤 특수한 수행의 방법보다
자기 수행 정신의 치밀함에 있다.

그리고, 어떤 관행(觀行)이든 궁극에는
서로 차별 없는 동일본성(同一本性)에서 만나게 된다.

깨달음을 위한 수행의 방법이 다르면
그 수행 과정에서 그 수행의 특성에 따라
수행 경험으로 그 수행에 대해 더 깊은 지식과
지혜를 터득할 수가 있다.

깨달음을 위한 여러 수행이 제각각 특성이 있으나
수행이 서로 다르다 하여 궁극에 서로 다른 결과를
낳는 것은 아니다.

왜냐면, 어떤 수행으로 미혹이 끊어졌든
그 결과는 차별 없는 한 성품, 동일본성(同一本性)에
들기 때문이다.

수행이 각각 차원이 다르며, 차별이 있어도
무량관(無量觀)의 수행법이
지혜를 발하고, 미혹을 소멸하는 방법을 달리한
가지가지의 수행법이다.

하나의 관행(觀行)을
면밀히, 그리고 세밀히 하다 보면
자연히 그 관행 속에서 관행(觀行)의 지혜가 밝아져
다양한 차별관(差別觀)의 지혜가 자연스레 열리며,
수행의 특수한 경험 속에 관행의 지혜가 더 깊어지고
관행(觀行)의 차별지혜가 열리므로
수행하는 관행력(觀行力)의 세계가 확장되어
일체상(一切相), 일체법(一切法)의 무량세계를
일심관행(一心觀行)의 지혜발현 속에 수용하게 된다.

생멸연기관(生滅緣起觀)은
생멸(生滅)의 연기(緣起)를 관(觀)하는
인연관(因緣觀)이다.

인연관(因緣觀)에도 여러 관(觀)이 있으나
무슨 관(觀)을 하든, 관(觀)이 깊어지다 보면
자연스레 여러 차별관(差別觀)의 지혜가 열리게 되며,
하나의 관행(觀行)에서도
관행(觀行)이 면밀하고 깊어짐에 따라
무수 미세한 차별관(差別觀)이 열림을 경험하게 된다.

인연(因緣)을 관(觀)하는 인연관(因緣觀)에서
관(觀)의 대상으로는
일체상(一切相)이 관(觀)의 대상이 된다.

수행 습관과 수행지혜에 따라 다르겠으나
대체로 관행(觀行)이 쉬운 것은
움직임의 변화와 생멸을 명확히 인식할 수 있는
대상이 좋으니,
그것은 눈에 보이는 각종 사물보다
귀로 듣는 소리를 관행(觀行)의 대상으로 함이 쉽다.

왜냐면,
소리는 잠시도 멈추어 있지 않음을 인식하기 쉽고
움직임의 변화와 생멸 흐름의 작용 속에
소리의 성질을 쉽게 인식할 수가 있기 때문이다.

또한, 귀에 들리는 소리를 관(觀)하다 보면
자연스레 눈에 보이는 현상을 더불어 관(觀)하는
지혜도 열린다.

하나의 관행(觀行)이 깊어질수록
관행력(觀行力)에 따라
모든 대상이 자연스레 관(觀)의 대상으로 수용하게
된다.

일체상(一切相), 모든 존재는
머무름이 없는 시간의 흐름 속에 있으며
모든 존재의 현상은 머무름이 없는 인연 흐름의 변화인
찰나의 생멸(生滅)이 끊임없는 현상이다.

시간의 흐름이
가령, 1, 2, 3, 4, 5, 6, 7, 8, 9, 10 이렇게
흐르고 있으면,
모든 존재의 일체상(一切相), 또한
그 존재의 머무름이 없는 변화와 생멸작용의 흐름이
역시, 1, 2, 3, 4, 5, 6, 7, 8, 9, 10 이렇게
흐르고 있다.

그러므로 무엇이든
시간의 흐름 속에 존재하는 모든 것은
잠시도 머물러, 멈춰있는 것은 하나도 없다.

이것이
존재 성질의 실제(實際)인
제행무상(諸行無常)의 섭리이다.

이 모든 사실은
시간이 흐르기 때문에 현상이 변화하는 것이 아니라
모든 존재는 한 찰나에도 멈춤이 없는 흐름의 현상이니
존재가 머무름이 없는 변화의 흐름이 시간이 흐름이며
시간의 존재이다.

시간의 흐름 속에 존재하며, 생멸하는 모든 것은
인연과(因緣果)에 의한 작용의 흐름이다.

존재의 세계는
인연과(因緣果)의 끊임없는 연속 작용에 의한
흐름이다.

인연과(因緣果)의 작용이 찰나에도 멈춤이 없는 현상이
곧, 시간의 흐름이다

존재가 머무름이 없는 흐름의 현상이 시간이니
존재가 없으면 시간의 존재와 흐름도 당연히
끊어진다.

무엇이든, 인식하는 것, 존재 일체상(一切相)은
인연과(因緣果) 중에 과(果)의 모습이다.

과(果)의 연(緣)과
과(果)의 인(因)을 보고자 하면,
과(果)의 연(緣)과
과(果)의 인(因)을 사유(思惟)해야만 알 수가 있다.

대상에 따라, 깊은 관행(觀行)이 아니면
과(果)의 연(緣)과
과(果)의 인(因)을 알 수가 없다.

귀로 듣는 모든 소리가
인연과(因緣果) 중에 과(果)에 속한다.

생멸연기관(生滅緣起觀)의 관행(觀行)에
소리를 관(觀)할 때는
소리의 흐름과 변화를 인식할 수 있는
물 흐르는 소리처럼 계속 변화하며 이어지는 소리가
관(觀)을 행(行)하기가 쉽다.

인연관(因緣觀)에 있어서
소리의 흐름이
1, 2, 3, 4, 5, 6, 7, 8, 9, 10 이렇게 흘러도
소리를 따라 마음도 1, 2, 3, 4, 5, 6, 7, 8, 9, 10
이렇게 흐르지 말고,
소리의 흐름 중, 어느 한 순간의 소리를 정(定)하여
그 소리를 관(觀)의 대상으로 해야 한다.

계속해서 소리는
1, 2, 3, 4, 5, 6, 7, 8, 9, 10 계속 흘러도
가령, 자신이 3의 소리를 관(觀)의 대상으로 한다면,
소리는 계속 4, 5, 6, 7, 8, 9, 10 계속 흘러
3의 소리는 사라져 없어도
정신으로 뚜렷이 3의 소리를 놓지 않고 상념 속에
관(觀)의 대상으로 한다.

3의 소리가 인연과(因緣果) 중에 과(果)이니
3의 소리, 과(果)를 생기(生起)하는 연(緣)을
사유하며 뚜렷이 사유 속에 살피고
그다음, 과(果)의 연(緣)을 생기(生起)한 인(因)을
또한, 뚜렷이 사유하며 관(觀)하여 살핀다.

그 관행(觀行)이 끊어지거나
3의 소리 상념(想念)이 뚜렷함이 사라져 희미해지면
또, 다시 계속 이어지는 소리
1, 2, 3, 4, 5, 6, 7, 8, 9, 10 중에
또한, 하나의 소리를 관(觀)의 대상으로 하여
그 과(果)를 생기(生起)한 연(緣)을
관(觀)하여 살피고
또, 과(果)의 연(緣)을 생기(生起)한 인(因)을
면밀히 관(觀)하여 살핌을 계속하며
관행(觀行)을 반복해 나간다.

여기에서, 면밀히 살핌이란
눈으로 소리 나는 곳을 살피는 것이 아니라
관행(觀行)의 사유(思惟) 속에
과(果)를 생기(生起)한 연(緣)이나, 인(因)을
면밀히 관(觀)하라는 뜻이다.

관행(觀行)을 하다 보면 관행(觀行)이 익숙해지고
관행(觀行)이 익숙해지면 관행력(觀行力)이 생기며
관행력(觀行力)이 생기면 관력(觀力)이 더욱 깊어져

단, 3의 소리 하나를 관(觀)할 뿐인데
계속 이어지는 4. 5. 6. 7. 8. 9. 10 소리가
3의 소리를 관(觀)하는 관행력(觀行力)에 의해
계속 이어지는 뒤의 소리를 관(觀)하지 않아도
3의 소리 관행력(觀行力)이 이어지는
관성(觀性)에 의해 뒤에 이어지는 모든 소리가
더불어 동일관성(同一觀性) 속에 자연스레
한꺼번에 통하게 된다.

또한, 관행(觀行)에
소리의 흐름에 하나의 소리를 정(定)하여
관(觀)의 대상으로 하지 않고,
흐르는 전체의 소리를 들으며, 그 소리 과(果)의
연(緣)을 관(觀)하며, 전체 소리의 흐름을 따라
인연관(因緣觀)을 해도 된다.

관(觀)을 어떻게 하는 것이 좋은가는
소리의 성질적 특성과
관행자(觀行者)의 관행 습관과 관행의 깊이와
관행(觀行)의 상황에 따라 다를 수가 있다.

관(觀)을 어떻게 하느냐보다
관행자(觀行者)의 정신 흐름과 심리의 상황과
관행(觀行)의 순응력의 상황에 따라 다르겠으며,
관행력이 이끌리고 관행력이 깊어지는 방향성을 따라

관행(觀行)을 이어나가면 된다.

관행(觀行)에서 중요한 것은
관행(觀行)에 얼마나 깊이 들며
세밀히 치밀하게 관(觀)하느냐가 중요하다.

왜냐면, 한 방향의 관행(觀行)이 깊어지면
그 관행력에 의한 영향의 세력에
그 밖의 전체를 두루 통할 수 있는 지혜를
발현하기 때문이다.

관행(觀行)이 잘되지 않는 것은
아직, 관행(觀行)이 익숙하지 않기 때문이며,
관행(觀行)이 깊지 못하면
관행 중에 일어나는 습관적 의식작용에 이끌림이
관행력(觀行力)이 아직, 부족하기 때문이다.

관행력(觀行力)이 깊지 못하면
관행(觀行)이 거칠어지고 미세하지 못하여
관행(觀行)에 의식작용 사념(思念)이 개입하게 되므로
관행(觀行)이 계속 이어지지 못하고
간간이 끊어지게 된다.

관행력(觀行力)이 깊어지면
거칠은 관행(觀行)이 미세해지고
관행(觀行)에 사념(思念)이 개입하지 않으므로

관행심(觀行心)이 맑아지고 분별심이 끊어져
법(法)의 성품과 성질을 명료하게 관(觀)하게 되므로
바로 법성(法性)을 여실히 직관(直觀)하는 지혜가
열린다.

관행(觀行)이 익숙해지고
관행력(觀行力)이 점점 깊어지면
관행력(觀行力)의 면밀함의 깊이에 따라
인(因)과 연(緣)과 과(果)를
순(順)으로도, 역(逆)으로도 관(觀)하며
순역(順逆)의 부사의 경계에 든다.

이 관행(觀行) 속에
우주 일체(一切) 만물 존재의 섭리와
삶의 일체(一切) 인과(因果)의 지혜를 밝게 열고
일체상(一切相)이 공(空)한 무자성(無自性)인
무상무아(無相無我)의 깨달음 지혜를 밝게 열어
일체상을 초월한 지혜를 얻는다.

다음은, 다른 관행(觀行)이니
내외생멸연기관(內外生滅緣起觀)이다.

내외생멸연기관(內外生滅緣起觀)을 함에 있어서
또한, 관행(觀行)의 대상은
흐름의 변화와 생멸의 흐름을 인지할 수 있는 소리가

관(觀)을 수행하기에 쉽다.

이 관(觀)에서도
계속 간간이 이어지는 어떤 소리나
물이 흐르는 소리 등을 관(觀)의 대상으로 함이
관행(觀行)이 쉽다.

이 관(觀)에서는
인연과(因緣果)를 살피고 사유(思惟)하며 관(觀)하는
사유(思惟)를 바탕한 관(觀)의 수행이 아니므로
사유(思惟)가 필요 없다.

내외생멸연기관(內外生滅緣起觀)에는
소리의 인과(因果)를 관(觀)하는 것이 아니라,
소리가 밖에서 일어나면
내 마음에도 밖의 소리와 똑같이 소리가 일어나고,
밖에서 소리가 끊어지면
내 마음에도 똑같이 소리가 끊어짐을
여실히, 그리고 명확히 직관(直觀)하여
그 사실을 뚜렷하게, 투철히, 명료하게 깨닫는
각성수행(覺性修行)이다.

이 수행에는
소리 흐름의 성질에 대해 먼저 분명히 알아야 한다.

그냥 소리의 흐름을 들으면,
1, 2, 3, 4, 5, 6, 7, 8, 9, 10 이렇게
연속해서 흐르고 있다.

그러나, 사실은 그렇게 연속해서 흐르지 않고
2의 소리가 나면, 1의 소리는 이미 멸(滅)하여
2의 소리에는 1의 소리가 없다.

또한,
3의 소리가 나면, 앞의 2의 소리는 이미 멸(滅)하여
3의 소리에는 2의 소리가 없다.

또한,
4의 소리가 나면, 앞의 3의 소리는 이미 멸(滅)하여
4의 소리에는 3의 소리가 없다.

또한,
5의 소리가 나면, 앞의 4의 소리는 이미 멸(滅)하여
5의 소리에는 4의 소리가 없다.

또한,
6의 소리가 나면, 앞의 5의 소리는 이미 멸(滅)하여
6의 소리에는 5의 소리가 없다.

또한,
7의 소리가 나면, 앞의 6의 소리는 이미 멸(滅)하여

7의 소리에는 6의 소리가 없다.

또한,
8의 소리가 나면, 앞의 7의 소리는 이미 멸(滅)하여
8의 소리에는 7의 소리가 없다.

왜냐면,
일체(一切) 존재는, 찰나에도 머무름이 없는 흐름의
성질이기 때문이다.

내외경계(內外境界)의 흐름도 알아야 한다.

모든 소리의 흐름이
1, 2, 3, 4, 5, 6, 7, 8, 9, 10 계속될 것이다.

밖에서 나는 소리가
1, 2, 3, 4, 5, 6, 7, 8, 9, 10 이렇게
생기(生起), 생멸(生滅)하여 흐르면
내 마음에도 밖의 소리와 똑같이
1, 2, 3, 4, 5, 6, 7, 8, 9, 10 이렇게
생기(生起), 생멸(生滅)하여 흐르게 된다.

밖에서, 방금, 없던 소리가 생(生)하여 일어나면
내 마음에도 똑같이
방금, 없던 소리가 생(生)하여 일어나고,

밖에서, 방금, 있었든 소리가 금방 멸(滅)하여
끊어지면,
내 마음에도 똑같이 방금, 있었던 소리가
금방, 멸(滅)하여 끊어지는 그 실제(實際),

단지, 그 사실을 명료히, 투철히 관(觀)하며
오직, 그 실제(實際)를 분명히 명확하고 뚜렷이
찰나를 놓치지 않고 바로 직관(直觀)함으로
상(相)의 실상(實相)이 무아(無我)이며
무상(無相)임을 깨닫는, 깨달음의 수행이다.

내외생멸연기관(內外生滅緣起觀)은
상(相)이 머무름이 없는 내외경계(內外境界)의
생멸(生滅)을 바로 직관(直觀)하는 수행법이다.

소리가
어떤 성질의 모습이든 생겨나면
눈으로 사물을 보듯이
귀로, 그 소리 생긴 모양 그대로를 듣는다.

소리 1의 소리가 생(生)하면
그 모양 그대로를 듣는 나의 마음에도
똑같이 1의 소리가 생(生)함을 직관(直觀)하며,
생각을 일으키거나 사유(思惟)를 하지 말고
그냥, 뚜렷이 그 사실 실제를 명확히, 그리고 면밀히

관(觀)하여 확연히 지켜본다.

소리 2의 소리가 생(生)하면
똑같이 나의 마음에도 2의 소리가 생(生)함을
그냥, 뚜렷이 그 사실을 직관(直觀)하며
그 실제를 관(觀)으로 명확히 뚜렷이 지켜본다.

그런데
밖의 소리 2의 소리에는, 앞의 1의 소리가 이미
소멸하여 없다.
또한, 나의 마음의 2의 소리에도, 앞의 1의 소리는
이미 소멸하여 없음을 그냥, 뚜렷이 직관(直觀)하며
그 사실의 실제를 명확히 관(觀)하여 뚜렷이 본다.

또,
밖의 소리 3의 소리가 생(生)하면
나의 마음에도 3의 소리가 생(生)함을 그냥, 뚜렷이
그 사실을 직관(直觀)하며,
그 실제를 명확히 관(觀)하여 뚜렷이 본다.

밖의 소리 3에는 2의 소리가 이미 사라져 없다.
나의 3의 소리에도 2의 소리가 이미 사라져 없음을
그냥, 뚜렷이 직관(直觀)하며, 그 사실 실제를
명확히 관(觀)하여 뚜렷이 본다.

밖에서 소리가 생(生)하면

나에게도 소리가 같이 생(生)하고,
밖에서 소리가 멸(滅)하면
나에게도 소리가 똑같이 멸(滅)함을
관행(觀行)으로 직관(直觀)하며
뚜렷이 명확하게 관(觀)하여 그 실제를 뚜렷이 본다.

이렇게 1, 2, 3, 4, 5, 6, 7, 8, 9, 10의
소리의 진행을 따라 관행(觀行)을 하되
이 관행(觀行)으로
일체상(一切相)의 성품과 실상(實相)을 깨달으며,
상심상견(相心相見)의 무명(無明)과 미혹인
상(相)의 상념(想念)이 끊어져
일체상(一切相) 초월의 깨달음에 들게 된다.

소리가 밖에서 생(生)하면, 나에게도 생(生)하며,
소리가 밖에서 멸(滅)하면, 나에게도 멸(滅)함을
투철히 관(觀)하여 면밀히 직관(直觀)하며,
그리고 분명히 그 사실 실제를 뚜렷이 관(觀)하되
소리의 생(生)함 보다는 그 생(生)한 소리에는
그 앞의 소리가 이미 멸(滅)하여 없음을
명확히 뚜렷이 직관(直觀)하여
분명히, 그리고 또렷이 그 실제를 관(觀)한다.

상(相)의 실상(實相)을 깨닫고
상(相)의 상념(想念)을 초월하기 위해서는
상(相)의 생(生)을 관(觀)하는 생관(生觀)보다

상(相)의 멸(滅)을 관(觀)하는
멸관(滅觀)을 중요시해야 한다.

생(生)한 소리에는 이미 그 전(前)의 소리가
멸(滅)하여 없음을 명확히 직관(直觀)하여
관(觀)으로 투철히 그 사실을 명확히 깨달아야 한다.

관행(觀行)이 익숙할수록
관행력(觀行力)이 깊어져
관행(觀行)이 더욱 세밀하고 밀밀해지면
홀연 듯 어느 한 찰나에
일체상(一切相)이 끊어져 공(空)해지고,
자타(自他)가 끊어진
심청정(心淸淨) 무위(無爲)에 들어
우주와 삼라만상이 사라진 적멸대공력(寂滅大空力)에
무량청정(無量淸淨) 일체초월(一切超越)
본성각명(本性覺明)을 깨우친다.

05. 청정사유관(淸淨思惟觀)

일체(一切)는 청정(淸淨)이다.

시각적 청정은
물의 청정과 하늘의 청정이 있다.

물의 청정은 물의 맑음이며
허공의 청정은 텅 비어 있음이다.

물이 아무리 청정하여도
허공의 청정을 따를 수는 없다.

왜냐면
물의 청정은 액체의 청정이라
상황에 따라 청정성을 잃게 된다.

그러나 허공의 청정은 액체가 아니라
텅 빈 허공이므로
허공의 청정을 더럽힐 수는 없기 때문이다.

그러나 허공의 청정도 흐린 날씨와 눈과 비,
구름과 밤의 어둠 등으로 가려질 수가 있다.

그러나,
무엇으로도 더럽힐 수가 없고
무엇으로도 가려질 수 없는 청정이 있으니
그것이 심청정(心淸淨)이다.

자성청정(自性淸淨)의 지혜가 없어도
오롯한 사유관(思惟觀)으로
심청정(心淸淨)을 인지할 수가 있다.

그 방법은
첫째, 물의 청정과 허공 청정이 동일성(同一性)임을
깨달아야 한다.

물의 청정과 허공 청정이 동일성(同一性)임을
깨달으면, 둘째의 사유관(思惟觀)에 들어 간다.

둘째, 물의 청정과 허공 청정이 동일성임을
밝게 아는 그 경계에서
심청정(心淸淨)의 사유관(思惟觀)을 해야 한다.

그러면,
물의 청정과 허공 청정과 심(心) 청정이 동일성임을
깨닫는다.

그러나 아직 완전함이 아니니
셋째, 원융청정을 깨달아야 한다.

첫째, 물의 청정과 허공의 청정이 동일성임을 깨닫는
청정사유관(淸淨思惟觀)이다.

물과 허공의 자성(自性)을 보지 못해도
물의 청정과 허공의 청정이, 액체와 허공이 차이 없는
청정성(淸淨性) 그 자체가 동일성(同一性)임을
보고자 하면,
물의 맑고 깨끗한 청정을 눈으로 밀도 있게 보되
완전한 물의 청정을 보게 되는 그 찰나에
액체라는 관념(觀念)과 상념(想念)을
찰나에 소멸하여 완전히 지워버리면,
물의 청정에서, 허공의 청정을 보게 되며
물의 청정과 허공의 청정이 둘이 아닌
동일성(同一性)임을 깨닫는다.

물의 청정과 허공의 청정이 동일성임을 깨닫는 그 찰나,
정신적 변화를 일으키는 좋은 경험을 하게 된다.

둘째, 물의 청정과 허공의 청정과 심(心)의 청정이
동일성임을 깨닫는 청정사유관(淸淨思惟觀)이다.

물의 청정과 허공의 청정이 동일성임을 깨달은
그 경계에서
물의 청정과 허공의 청정이 동일성인 그 청정을
놓지 않고 뚜렷이 확장한다.

뚜렷이 확장되면, 그 순간에
눈이 보거나 아는 것이 아니며,
또한, 내 몸이 보거나 아는 것이 아니니
보는 것이 내 몸이라는 관념(觀念)과 상념(想念)을
찰나에 완전히 소멸하여 지워버린다.

그 순간
몸의 상념(想念)이 끊어지면
물의 청정과 허공의 청정과 심(心)의 청정이
동일성(同一性)임을 깨닫는다.

물의 청정과 허공의 청정과 심(心)의 청정이
동일성임을 찰나에 깨달아도
정신적 큰 변화를 일으키는 좋은 경험을 하게 된다.

그러나
여기가 완전함이 아니니
더 깊은 원융청정을 깨달아야 한다.

셋째, 물의 청정과 허공의 청정과 심(心)의 청정이
동일성임을 뚜렷이 청정사유관(淸淨思惟觀)하여,
물의 청정과 허공의 청정과 심(心)의 청정이
뚜렷한 동일성(同一性)에 들면,
나라고 하는, 아(我)의 상념(想念)을
찰나에 소멸하여 흔적 없이 지워버린다.

아(我)의 상념(想念)이
완전히 흔적이 없이 사라진 그 순간
청정(淸淨)이 청정(淸淨)이 아니라
청정(淸淨)이 바로 원융(圓融)으로 전변(轉變)됨을
깨닫는다.

그 순간
시방 우주에 두루 걸림이 없고 원융한 성품의
정신적 큰 변화를 일으키는 좋은 경험을 하게 된다.

그러면, 바로 공(空)을 알게 되고
생사(生死) 없는 본성(本性)을 깨달으며
무생본심(無生本心)의 진여(眞如)도 깨닫는다.

이는,
곧, 깨달음
초월지혜(超越智慧)를 열게 된다.

06. 응심(應心)의 작용

응심(應心)은
대상(對相)과 상황에 따라
자연스레 반응하는 의식(意識)의 마음작용이다.

이는,
촉각적, 감각적, 신체적, 정신적, 감성적, 감정적,
이성적(理性的), 습관적, 상황적, 의식적(意識的),
무의식적, 본능적, 여러 작용 등이 있다.

이러한 응심(應心) 작용의 반응현상이 지향하는
본능적인 자연스러운 성향이 있으니
그것이 순수 절대적 안정과 평안의 마음이며,
자연스러운 안정된 순수 행복감이다.

모든 존재는, 물질이든 심리(心理)이든
절대적 안정과 생태 평안의 궁극 절대성을 향해
끊임없이 작용한다.

만약, 존재의 절대적 안정과 생태의 평안이 위협받거나
무너지면 생태 안정의 균형과 조화(調和)를 잃어
존재는 쇠퇴하여 병이 들거나 소멸하여
사라지거나 죽게 된다.

존재 생태의 절대 안정적 평안은
물질이든 심리이든 존재 유지의 필연적 조건이다.

만약, 물질이 절대 안정적 평안의 생태를 벗어나면
물질 운동은 절대 안정적 평안을 유지하려는
생태안정 본능의 반응작용을 하게 된다.

마음작용인 심리적 특성 또한
절대 안정적 평안의 생태를 벗어나면
상황의 심리작용은 절대 안정적 평안을 유지하려는
심리안정 본능의 반응작용을 하게 된다.

물질과 심리의 본능적 이러한 자연스러운 현상은
왜, 일어나며
이러한 작용 현상이 일어나는 근원적 근본 요인과
그 특성은 무엇일까?

물이 높은 곳에서 아래로 흐르는 것은
생태 안정적 평안인 자연적 평정을 유지하고자
함이다.

불길이 위로 치솟거나
불길에 타는 재나 티끌들이 불길의 세력을 따라
하늘로 치솟는 것은
생태 안정적 평안인 자연적 평정을 유지하고자 하는
존재 생태안정 본능의 특성작용에 의함이다.

사람의 자세가 한쪽으로 기울어지면 불안하여
자세를 바로 세우려 함은
생태 안정적 평안인 자연적 평정을 유지하고자 하는
생태안정 본능의 특성에 의함이다.

마음이 생태 안정의 평안을 벗어나면
심리작용이 절대 안정의 평안인 자연적 평정을
유지하고자 본능적으로 노력하게 된다.

이 원인은
무위절대성(無爲絕對性)의 작용으로 생성된
존재의 생태본능인 절대적 균형과 조화(調和)의
안정생태를 벗어난
존재 생태안정 본능의 자연적 반응현상 작용이다.

물질이든 심리이든
절대 안정적 평안을 향하고자 하는 근원적 요인은
절대 안정의 완전한 절대성(絕對性)인
본성(本性)의 성품을 벗어났기 때문이다.

본성의 성품을 벗어나, 존재의 세계에 들면
그것이 물질이든, 생명체이든, 의식(意識)이든
독자(獨自), 스스로 자존(自存) 할 수가 없다.

왜냐면, 존재 그것이 무엇이든
인연의 생태작용을 따라 생성된 것이므로
인연의 생태작용을 벗어나면
존재할 수 없는 생태특성을 지니고 있기 때문이다.

절대 완전한 안정인 본성을 벗어나면
물질이나 의식(意識)은 존재 안정 불안생태에 놓이므로
존재 생태환경 속에 생태안정을 위한 본능적
끊임없는 생태 안정작용을 하게 된다.

이것이, 모든 존재의 생태본능적 삶의 과정이다.

그러므로, 모든 존재는
생태 환경 속에서 존재의 본능은
자기의 근원인 본성의 완전한 안정성을 회복하고자
본능적 생태 안정작용을 끊임없이 행하니
이것이 존재의 안정과 평안을 위한 존재의 작용이며
존재 생태본능인 생태안정 작용의 삶이다.

그 까닭은,
생태안정이 깨어지면
곧, 존재 유지의 안정이 파괴되기 때문이다.

존재의 생태안정은
존재의 필연적 기본 바탕이기 때문이다.

스스로 홀로,
독자(獨自) 자존(自存) 할 수 있는 것은
본성(本性)뿐이다.

왜냐면, 본성은 인연이나, 어떤 섭리나
어떤 조화(造化)로 생성된 것이 아닌
본래 유유자존(幽幽自存)하는 무연성(無緣性)이기
때문이다.

스스로 시종(始終) 없이 유유자존(幽幽自存)하므로
처음도 끝도 없는 무시무종성(無始無終性)이며
생(生)과 멸(滅)이 없는 불생불멸성(不生不滅性)이다.

본성의 성품과 성향의 상태는
충만, 원만, 무한, 청정, 평온, 평화, 밝음, 생명,
순수, 순응, 지극함, 숭고함, 조화(調和), 아름다움,
상생(相生) 등이다.

본성의 성품을
물과 허공과 태양에 비유하기도 한다.

물에 비유함은
물이 맑고 맑아 청정함과
지극한 순수성과 순응성이 있으며
모두에게 모성적(母性的) 생명작용을 하기 때문이다.

허공에 비유함은
허공은 텅 비어 무엇에도 걸림이 없으며,
생멸이 없으며, 처음과 끝이 없으며, 무한하며,
시간을 벗어났으며, 과거 현재 미래가 없으며,
텅 빔으로 모두를 수용하고 자유롭게 하는
무한 평온과 충만, 공성(空性)의 특성이
있기 때문이다.

태양에 비유함은
스스로 밝음으로 어둠이 없음과
온 우주를 어둠 없이 두루 밝게 비춤과
빛으로 만 생명을 살리는 생명작용을 하기 때문이니
이는, 모두에게 부성적(父性的) 생명작용을 한다.

본성은
물처럼 성품이 변함 없어 진여(眞如)라 하며
물처럼 때묻음 없이 순수하여 청정(淸淨)이라 하며
물처럼 만물의 생명을 살리므로 공덕체(功德體)라 하며
허공처럼 성품이 비어 공성(空性)이라 하며
허공처럼 모습이 없어 무상(無相)이라 하며
허공처럼 걸림 없어 원융(圓融)라고 하며

허공처럼 우주에 두루 충만하여 원만(圓滿)이라 하며
태양처럼 두루 밝게 비치므로 광명(光明)이라 하며
태양처럼 스스로 어둠이 없어 각명(覺明)이라 하며
태양처럼 밝은 빛으로 생명계을 구제하니
불성(佛性)이라 한다.

존재 생태의 절대 안정과 평안을 도모하는
존재 본능적 작용의 특성은
본성의 절대적 안정과 평안의 절대성인
존재 안정 본성의 성품으로 향하려는
존재 생태의 자연본능(自然本能) 섭리에 의한
본성 귀일(歸一)의 작용이다.

그래서 무엇이든
절대 안정인 본성의 성품과 성질에 속한 것에는
자연스레 마음 순수 본능의 순응성에 이끌리어
선호하게 된다.

왜냐면, 그것은 마음 본연성의 작용으로 순수하게 하며
마음을 안정되게 맑게 정화하는 평안을 느끼게 되고
순수 안정과 평안의 기쁨을 느끼기 때문이다.

그 까닭은
본성의 순수 청정성, 안정성, 순응성, 포용성,
원만성, 충만성, 풍요성, 광명성 등

지극한 상생의 무한 충만 공덕성(功德性)과
숭고한 모성(母性)적 성향의 무한 안정과 평안에
자연 본능적 순수 순응의 무한 이끌림의 작용 등
생태 안정을 향하려는 존재 본능의 순응적 이끌림인
생태 본능적 순수 안정 순응의 반응현상 때문이다.

응심(應心)이
본성의 성품과 성향을 가진 것에 끌림이 당연한 것은
순수 순응적 안정과 평안의 생태로 이끌기 때문이다.

순수 순응의 응심(應心)이 지향하는
세 가지 순수 순응적 이끌림의 속성이 있으니
그것이 본성 성품의 작용으로 드러나는
순수 안정의 평안과 상생조화(相生調和)의 모습인
진선미(眞善美)를 향한 순수 이성(理性)의 끌림인
삼리작용(三理作用)이다.

순수 응심(應心)의 작용이
진(眞)의 성품 성향에 이끌림은
진(眞)은 성품 성향이 절대 순수, 절대 청정,
절대 밝음, 절대 안정, 절대 평정으로
물이 맑고 깨끗한 무한 순수와 청정함과
허공의 텅 빈 충만과 걸림 없는 무한 수용성과
태양의 어둠 없는 밝음과 생명 무한 상생 등
이 작용에 순수 심리가 안정되고 어둠이 사라지며

자연긍정 순응의 순수 무한으로 이끄는
순수 자연 정화(淨化)의 안정작용을 하기 때문이다.

그러므로, 응심(應心)의 순수 의식작용은
물이 탁한 것 보다, 맑고 깨끗함에 끌리어 선호하며
어둠보다 밝음과 광명의 빛에 끌리어 선호하며
허공에 비구름이 가득한 어두운 날씨보다
텅 빈 무한 충만을 선호하게 된다.

순수 응심(應心)의 작용이
선(善)의 성품 성향에 이끌림은
선(善)의 성품 성향이 순수 순응, 순수 자연긍정으로
자연스레 당연함을 따르고 순응하는 섭리로
물이 높은 곳에서 아래로 흐르고
봄이면 나뭇가지에서 잎이 돋아나며
바람에 나뭇잎이 흔들리고
나무에서 꽃이 피어나고 열매를 맺으며
부모는 자식을 사랑하고
자식은 부모를 존중하고 공경하며
해가 동쪽에서 떠오르고
봄이 가면 여름과 가을, 겨울이 오며
해와 달이 순환하는 이 모든 것이
순수 순응의 섭리이며
당연함을 따르는 순수 자연긍정적 현상이다.

그러므로, 응심(應心)의 순수 의식작용은
서로 부딪힘이나 거부나 배척의 역행이 없는
당연함을 따르는 순수 자연긍증(自然肯定)에 끌리어
절대 순수 평온인 무한 안정의 순류(順流)와
자연 순수 순응력(順應力)에 이끌린다.

순수 응심(應心)의 작용이
미(美)의 성품 성향에 이끌림은
미(美)의 성품 성향은 균형과 조화(調和)의
지극한 안정적 성품과 조화의 아름다움이니,
균형(均衡)과 조화(調和)의 지극한 안정은
생태적 형태의 안정과 평안을 도모하고
모습이 아름다운 균형적 조화(調和)를 드러내므로
하늘, 우주에 무한 공간미(空間美)를 형성하고
태양과 지구와 달이 둥글며
모든 것에 동서남북 상, 하의 방향성을 가지며
만물이 그 존재 자체의 형태와 구성에서
균형(均衡)과 조화(調和)의 안정성을 이루는
존재의 균형과 조화(調和)의 안정적 아름다움은
순수 시각적(視覺的) 순수 감성(感性) 속에
우주 자연생태의 안정적 무궁 조화(調和)의 평화와
아름다움을 깨닫는다.

그러므로, 응심(應心)의 순수 의식작용은
불규칙하거나 불안함이 없는

조화(調和)와 균형의 안정을 이룬 절대 안정적이며
평화로운 순수 아름다움에 자연스레 끌리어 선호하는
자연긍정 응심(應心)의 순수 정신작용을 하게 된다.

그러므로
자연적 응심(應心)의 순수 정신작용은
절대 안정과 평안, 조화(調和)의 성품과 성향을 가진
순수 순응의 이끌림인 안정과 평안이 있는
본성의 성품과 성향에 자연적 끌리어 작용한다.

이러한 자연적 순수 순응의 현상은
존재의 생태 속에 절대 안정을 향한
순수 본능적 반응 현상인
생태안정 반향반응작용(反響反應作用)이 일어나니
이 자연긍정을 향한 응심(應心)의 작용은
이를 통해 무한 안정과 평안의 순수 본능적 본성작용인
완전한 생태안정 평안에 이르고자 한다.

삶의 진정한 무한 행복도
자연긍정, 순수 순응의 무한 끌림인
지극히 안정된 생태평안과 조화의 아름다움을 향한
순수 순응의 끌림인 진선미(眞善美)의 성품
자연긍정 순응의 순수 응심(應心) 속에 이루고자 한다.

이것이
순수 정신의 이끌림인 순수 순응의 행복이며,
순수 응심(應心)이 향하는
순수 무한 순응의 평안과 절대 안정세계이기 때문이다.

07. 동(動)과 정(靜)

동(動)과 정(靜)은
모든 존재와 작용의 모습이다.

동(動)은 정(靜)으로부터 일어나고
정(靜)은 동(動)이 멈추거나
동(動)이 소멸하거나
동(動)이 본래로 돌아가는 귀일(歸一)이다.

또한, 정(靜)으로부터 동(動)이 일어나므로
동(動)이 정(靜)을 벗어났거나
정(靜)이 없거나, 정(靜)이 끊어진 것이 아니라
동(動) 그 자체가
곧, 정(靜)이 살아난 생명일 수도 있다.

또한,
동(動)이 정(靜)의 모습일 수 있고
정(靜)이 동(動)의 모습일 수가 있다.

왜냐면,
동(動)이 곧, 정(靜)의 태동(胎動)일 수 있고
정(靜)이 동(動) 중(中)의 한 모습일 수도 있으며
동(動)이어도 그 중심(中心)은 정(靜)일 수도 있고
정(靜)이어도 그 중심(中心)은 동(動)일 수도 있다.

그러므로
동(動)이 정(靜)을 함유한 동(動)이 있고
정(靜)이 동(動)을 함유한 정(靜)도 있다.

동(動)과 정(靜)은 모든 존재와 작용의 모습으로
우주 조화(造化)의 작용에도 중요하며
만물의 작용에도 중요함이니
동(動)과 정(靜)의 조화(造化) 속에
우주 만물의 생성과 운행작용이 이루어지고 있다.

우주 조화(造化)의 작용에는
정(靜)이어도 완전한 정(靜)이 아닌
동(動)을 함유하거나,
동(動)을 태동(胎動)한 정(靜)이며,

동(動), 또한 정(靜)을 벗어난 동(動)이 아니라
정(靜)을 바탕하거나
정(靜)을 모체(母體)로 한, 동(動)이므로
동(動)이 정(靜)을 벗어났거나
정(靜)이 끊어진 동(動)이 아니다.

우주의 조화(造化)에는
동(動)과 정(靜)이 부사의 조화(造化)를 이루니
동(動)과 정(靜)은 일체의 모습과 작용으로
단지, 한 작용 속에 이루어지는
서로 의지한 하나의 두 모습일 뿐이다.

조화(造化) 속에 이루어지는 무엇이든
동(動)의 가치는 지극한 정(靜)이 바탕이 되며
정(靜)의 가치는 지극한 동(動)이 바탕이 된다.

무엇이든
조화(調和)와 균형(均衡)을 잃으면
그 가치를 상실할 수 있고,

그것이 무엇이든 큰 가치를 생성하는 것에는
반드시 조화(調和)와 균형(均衡)의
극대화를 이루기 때문이다.

인간 세상에
동(動)과 정(靜)의 절대적 조화(調和)와
균형(均衡)을 이루는 정신문화의 세계
예술의 한 모습이
춤이다.

춤의 동작과 행위는
정신적, 예술적, 행위적, 삶의 모습을
동(動)과 정(靜)의 조화(調和)와 균형(均衡)과
절제(節制)의 아름다움 속에 미(美)의 정신세계를
드러내고 있다.

춤의 행위가
하늘에 인간의 지극한 정성과 정신을 다 하는
천제(天祭)와 같이 지극한 정신의 춤이 있는가 하면,
해탈, 무한 초월의 신명으로 덩실덩실 춤을 추는
무애인(無礙人)의 해탈 춤과
삶의 문화 속에 형성된 각종 의식화된 춤들이 있다.

어떤 춤이든
정신, 신명, 흥, 철학, 이념, 삶의 감정 등이
춤의 바탕이 되어
동(動)과 정(靜), 절정의 조화(調和)로
삶의 미학(美學)을 끌어내는 절정의 표현과 행위가
정신승화와 자아충만과 자아의 기쁨과 자유
삶의 고락을 향유하는 행위이다.

나는, 간혹
태초, 정신이 깨어난 순수 지성(知性)들이
하늘에 지극한 정성으로 천제(天祭)를 지냈던
순수 정신이 열리어 승화한 그들의 신명의 몸짓인
정신 궁극이 무한 열린 광명의 춤을 사유해보곤 한다.

그들의 지극한 정성과
숭고한 정신 승화의 절정을 이룬 신명의 춤은
순수 경천정신(敬天精神)이 무한 열린
무한 궁극 절대절정의 세계
그 순수 정신의 무한 승화 광명의 춤을 생각해보며
그들의 순수 정신의 향기를 사유하고
또한, 그리워하곤 한다.

나는, 그들의 정신세계를
우주, 오로라(aurora)의 빛의 파장과 파동의 춤,
생동(生動)의 신비 속에
우주와 맞닿는 그들의 순수 정신이 열린 광명세계를
사유해보곤 한다.

왜냐면,
우주와 맞닿아 있는 무한 승화된 정신의 촉각과
순수 감각의 차원과 정신이 무한 열린 궁극의 세계는
불가사의기 때문이다.

그들의 춤의 모습은
지금은, 고대 벽화의 그림이나
한국 고전 춤에서, 순수 신명의 흥에 겨운 춤사위나
아리랑의 순수 정신, 몸의 동작 춤에서 흐르는
자연과 순수 조화를 이루는 정신의 흐름 등으로
태고, 그들의 승화된 정신, 신명이 무한 열린
지극한 몸의 행위로 드러나는 춤의 모습과

정신의 흐름을 그려보곤 한다.

특히, 한국인의 순수 성품과 정신의 춤에는
순수 정신이 자연과 맞닿아 천지인 기운이 하나 된
자연성 순수 혼의 흐름이 담겨 있기 때문이다.

정(靜)이 동(動)을 태동(胎動)하고 있으면
정(靜) 중(中) 동(動)이며,

동(動)이 정(靜)을 품고 있다면
동(動) 중(中) 정(靜)이다.

동(動)과 정(靜)을
밝은 지혜의 안목으로 구별함은
깨달음을 위한 수행 지혜의 경계에서도 중요하니,
동(動)과 정(靜)의 정사(正邪)를
밝게 분별하고 요별해야 하는 지혜의 경계가
수행 차원의 지혜경계이다.

왜냐면,
깨달음을 위한 모든 수행의 경계가
동(動)과 정(靜)의 경계 속에 이루어지니
수행 궁극차원 미묘한 동(動)과 정(靜)의 경계가
망(妄)의 경계인가, 각(覺)의 경계인가를
바르게 분별하는 명확한 정사(正邪)의 지혜가 있어야

바른 깨달음을 이루기 때문이다.

수행 중에
동(動)과 정(靜)의 정사(正邪)를
바르게 구별하지 못하면
수행경계의 점검이 잘못될 수가 있다.

수행심과 수행경계는
동(動)과 정(靜) 속에 이루어지니
동(動)과 정(靜)의 정사(正邪)를 바르게 분별함이
수행의 밝은 지혜이다.

그러나,
동(動)과 정(靜)이 문제가 되는 것이 아니라
망(妄)의 동정(動靜)이냐
각(覺)의 동정(動靜)이냐가 중요하다.

망동(妄動)을 쉬어 망정(妄靜)에 들어도
망(妄)을 벗어나지 못한다.

망동(妄動) 속에 있으면
망동(妄動)을 쉬거나, 끊어, 정(靜)에 들려고 한다.

그러나
망(妄)을 끊지 못하면
동(動)을 쉬거나, 끊어, 정(靜)에 들어도

그 정(靜)이, 망(妄)을 벗어나지 못한 망정(妄靜)이다.

망동(妄動)이란
의식(意識)의 분별과 사량이며
자타(自他)와 대(對)의 경계 속에 이루어지는
일체(一切) 분별의 상념(想念) 작용이다.

이것은 미혹의 분별인
상심(相心)이며, 상견(相見)이며
분별에 의한 일체 의식(意識)의 작용이다.

자아의식(自我意識)을 벗어나지 못하면
망동(妄動)을 벗어날 수가 없다.

망(妄)이란, 곧, 분별의 자아(自我)이며
동(動)이란, 일체 상심(相心)의 분별이다.

망정(妄靜)이란
분별심, 미혹 속에 스스로
마음이 움직임이 없다고 인식하고 생각하는 것이니
이는, 혼침(昏沈), 무기(無記), 단멸(斷滅),
단심(斷心), 단공(斷空) 등이다.

혼침(昏沈)은
의식(意識)이 흐려져 잠기거나, 둔해지거나

수면과 같이 의식(意識)이 침체되는 것이다.

무기(無記)는
아무 생각 없이 멍하니 가만히 있는 것이다.

단멸(斷滅)은
일체 생각을 무조건 끊어버리고 생각도 없이,
끊어버린 그 상태의 마음인 멸심(滅心)을 유지해
목석(木石)과 같이 가만히 있는 것이다.

단심(斷心)은
일어나는 생각을 끊어
생각 없는 상태의 그 마음을 지키거나 머무름이다.

단공(斷空)은
생각을 끊어 마음을 텅 비우고,
텅 빈 그 마음의 상태인 허망한 공심(空心)의 상태로
유지해 있는 것이다.

이 일체가 망정(妄靜)이며,
이는, 망동(妄動)이 끊어지거나 사라진 것이 아님은
정신이 동(動)과 정(靜), 무엇에도 머무름이 없이
명료히 밝게 깨어있지 못하고
의식작용이 허망한 곳에 정(定)해 머무르고, 지키며,
유지하는, 자아의식의 작용이기 때문이다.

각(覺)의 동(動)이란
자아의식을 초월한 본성을 깨달아
일체상에 머묾 없는 본성심(本性心)의 작용이다.

이는,
불생불멸심(不生不滅心)이며, 진여심(眞如心)이며,
무생심(無生心)이며, 자성공덕심(自性功德心)이며,
자타 없고, 일체상이 없는 생사 없는 마음이다.

이것이 본심(本心)이다.

즉, 부동심(不動心)을 바로 씀이다.

이 경계는
본성심(本性心)이니, 대상(對相)이 끊어져
우주와 불이심(不二心)이다.

각(覺)의 정(靜)이란
무위열반성(無爲涅槃性)이니
일체상(一切相)에 머무름이 없는 그 마음이다.

각(覺)의 정(靜)은 본성의 성품을 일컬음이다.

본성은 상(相)이 없어
본래 머무를 상(相)이 없으니
본성 성품을 부동성(不動性)이라 하며

생사생멸(生死生滅)이 없어 적멸성(寂滅性)이라 한다.

그러므로 각(覺)에 들면
동(動)과 정(靜)이 불이(不二)이니,
각동(覺動)이 곧, 정(靜)의 성품 열반성(涅槃性)이며
각정(覺靜)이 곧, 동(動)의 성품 각명심(覺明心)이다.

망(妄) 속에는
동(動)이어도, 정(靜)이어도
망(妄)을 벗어나지 못하는 까닭은
망(妄) 속에서 이루어지는 동(動)과 정(靜)이기
때문이다.

그리고, 망(妄), 그 자체가
동(動)과 정(靜)의 분별심(分別心)인
이것이 있고, 저것이 있는
이법(二法) 속에 있으므로 망(妄)이라고 한다.

이것은, 상심(相心)을 벗어나지 못해
자타(自他) 내외(內外)의 사량과 분별심인
대상(對相) 속에 이루어지는
동(動)과 정(靜)의 분별심(分別心)인
자아의식의 작용이다.

각(覺)의 동(動)과 정(靜)은,
동(動)이어도 상(相)이 없어 망(妄)이 없고
정(靜)이어도 상(相)이 없어 망(妄)이 없으니
동(動)과 정(靜)에 미혹의 어둠이 없다.

왜냐면,
일체가 상(相) 없는 청정 본성이라
무위절대성(無爲絕對性)이기 때문이며
무위부동성(無爲不動性)이기 때문이며
무위열반성(無爲涅槃性)이기 때문이며
본성무유정(本性無有定)의 성품이기 때문이다.

그러므로
일체가 본성이니
동(動)이어도 본성이며
정(靜)이어도 본성이니,
동(動)과 정(靜)이 바로 무위본성(無爲本性)이기
때문이다.

각(覺)은,
동(動)이어도 각(覺)이며
정(靜)이어도 각(覺)이니,
그것은 각(覺) 그 자체가 동(動)과 정(靜)을 벗어난
동(動)과 정(靜)에 걸림 없는
밝음이기 때문이다.

동(動)과 정(靜)이 문제가 되는 것은
생멸 없는 본성(本性)을 벗어나
자아의 분별심, 미혹의 망동(妄動)을 일으키니
무명(無明)의 망동(妄動)을 쉬게 하고, 끊게 하고자
자아가 끊어진 본성, 열반정(涅槃靜)을 드러내어
본성의 열반(涅槃)으로 이끌 뿐이다.

단지, 동(動)을 그침이
본성의 열반정(涅槃靜)이 아니면
그 정(靜)은 망정(妄靜)이다.

동(動)을 그침이란
동(動)을 쉬어 정(靜)에 듦이 아니라,
동(動)과 정(靜)을 둘 다 한목 벗어나
동(動)도 정(靜)도 없는
청정무위원융(清淨無爲圓融)에 듦이다.

그러므로
동(動)을 쉬거나, 끊어
정(靜)에 듦이 중요한 것이 아니다.

망(妄)을 끊음이 중요하니
망(妄)은,
동(動)으로 망(妄)이 일어남이 아니며
정(靜)으로 망(妄)이 끊어짐이 아니다.

망(妄)의 경계에서는
동(動)과 정(靜)을 둘 다 벗어나야 한다.

왜냐면,
망동(妄動)과 동정(動靜)이 다를 바 없는
망식(妄識)의 작용이기 때문이다.

망동(妄動)은 상(相)의 상념(想念)인 사량과 분별이며,
망정(妄靜)은 혼침(昏沈), 무기(無記), 단멸(斷滅),
단심(斷心), 단공(斷空) 등이기 때문이다.

깨달음은 곧,
일체에 걸림이 없는 본성에 듦이니,
깨달아 각(覺)에 들면
각(覺)의 작용이 두루 밝아
우주 만물을 두루 비치어도 문제가 될 것이 없고,
각(覺)의 성품이 열반성(涅槃性)이라
그 성품이 온 우주에 충만 해도 문제가 될 것이 없다.

왜냐면,
그 자체가 곧, 원융 본성의 성품이며
원융 열반성(涅槃性)의 작용이기 때문이다.

자아의식(自我意識)이 있으면
동(動)과 정(靜)이 모두 망(妄)이며,

각(覺)에는
동(動)과 정(靜)이 각(覺)의 작용이므로
상(相) 없는 부사의 체(體)와 부사의 용(用)의
불이성(不二性)의 작용이니,
일체가 부사의 원융무애성(圓融無礙性)인
청정무위부동본성(淸淨無爲不動本性)의 작용이다.

동(動)이든, 정(靜)이든
머무름이 있고, 좋고 싫음이 있으면
자아의식(自我意識)의 분별작용인 망(妄)이니,
자아의식인 아상(我相)이 끊어지면
머무를 동(動)이 없고
동(動)이 끊어진 머무를 정(靜)이 없으니,
일체가 각(覺)이며
무위절대성(無爲絶對性)이며
청정부동(淸淨不動) 원융열반성(圓融涅槃性)이기
때문이다.

동(動)과 정(靜)은 분별심이니,
동(動)을 벗어나고
또한, 정(靜)을 벗어나
동(動)과 정(靜)이 둘 다 끊어진 성품에 들면,
동(動)과 정(靜)이 둘 다
곧, 무명(無明)이며 망념(妄念)인 분별임을
깨닫는다.

무엇이든
머무를 곳이 있고, 찾을 것이 있으면
그것이 상(相)의 상념(想念)인 분별심이다.

그것의 바탕은
상(相)의 분별 자아의식(自我意識)의 작용으로
자타(自他) 내외(內外)의 분별심이다.

자아의식(自我意識)은
자타(自他) 내외(內外)에 의지하여 생성된
분별심이니,
자타(自他) 내외(內外)가 끊어지면
의지할 자타(自他) 내외(內外)의 상(相)이 없어
자아의식이 사라지면
자아의식 분별인 동(動)과 정(靜)도 사라져
자타(自他) 내외(內外)를 분별하는 자아의식의 일체가
환(幻)임을 깨닫는다.

그때에 이르러
동(動)도 망(妄)이며
동(動)을 쉬려 함도 망(妄)이며
정(靜)도 망(妄)이며
정(靜)에 들려고 함도 망(妄)임을 깨달으니,
동(動)과 정(靜)은
망동(妄動) 속에서 망동(妄動)을 끊어
정(靜)인 각(覺)에 들고자 하나

깨닫고 보면
각(覺)은, 동(動)도 정(靜)도 아니다.

일체(一切)가
동(動)과 정(靜)을 벗어난 각(覺)이니,
동(動)을 벗으려 함과 정(靜)에 들려 함이
둘 다 망(妄)이다.

망(妄)이 끊어지면
일체가 각(覺)이며, 부동성(不動性)이라
본래 성품이 그러하니,
동(動)의 환심(幻心)이 사라지고
정(靜)의 환심(幻心)까지 사라지니,
동(動)을 벗어나 정(靜)에 들었기 때문이 아니라
본래 성품이 동(動)과 정(靜)이 없어
동(動)과 정(靜)이 없는 본래 성품을
깨달았을 뿐이다.

깨달음이란
동(動)을 끊어 정(靜)에 듦이 아니라
본래 동(動)과 정(靜)이 없는 본성을 깨달음이니,
동(動)을 벗어나 정(靜)에 들려 함이
환(幻)을 좇는 꿈속 일임을
깨닫는다.

동(動)과 정(靜)의 환(幻)이 사라지면
환(幻)은 본래 실체가 없고, 뿌리가 없는 것이니
그 흔적을 찾을 수가 없다.

자아(自我)와 의식(意識)과
자타(自他)와 내외(內外)를 벗어나지 못하면
그 세계의 일체가 생(生)과 멸(滅)이 공존하는
동(動)과 정(靜)의 세계이다.

있음과 없음인
유(有)와 무(無)를 벗어나면
동(動)과 정(靜)은 유무(有無)의 세계이므로
일체(一切) 유무(有無)는
일체상(一切相)의 유무(有無)와
일체식(一切識)의 유무(有無)이니,
일체상(一切相)의 동정(動靜)과
일체식(一切識)의 동정(動靜)을 벗어나면
곧, 일체(一切) 동(動)과 정(靜)을 벗어남이다.

본성을 모르면
유(有)를 벗어나 무(無)에 들어도
무(無), 그것이 있고,
그러므로 유(有)를 벗어나 무(無)에 들어도
무(無)가 아니라, 무(無)가 유(有)가 되며,
유(有)를 벗어난 무(無)까지 벗어야
유(有)와 무(無)를 둘 다 벗어나게 된다.

그러므로
유(有)을 벗어나도 무(無)에 듦으로
유(有)를 완전히 벗어난 것이 아니므로
벗어날 것이 있거나
벗어난 것이 있다면
그것이 벗어나지 못한 것이니,
벗어날 것과
벗어난 것을 둘 다 벗어나야
벗어날 것의 상(相)과
벗어난 것의 상(相)이 둘 다 끊어져,
벗어날 것도, 벗어난 것도 없는
본연(本然)에 이르게 된다.

그러므로
동(動)을 벗어나면, 정(靜)이 되는 것이 아니라
정(靜)을 끌어안고 있는 망인(妄人)이다.

그 모습은
동(動)을 끌어안고 있거나
정(靜)을 끌어안고 있음이 다를 바 없는
한 모습이다.

단지,
동(動)을 벗고자 정(靜)은 탐함일 뿐,
그것은 도(道)도 아니고
수행도 아니다.

그러나,
동(動)을 끊어 정(靜)에 들라 하며
번뇌를 끊어 열반(涅槃)에 들라 함은,
상(相)을 벗어나지 못하면
상(相) 밖에 모르므로
정(靜)과 열반(涅槃)이 상(相) 없는 성품임을 몰라
상(相)으로만 모든 것을 헤아리니,
정(靜)과 열반(涅槃)이
망(妄)의 동(動)과 정(靜)이 끊어진
무상청정(無相淸淨)이며 무연본성(無緣本性)인
상(相) 없는 바로 그 마음인 줄 모르고,
동(動)이며, 상(相)의 상념(想念)인 자아의식(自我意識)
상심(相心)은 내려놓지 않고서
동(動)인 상심(相心)으로
동(動)의 번뇌를 끊으려 하고,
자아의식으로 정(靜)과 열반(涅槃)에 들려고 한다.

단지,
자타(自他) 내외(內外)의 분별심 상념작용(想念作用)
일체상(一切相)이 끊어지면
일체(一切) 분별의 자아(自我)가 사라져
동(動)을 끊지 않고, 정(靜)을 구하지 않아도
열반(涅槃)의 성품에 들게 된다.

왜냐면, 본래(本來), 구하거나 얻을 것 없는
일체가 정(靜)이며 열반(涅槃)의 성품이기 때문이다.

청정 본성은 무연성(無緣性)이라
명(名)과 상(相)이 끊어졌으니
일체(一切) 이름이 상(相)을 따라 일어나고
식(識)을 따라 분별하니
청정 본성에 들게 하고자 본성을 일컬음이
각(覺)이며, 열반(涅槃)이며, 불(佛)이라 하여도
식(識)의 분별, 명(名)과 상(相)이 끊어진 성품이니,
명(名)과 상(相)에 이끌리고 분별하여 의지함은
상(相)의 상념(想念)의 분별심이다.

정(靜)과 동(動),
각(覺)과 열반(涅槃)의 일체(一切)가
식(識)의 경계, 명(名)과 상(相)이 끊어진 성품이므로
무엇이든 이름 따라 헤아림이 분별의 상심(相心)이며
상심(相心)의 정(靜)과 동(動)은 둘 다 망심(妄心)이며
상심(相心) 경계 각(覺)과 열반(涅槃)이 곧, 상(相)이니
일체 무명(無明)이 끊어진 열반(涅槃)의 본성에 들면
열반(涅槃)은 적적(寂寂) 고요한 정(靜)도 아니며
동(動)함이 없는 적멸부동(寂滅不動)도 아닌
자아(自我)와 무명식(無明識)이 완전히 끊어진
청정원융(淸淨圓融) 각명(覺明)이 바로 정(靜)이며
적멸부동(寂滅不動) 열반성(涅槃性)임을 바로 깨닫는다.

깊은 수행력에 적적(寂寂) 고요한 적멸부동(寂滅不動)이
전변(轉變)으로 벗어나야 할 무명식(無明識)임을
무한 각명(覺明)이 열린 그 순간에 비로소 깨닫는다.

08. 응시(凝視)

응시(凝視)는
관(觀)의 지혜를 여는 문(門)이며,
의식(意識)이 끊어지고
미혹견(迷惑見)을 소멸하여 해탈에 이르는
지혜의 관문(觀門)이다.

응시(凝視)라는 이 말은
응시자(凝視者)의 의식(意識)의 작용과
정신(精神)의 깊이와
지혜 열림의 차원을 따라 다양하며,
응시자(凝視者)에 따라
응시(凝視)의 대상과 방법과 깊이와 차원이
서로 같을 수가 없다.

응시(凝視)의 깊이와 차원이
의식(意識)과 정신(精神)의 깊이와 차원이며
지혜 열림의 깊이와 차원이다.

응시(凝視)의 다양한 성질의 갈래를 따라
각종 수행의 갈래와 성질이 달라지고
그 영향은 서로 다른 결과를 생성하게 된다.

응시(凝視)에도
의식의 집중인 단순, 응시(凝視)와
정신을 바탕해 의식을 수반한 응시(凝視)와
의식이 끊어진 정신 밝음의 응시(凝視)와
의식을 초월한 지혜작용의 응시(凝視) 등이 있다.

응시(凝視)와 의식(意識)의 집중은 다르다.

응시(凝視)는 순수 정신의지(精神意志)의 작용이며
의식(意識)의 집중은 분별 의식(意識)의 작용이므로
응시(凝視)는 의지로 단지, 몰두해 뚜렷이 봄이며
의식(意識)의 집중은 의식을 한 곳으로 모음이다.

응시(凝視)를 의식의 집중으로 생각한다면
그것은, 의식(意識)의 응시(凝視)만 알 뿐이다.

응시(凝視)는
깨달음 수행의 관(觀)의 기초단계부터
의식을 초월한 깨달음 지혜작용에 이르기까지
수행의 깊이와 차원에 따라 다르다.

왜냐면

응시(凝視), 그 자체가 수행의 수단이며
응시(凝視)의 깊이와 차원이
수행자 지혜 열림의 차원이기 때문이다.

깨달음을 향한 대부분의 수행은
응시(凝視)의 다양한 방법을 수용한 체험으로
지혜의 문을 열게 된다.

그 까닭은
깨달음을 위한 각종 수행이
어떤 수행이어도 대부분 다양한 정신 몰두의
응시(凝視)를 수용한 수행을 통해 깨달음의 지혜에
들기 때문이다.

깨달음을 위한
다양한 관법(觀法)과 선법(禪法)도
그 수행의 특성에 따라
그 수행에 바람직한 다양한 응시(凝視)를 수용한
수행의 체계를 이루고 있다.

간화선(看話禪)도
화두(話頭)를 간(看)함이란,
화두(話頭)를 놓지 않고
화두(話頭)를 응시(凝視)한 의정(疑情)을 더해감이
화두(話頭)를 간(看)함이다.

화두(話頭)를 응시(凝視)한 의정(疑情)으로
화두(話頭), 응시(凝視)의 의정(疑情) 속에
화두(話頭), 응시(凝視)가 뚜렷해지며
의정(疑情)이 깊어져
일체의식(一切意識)이 끊어지는 순간에
일체상(一切相)이 끊어진 본연(本然)의 성품
자기 본성이 본래 두루 밝은 성품임을 밝게 깨달아
일체 초월의 해탈지혜를 열게 된다.

응시(凝視)와 의식(意識)의 집중이 다름은
응시(凝視)는 분별심 의식(意識)의 집중이 아니라
분별없는 의지(意志) 속에 정신 몰두를 함이니
응시력(凝視力)이 깊어지면 분별심 의식의 작용이
끊어져 사라진다.

응시(凝視)에 대해 더 깊게 알려면
의지(意志)와 의식(意識)의 차별에 대해 알아야 한다.

수행을 통해 의지(意志)와 의식(意識)의 작용이
다름을 알 수 있으나
체험 없는, 다만 지식으로 이 차별을 이해하려 하면
의지(意志)와 의식(意識)의 특성을 깊이 심도 있게
이해하기가 쉽지 않다.

수행의 깊은 관행력(觀行力)을 요구하지 않는

의식(意識)을 다스리는 명상(瞑想)적 목적이나
의식(意識)으로 접근하는 기초 관행(觀行) 등에는
단지, 의식(意識)의 집중인 응시법(凝視法)에
의지할 수밖에 없다.

의식(意識)은 헤아리고 분별하는 생각의 작용이니
의식(意識)의 집중은
무심하거나, 흩어진 생각을 한 곳으로 의식을 모으고
집중한 한 곳의 상황을 또렷이 인식하고 분별하는
의식작용을 하게 된다.

의식(意識)의 특성인 의식작용은 항상
대상과의 관계 속에서 이루어지는 상념작용이므로
의식(意識)의 집중이어도
그 집중은 자타(自他) 내외(內外)의 분별심
일체(一切) 작용의 관계성 속에 이루어진다.

이는, 일체상(一切相)의 관계인
이법(二法) 속에 이루어지는 상념(想念)의 작용이기
때문이다.

의식(意識)은 사량하고 헤아리는 분별(分別)이며
의지(意志)는 목적 과녁을 향한 정념(情念)이다.

의식(意識)은 바탕이 이모저모 헤아리고 분별함이며

의지(意志)는 바탕이 분별없는 명확한 신념(信念)이다.

인체 작용의 발현하는 곳이
의식(意識)은 헤아리고 사량하며 분별하는 머리며
의지(意志)는 분별없는 진실(眞實)을 가진 가슴이다.

의지(意志)의 응시(凝視)는 분별 없는 눈과 같아
다만, 의지의 정신으로 뚜렷이 밝게 볼 뿐,
헤아림의 분별과 사량이 없다.

그러므로, 의지(意志)에 의정(疑情)을 깊이 더해가며
응시(凝視)가 깊어질수록 의식은 맑아지고 순일해지며
의지(意志)의 응시력(凝視力)이 깊어진 궁극에는
의식이 끊어져 사라지게 된다.

의식(意識)의 응시(凝視)는 두뇌작용이라
무엇이든 응시(凝視)하는 것에 대해
지식과 앎을 모두 총동원해 살피고 알려 하는
호기심과 헤아림과 사량과 분별이 멈춤이 없다.

의식(意識)의 응시(凝視)는 헤아림과 분별이라
지식과 앎은 더할 수 있어도, 분별은 의식을 끊지 못해
자아(自我) 초월 깨달음의 지혜는 열지 못한다.

왜냐면, 의식(意識)의 일체 작용이

자아의식에 의한 분별과 사량의 헤아림의 세계인
상념(想念)의 작용이기 때문이다.

일체(一切) 초월, 깨달음의 지혜는
분별심의 자아(自我)와 의식(意識)이 끊어짐으로
본성(本性)을 깨닫는 지혜이기 때문이다.

의식(意識)의 응시(凝視)는
무엇이든 알려고, 얻으려고, 성취하려고 행하는
앎을 더하려는 분별의 행위다.

의지(意志)의 응시(凝視)는
분별심의 미혹을 벗고자 응시(凝視)를 하므로
의지(意志)의 응시(凝視)에
자아(自我)와 의식(意識)의 일렁임인 분별심을
응시(凝視)로 묶어버리고,
응시력(凝視力)이 증장하여 깊어지고 상승하면
그 응시력(凝視力)이 증장(增長)한 세력에 의해
자아와 의식이 소멸하여 끊어져
무연본성(無緣本性)을 깨닫는다.

자아(自我)와 의식(意識)의 상념(想念)이 있으면
깨달음은 이루어질 수가 없다.

왜냐면,
자아와 의식이 끊어져야만

자아와 의식이 없는 깨달음의 세계를 이루기
때문이다.

자아(自我)와 의식(意識)으로
깨달음인 초월의 지혜를 얻고자 하면
자아와 의식의 상념(想念) 세력에 이끌리고 얽매여
자아와 의식을 타파할 수가 없다.

깨달음의 세계는 자아의 초월로
자아와 의식이 끊어진 세계이므로
자타(自他) 내외(內外)의 일체상이 소멸하여
흔적이 없다.

그러므로,
자타(自他) 내외(內外)의 일체상(一切相)인
그 무엇에도 걸림이 없고, 장애가 없는 무애자재한
초월의 지혜를 발(發)하게 된다.

응시(凝視)의 목적에 따라
응시처(凝視處)도 다르며,
응시처(凝視處)에 따라 응시(凝視)의 방법도 다르며,
응시(凝視)의 다양한 방법에 따라
응시(凝視)의 결과도 다르다.

응시(凝視)의 목적에 따라

다양한 목적의 응시(凝視)와 응시처(凝視處)와
응시방법의 다양성이 있다.

응시처(凝視處)는
물(物)과 심(心), 내(內)와 외(外) 등이 있다.

물(物)의 응시(凝視)는 상(相)의 응시(凝視)이니
다양한 시각적, 청각적, 촉각적 대상의 사물 중
수행의 목적에 따라 용이한 것을 응시의 대상으로 하며
또는, 진리나 경(經)의 풀리지 않은 구절(句節)이나
또는, 몸의 특정 부분이나, 심신행위를 관(觀)하고
투철히 살피는 등의 응시(凝視)가 있다.

또한, 의식(意識)의 작용과 생멸, 그 성품을 밀밀히
투철히 관(觀)하는 응시(凝視)와
의식(意識)의 촉각과 감각과 생각과 상념작용을
분별없이 단지, 응시(凝視)하여 면밀히 살피고
또, 생각이 일어나고, 머무르며, 소멸함과
생각의 흐름과 작용을 응시(凝視)하여 투철히
그리고 면밀히 살피고 관(觀)하는 등이 있다.

또한,
본성의 성품인 무연성(無緣性)을 관조(觀照)하는
지혜의 각관(覺觀) 등이 있다.

깨달음에 의해 본성(本性)의 성품을 각명(覺明)으로
일체 청정 무연성(無緣性)을 각조(覺照)하며
원융성(圓融性)과 무애성(無礙性)과
자재성(自在性)과 불생불멸성(不生不滅性)과
무지무득성(無智無得性)과 적멸부동성(寂滅不動性)과
무생무멸성(無生無滅性)과 무시무종성(無始無終性)과
각명원융성(覺明圓融性)과 충만구족성(充滿具足性)과
원융광명성(圓融光明性)과 적정열반성(寂靜涅槃性)과
광명각조원융성(光明覺照圓融性)과
일체무장애광명성(一切無障礙光明性) 등을
두루 원융히 뚜렷이 각조(覺照)한다.

또한,
법성(法性)을 관(觀)하는 응시(凝視)가 있으니
이는, 응시(凝視)의 대상이
일체상(一切相)과 일체심(一切心)이니
무주(無住)임을 응시(凝視)하며
무상(無相)임을 응시(凝視)하며
무아(無我)임을 응시(凝視)하며
생(生)을 응시(凝視)하며
멸(滅)을 응시(凝視)하며
생(生)이 무상(無生)임을 응시(凝視)하며
멸(滅)이 무멸(無滅)임을 응시(凝視)하며,

이 일체(一切) 응시(凝視)에
앎과 지식으로 분별하고 사량하려 하지 말고

응시(凝視), 그 자체로 상(相)의 성품이
무아무상성(無我無相性)임을 명료히
응시(凝視)로 꿰뚫어야 한다.

응시(凝視)로
일체상(一切相)의 성품을 깨달으면
우주도, 무한 허공도 사라진 원융각명(圓融覺明)이 열려
무연일성(無緣一性)에 들어
세세생생(世世生生)의 일체(一切)가
환(幻)임을 홀연히
깨닫는다.

09. 무연성(無緣性)

무연성(無緣性)은
무한 우주의 시원(始原), 무궁(無窮) 전(前)부터
유유자존(幽幽自存)한 항상한 성품이다.

우주 만물의 무궁조화(無窮造化)의 변화에도
변함없이 유유자존(幽幽自存)한 본래의 모습으로
항상 한다.

우주가 소멸하여, 그 흔적이 없어져도
그 성품은 유유자존(幽幽自存)하여 변함없는
본래의 모습으로 항상 한다.

우주 만물
일체상(一切相)의 생멸(生滅) 변화와
시공(時空)에도 관계없이
항상 본래 유유자존(幽幽自存) 그 모습 그대로
항상 하므로 무연성(無緣性)이라 한다.

이, 무연성(無緣性)이 없으면
우주의 생성과 만물의 조화(造化)와 운행은
생기(生起)할 수도 없고
존재할 수도 없다.

왜냐면
우주와 만물이 이 무연성(無緣性)으로부터
비롯된 인연상이기 때문이다.

만약,
이, 무연성(無緣性)이 무연성(無緣性)이 아니라
유연성(有緣性)이라면
우주의 생성과 만물의 생멸 조화(造化)와
시공(時空)의 흐름 속에 소진(消盡)되고
고갈(枯渴)하여 없어졌을 것이다.

그러나, 우주의 생성과 만물의 생멸 조화(造化)와
시공(時空)의 흐름에 관계없는
무연성(無緣性)이므로,
우주의 생성과 만물의 생멸 변화와
시공(時空)의 흐름에도 소진(消盡)하지 않고
고갈(枯渴)되지 않아,
우주의 변화는 무궁하고
만물의 생멸운행은 무한하며
일체상(一切相) 물(物)과 심(心)의 세계가
무량 무한 무궁조화(無窮造化)가 끝이 없다.

우주와 만물, 시공(時空)의 일체 세계가
무연성(無緣性)으로 비롯하여 생성되었어도
일체 만물과 시공(時空)에 관계 없이
인연(因緣)을 초월한 무연성(無緣性)임은
무상무연성(無相無緣性)인 무유정(無有定)에 있다.

그리고,
우주와 만물의 일체상(一切相)은
무연성(無緣性)의 섭리에 따라 생성하고 소멸하며
끝없는 무한 시공계(時空界)의 우주 흐름인
일체 변화와 운행의 지극한 조화(造化)의 흐름은
불가사의 무궁조화(無窮造化)의 성품
무연성(無緣性)의 심오한 섭리의 작용이다.

우주와 만물의 근원적 시원(始原)
존재의 신비와 비밀은 무연성(無緣性)에 있다.

무연성(無緣性)의 신비와 비밀을 알고자 하면
수행력과 정신력이 우주 만물의 일체상(一切相)인
물(物)과 심(心)의 일체 세계를 초월하여
무연성(無緣性)에 들어야 한다.

유연성(有緣性)의 수행력과 정신력으로는
우주 만물의 일체상(一切相)인 물(物)과 심(心)의
일체 세계를 초월하지 못하므로
무연성(無緣性)에 들 수가 없다.

왜냐면,
눈으로 보는 것은 유연성(有緣性)의 상(相)이며
귀로 듣는 것도 유연성(有緣性)의 상(相)이며
일체 촉각과 감각으로 인지하는 것도
유연성(有緣性)의 상(相)이며
생각하고 추측하며 상상(想像)하는 그것도
유연성(有緣性)의 상(相)이기 때문이다.

유연성(有緣性)으로는
유연성(有緣性)만을 인식할 수 있으니,
무연성(無緣性)을 알고자 하면
우주 만물 시공계(時空界)의 일체상(一切相)인
물(物)과 심(心)의 일체 세계를 초월하여
무연성(無緣性)에 들어야 한다.

무연성(無緣性)의 지혜를 열어야
무연성(無緣性)을 여실히 알 수가 있다.

일체(一切)의 근원인 무연성(無緣性)을 깨닫고자
깨달음을 향한 수행자들은
우주 만물 시공계(時空界)의 일체상(一切相)인
물(物)과 심(心)의 일체 세계를 초월하려 하며,
일체상(一切相)에 물들어 머물러 있는
자아(自我) 일체 의식의 상념층(想念層)을 타파하여
일체를 초월한 무연성(無緣性)을 깨닫고
무연성(無緣性)에 들고자

정신을 갈무리며 수행정진을 하고 있다.

그러므로
무연성(無緣性)에 들고자 하는 일체 수행은
우주 만물 시공계(時空界)의 일체상(一切相)
물(物)과 심(心)에 물들어 있는 유연성(有緣性)인
자아의식 타파로 일체상(一切相)을 초월하여
무연성(無緣性)에 들어야 한다.

자아의식을 타파하여 초월하고자 함은
일체상(一切相)에 머물러 있는
유연성(有緣性)에 얽매인 자아의식의 장애(障礙)로
일체 초월성(超越性)인
무연성(無緣性)에 들지 못하고 있기 때문이다.

무연성(無緣性)에 들고자 하면
우주 만물 시공계(時空界)의 일체상(一切相)인
물(物)과 심(心)의 일체 세계를 초월하지 않으면
무연성(無緣性)에 들 수가 없다.

왜, 무연성(無緣性)에 들려 하는가 하면
무연성(無緣性)에 들지 못하면
유연성(有緣性)에 얽매인 자아의식의 미혹세계인
일체상(一切相)의 장애(障礙)에서 벗어나지 못하고
미혹에 얽매여 살아야 하기 때문이다.

자아의 일체 장애(障礙)가
삶의 일체 고통과 시련이기 때문이며,
미혹에 얽매인 끝없는 생사(生死)와 윤회(輪廻)의
삶을 살아야 하기 때문이다.

끝없는 생사(生死)와
윤회(輪廻)의 삶을 벗어나는 길은
일체 초월성(超越性)인 무연성(無緣性)을 깨달아
무연성(無緣性)에 드는 그 길뿐이다.

무연성(無緣性)에 드는 것이
일체(一切) 해탈이며
완전한 무상지혜(無上智慧)의 세계이다.

유연성(有緣性) 세계의 일체 지혜는
유연성(有緣性) 자체가 일체 차별 속에 있으므로
유연성(有緣性) 세계의 지혜가 아무리 깊고 높아도
일체 초월 무상지혜(無上智慧)에 들 수가 없음은
일체상(一切相) 차별세계의 한계성을 벗어날 수 없는
유연성(有緣性)에 의한 상(相)의 지혜이기 때문이다.

일체 초월 무상지혜(無上智慧)에 들고자 하면
우주 만물 시공계(時空界)의 일체상(一切相)인
물(物)과 심(心)의 일체 세계를 초월해야 한다.

일체상(一切相)의 차별 속에는

상(相)을 벗어나지 못하는 한계성을 가진
차별세계의 지식과 앎만을 더할 뿐,
무엇에도 장애 없는 원융무애(圓融無礙)한
일체 초월의 무상지혜(無上智慧)를 이룰 수가 없다.

완전한 무상(無上) 지혜의 완성은
일체 초월 무연성(無緣性)에 들어야 한다.

무연성(無緣性)에 이르지 못한 지혜는
앎을 쌓은 지식에 속하므로
앎과 지식을 초월한 자아(自我)를 벗어버린
무상무아(無相無我)의 지혜의 세계는 열 수가 없다.

일체(一切) 유무(有無)의 상(相)의 세계는
유연성(有緣性)의 세계이니
일체(一切) 유무(有無)의 상(相)의 세계를 벗어나야
무연성(無緣性)의 지혜를 발(發)한다.

무연성(無緣性)이 부동성(不動性)이다.

무연성(無緣性)의 부동(不動)은
유연성(有緣性)의 부동(不動)과는 다르므로
고정(固定)이나, 멈춤이나, 가만히 있음이나
고요함이나, 적적(寂寂)함이나, 얽매여 묶임이나
침묵함이나 이런 것이 없다.

왜냐면,
무연성(無緣性)은 상(相)이 없기 때문이다.

그러므로 무연성(無緣性)의 부동(不動)은
일체(一切)에 걸림이나 장애가 없는 그 자체이며
원융(圓融)한 무애성(無礙性) 그 자체이며
무엇에도 머무름이 없는 그 자체이며
무엇에도 예속되지 않은 그 자체이며
무엇에도 기울어짐이 없는 그 자체이며
일체상 생사생멸(生死生滅)에 걸림이 없는 그 자체이며
일체(一切) 시공(時空)에 걸림이 없는 그 자체이며
일체(一切) 물(物)과 심(心)에 걸림이 없는 그 자체이며
공(空)과 허(虛)에 걸림이 없는 그 자체이며
일체(一切) 식(識)과 심(心)과 정신(精神)에
걸림이 없는 그 자체이며
일체(一切) 수행과 지혜에 걸림이 없는 그 자체이며
일체(一切) 깨달음과 궁극(窮極)과 절정(絕頂)에
걸림이 없는 그 자체이며,
불(佛), 신(神), 신령(神靈), 영혼(靈魂)에
걸림이 없는 그 자체이다.

무연성(無緣性)이 열반(涅槃)이다.

무연성(無緣性)의 부동성(不動性)을
열반성(涅槃性)이라 한다.

그러므로
열반(涅槃)은 무엇에도 걸림이 없는 그 자체일 뿐
번뇌가 있어도 열반(涅槃)일 수가 없고
번뇌를 끊어도 열반(涅槃)일 수가 없는 것은
번뇌를 끊은 자(自)가
곧, 상(相)의 상념상(想念相)이기 때문이다.

자(自)가 있으면 분별이며, 상념상(想念相)이니
번뇌를 끊었음이 열반(涅槃)이 아니라
자(自)를 벗어나지 못해
그대로 생사(生死) 속에 있음이다.

자(自)가 끊어져 사라지면
번뇌도 자신이 일으킨 실체 없는 환(幻)이며
열반(涅槃)도 자신이 일으킨 실체 없는 환(幻)임을
깨닫는다.

미혹(迷惑)의 환식(幻識)에는
환(幻)만을 볼 뿐,
환(幻)을 벗어난 실제(實際)를 알 수가 없다.

왜냐면,
미혹(迷惑)의 환식(幻識)이 사라져야만 깨닫는
상(相)이 없는 실제(實際)이기 때문이다.

환식(幻識)이

무명식(無明識)이며, 자아식(自我識)이며
자타내외(自他內外)의 분별식(分別識)이다.

환상(幻相)이
자타내외(自他內外)의 일체상(一切相)이다.

자아의식(自我意識)이 환식(幻識)이며
자타내외(自他內外)의 일체상이 환상(幻相)임은
일체상(一切相)을 생기(生起)한
무연성(無緣性)의 비밀스러운 심오함에 있다.

무연성(無緣性)을 깨닫지 못하면
우주 만물 시공계(時空界)의 일체상(一切相)인
물(物)과 심(心)의 일체 세계가
실체 없는 환상(幻相)임을 깨닫지 못한다.

왜냐면,
유연심(有緣心)은 유연성에 부딪히고 장애되며
촉각과 감각으로 느껴지고
고정된 실체의 상(相)으로 인식되기 때문이다.

그렇게 되는 까닭은
유연심(有緣心)인 상식(相識)으로는
상(相)의 벽을 허물지 못하며
상(相)을 초월할 수가 없기 때문이다.

그러므로, 상(相)에 얽매여
상(相)의 삶을 살게 된다.

일체 초월성(超越性)인
무연성(無緣性)을 깨닫기 전에는
이 사실을 깨닫거나 알 수가 없으므로
상(相)의 일체(一切) 상념상(想念相)을 초월하여
무연성(無緣性)에 들게 되면
그 비밀스런 실제를 깨닫고, 알게 된다.

일체(一切)를 초월하여
무연성(無緣性)을 깨달아 밝게 통(通)하기 전에는
육신(肉身)인 몸을 자기로 인식하거나
보고 듣는 의식(意識)을 자기로 인식하거나
나라고 인식하는 자아(自我)를 자기로 인식하거나
윤회식(輪廻識)인 영혼(靈魂)을 자기로 인식하거나
초월의식(超越意識)을 자기로 인식하거나 하는
자아상념(自我想念) 시각의 삶을 살게 된다.

일체(一切),
이를 벗어남을 해탈(解脫)이라고 한다.

해탈(解脫)은 자아의 초월이니
자신 미혹의 일체(一切) 견해(見解)와 세계를
벗어남이다.

자아를 벗어나
일체(一切) 견해(見解)를 벗어나면
자신의 실상인 본연(無緣)의 성품이
우주에 두루 걸림 없이 충만하여
두루 밝은 초월광명인 무연성(無緣性)임을
깨닫는다.

무연성(無緣性)이 공(空)이다.

무연성(無緣性)의 공(空)은 단지, 상(相)이 없음이니,
무연성(無緣性)의 공(空)은
허공(虛空)도 아님은, 허공도 상(相)이기 때문이며
텅 빈 허(虛)도 아님은
텅 빈 것도 상(相)이기 때문이며
마음을 텅 비운 것도 아님은
마음을 텅 비운 자(自)가 상(相)이기 때문이며
또, 텅 빈 것을 생각하는 그 비운 것이
참으로 비운 것이 아니라 스스로 빈 상(相)을 만들어
그곳에 자(自)가 머무르기 때문이다.

공(空)은 단지, 상(相)이 없음이니
공(空)을 생각하면 그것이 상(相)이며
허(虛)를 생각해도 그것이 상(相)이며
무아(無我)를 생각해도 그것이 상(相)이며
무상(無相)을 생각해도 그것이 상(相)이며

열반(涅槃)을 생각해도 그것이 상(相)이며
불생(不生)을 생각해도 그것이 상(相)이며
부동(不動)을 생각해도 그것이 상(相)이며
깨달음을 생각해도 그것이 상(相)이며
증득(證得)을 생각해도 그것이 상(相)이며
지혜(智慧)를 생각해도 그것이 상(相)이며
해탈(解脫)을 생각해도 그것이 상(相)이며
진여(眞如)를 생각해도 그것이 상(相)이며
보리(菩提)를 생각해도 그것이 상(相)이며
중생(衆生)을 생각해도 그것이 상(相)이며
불(佛)을 생각해도 그것이 상(相)이며
법(法)을 생각해도 그것이 상(相)이며
단멸(斷滅)을 생각해도 그것이 상(相)이며
적멸(寂滅)을 생각해도 그것이 상(相)이다.

유위상견(有爲相見) 속에 있으면
있다 해도 그것이 상(相)이며
없다 해도 그것이 상(相)이며
공(空)이라 해도 그것이 상(相)이며
무(無)라 해도 그것이 상(相)이다.

무연성(無緣性)을 밝게 깨달으면
있다 해도 그것이 공(空)이며
없다 해도 그것이 공(空)이며
공(空)이라 해도 그것이 공(空)이며
무(無)라 해도 그것이 공(空)이다.

무엇이든,
생각하고 일컬을 것이 있는 그 자체가
자(自)에 인연한 유연성(有緣性)의 상(相)이니
공(空)이 아니다.

생각할 것이 끊어졌고
일체(一切) 일컬을 것이 끊어져
그 무엇 일컬을 것이 없어 상(相)이 없음이니,
물(物)이든, 심(心)이든, 깨달음이든
생각하거나 일컬을 무엇이 있으면
공(空)이 아니며, 무연성(無緣性)이 아니다.

자아의식을 벗어나지 못하면
무엇을 생각해도 유견상(有見相)을 벗어나지 못하며,
자아의식을 벗어나 본성에 들면
유(有)를 말하고, 상(相)을 말해도
일체(一切)가 무연성(無緣性)이라
무상(無相)이며 공(空)이다.

공(空)이 무연성(無緣性)이니
불생불멸(不生不滅)이며, 불구부정(不垢不淨)이며
부증불감(不增不減)이다.

무연성(無緣性)이 청정성(淸淨性)이다.

무연성(無緣性)의 청정(淸淨)은
다만, 무엇에도 걸림이 없는 그 자체일 뿐이니,
일체(一切) 장애(障礙)가 없는
원융(圓融)이 청정(淸淨)이며
무애(無礙)가 청정(淸淨)이며
일체(一切) 무장애(無障礙)가 청정(淸淨)이다.

그러므로
더러움이 없는 깨끗함도 청정(淸淨)이 아니며
더러움을 씻어도 청정(淸淨)이 아니니,
무연성(無緣性)의 청정(淸淨)은
상(相)이 없어, 걸림이 없는 그 자체니,
상(相)의 상념(想念)으로는
무연성(無緣性)의 청정(淸淨)을 알 수 없다.

왜냐면
무연성(無緣性)의 청정(淸淨)은
무엇에도 걸림이 없는 성품이기 때문이다.

무연성(無緣性)이 무생성(無生性)이다.

무연성(無緣性)의 무생(無生)은
생멸(生滅)이 없기 때문이며
무시무종성(無始無終性)이기 때문이다.

일체(一切)의 상견(相見)으로는
무생(無生)을 추측해도 헤아려도 알 수가 없으니,
무생(無生)을 알려면
일체(一切) 상(相)의 상념(想念)을 초월해
무연성(無緣性)에 들어야 한다.

일체상(一切相)을 타파하고
자아(自我)와 일체(一切) 의식(意識)을 벗어나는
그것 외는
무연성(無緣性)을 알 길이 없다.

왜냐면, 무생(無生)은
일체 상(相)의 상념(想念)이 끊어진 성품이므로
자아(自我)와 일체 의식(意識)의 상념(想念)으로는
이를 알 수도 없고, 들 수도 없는 세계이기 때문이다.

무생(無生) 또는, 무생성(無生性)이라 함이
곧, 무연성(無緣性)을 일컬음이다.

무연성(無緣性)이 무생법인(無生法印)이다.

무연성(無緣性)이 무생법인(無生法印)임은
무연성(無緣性)은
일체(一切) 상(相)과 심(心)의 인연이 끊어져
일체상(一切相)을 생(生)함이 없으니

무생법(無生法)이며,
무연성(無緣性)은 불변성(不變性)이므로
파괴되거나, 소멸함이 없어
인(印)이다.

인(印)이란
불변성(不變性)을 말하며
변함 없고, 파괴되지 않는 법(法)의 성품을
일컬음이다.

인(印)은 곧,
파괴되지 않는 법(法)의 결정성(結定性)이다.

파괴되지 않는
법(法)의 결정성(結定性)이라 함은,
일체상(一切相)인
일체물(一切物), 일체심(一切心)은 변하고, 파괴되며
소멸하는 생멸(生滅)의 성질이나
무연성(無緣性)은 변하거나, 파괴되거나, 소멸하거나,
생멸(生滅)하는 것이 아니니

파괴되지 않는
법(法)의 결정성(結定性)이라 하며
이를 일러, 인(印) 또는, 인성(印性)이라고 하며
또한, 파괴되지 않는 성품이므로
이 성품을 금강(金剛)이라 한다.

법(法)의 결정성(結定性)이라 함이
지수화풍(地水火風) 사대가 화합한 상(相)이나
색수상행식(色受想行識) 오온(五蘊)의 법(法)처럼
무엇이 화합하거나 결합하여 이루어진 것이 아니다.

무연성(無緣性)이란
변하거나, 파괴되거나, 소멸하거나, 생멸이 없는
결정성(結定性)을 이룬 것이므로
일체(一切) 상(相)의 상념(想念)으로는
결정성(結定性) 또는, 인(印)이라는 법어(法語)를
추측하거나, 헤아려도 이해하거나
알 수가 없다.

왜냐면,
결정성(結定性)을 이해하려는 그 생각이
변하고, 파괴되며, 소멸하고, 생멸(生滅)하는
상(相)의 상념(想念)이기 때문이다.

인지(印智)가
변함이 없고, 파괴됨이 없고, 소멸이 없고,
생멸(生滅)이 없는
무연성(無緣性)을 깨달은 무생(無生)의 지혜이니,
인지(印智)를 발(發)하기 전에는
파괴됨이 없는 법(法)의 결정성(結定性)
인(印)을 추측하거나 헤아려도 알 수가 없다.

법(法)의 결정성(結定性)인 인(印)이 곧,
일체(一切) 대(對)가 끊어진
절대공성(絕對空性)이다.

공(空)이 곧,
법(法)의 결정성(結定性)이며,
공성(空性)이 곧, 무연성(無緣性)이다.

해인(海印)이라 함도
청정(淸淨) 공성(空性)인 무연성(無緣性)의 성품에
우주의 일체 만물 만상의 조화(造化)와 현상이
명료히 두루 비치고 드러남을 일컬음이다.

해인(海印)이 곧, 심인(心印)이니
청정 공성(空性)인 무연성(無緣性)의 본심(本心)에
우주 만물 만상의 조화(造化)와 현상이
뚜렷이, 그리고 명료히 비치고 드러나기 때문이다.

그 무연본심(無緣本心)의 작용으로
일체상(一切相) 만물(萬物)과
일체심(一切心) 만심(萬心)이 뚜렷이 비치어
두루 밝게 깨닫고 알며
심(心)의 일체(一切) 작용이 이루어지는 것이다.

일반적으로 본심(本心)이라 함은
의식작용 속에 분별하고 생각하며 인식하는
속생각인 내심(內心) 또는, 생각의 밑바탕인 속셈은
상(相)의 상념에 의한 실체 없는 허상(虛相)이며
조작심(造作心)이다.

본성본심(本性本心)은 무연성(無緣性)이라
우주의 시공계(時空界)와
일체상(一切相) 물(物)과 심(心)의 일체 세계를
초월한 무염진성(無染眞性)이다.

의식의 작용 속에 생각하는 본심(本心)은
의식의 작용 속에 자기의 속마음이나 밑바탕이니,
그 본심은 일체가 끊어진 무연성(無緣性)이 아니라
의식의 작용을 일으키는 자기 속마음 내심(內心)이나
자기 생각의 밑바탕, 드러내지 않는 마음을 일컫는다.

의식 중에 일컫는 본심은 생각의 세계이며
무연성(無緣性)의 본심(本心)은
일체 의식이 끊어져 자타(自他)와 내외(內外)가 없는
무시본연성(無始本然性)인 각성본심(覺性本心)이다.

천부경(天符經)에서는
이 본심(本心)을
본심본태양앙명(本心本太陽昻明)이라 하였다.

왜냐면,
무연성(無緣性)의 본심(本心)은
온 우주를 두루 밝게 비치지 않음이 없고,
두루 밝아 깨닫지 못함이 없는
부사의 원융한 광명본심(光明本心)이기 때문이다.

그러므로
불법(佛法)에서는 이를 보리(菩提)라고 했으며
보리(菩提)는 온 시방 우주를 두루 밝게 비치는
무연(無緣) 본연(本然)의 각명(覺明)이다.

온 우주의 만물 만상의 조화(造化)와 현상을
두루 비치는 본성작용인 해인삼매(海印三昧) 또한,
무연본심(無緣本心)의 작용이다.

분별로 헤아리어 사량하는 식견(識見)인
의식(意識)으로는
본심(本心)을 알 수도 없고, 깨달을 수도 없고
지식과 앎으로 추측하여도 그것은 분별일 뿐이니,
본심(本心)은 무연성(無緣性)이라
일체(一切) 의식(意識)의 작용으로는 알 수가 없다.

본성(本性)을 깨달아야
본심(本心)을 알 수가 있다.

왜냐면,

본심(本心)은 곧, 본성심(本性心)이기 때문이다.

그러므로,
일체(一切) 상(相)의 상념(想念)을 벗어나고
의식(意識)도 벗어나고
자아(自我)도 초월하여 벗어나면
무연성(無緣性) 본심(本心)이 두루 밝아
온 우주와 만물 만상을 밝게 비치고 있음을
깨닫는다.

그러하기 이전에는
본심(本心)을 생각하여도 그것은 사량일 뿐
의식(意識)의 작용으로는
자아(自我)의 상념(想念)을 제거할 수가 없어
무연성(無緣性) 본심(本心)을 알 길이 없다.

그러나 본심(本心)을 몰라도
무연성(無緣性)인 본심(本心)을 벗어나
의식 작용이 따로 이루어지는 것이 아니니
의식 작용은 자아(自我) 상심(相心)의 작용이며,
본심(本心)의 작용은
자아(自我) 없는 시방 원융광명심(圓融光明心)인
시방 우주와 불이심(不二心)이다.

자아(自我)의 작용은
상(相)에 의지한 상심(相心)이라

몸을 나로 알고, 의식을 나로 알고,
자아(自我)를 나로 알고, 영혼을 나로 알아도,
본연본심(本然本心)을 깨달으면
몸이 나 아니며, 의식이 나 아니며,
자아(自我)가 나 아니며, 영혼이 나 아님을 깨달음과
온 시방 우주에 무한 충만으로 원융하여 걸림이 없는
우주를 두루 밝게 비치는 성품이 본심(本心)이며
곧, 나의 실체임을 깨닫는다.

수행자는
본심(本心)의 무한 공덕(功德)과 가치를 알기에
자아의식을 초월해
변하지 않고, 파괴되지 않으며, 생멸(生滅)이 없는
법(法)의 결정성(結定性) 인(印)을 이루어
금강불괴성(金剛不壞性) 청정공성(清淨空性)인
무연본심(無緣本心)에 들려고 한다.

무연성(無緣性)이 무상성(無相性)이다.

무연성(無緣性)의 무상(無相)은
유(有)가 없는 무(無)가 아니라
유(有)와 무(無)를 초월한
무연성(無緣性)이다.

이 무연성(無緣性)은

유(有)를 초월하고, 무(無)를 초월하며
유무(有無)가 없는 무인공(無因空)도 초월하고
식(識)과 각(覺)의 유인공(有因空)도 초월한
원융무애(圓融無礙)한 자재성(自在性)이다.

일체 유무(有無)와
일체 단멸(斷滅)인 무인공(無因空)도 초월하고
단멸(斷滅)이 아닌 유인공(有因空)도 초월함은
일체상(一切相) 그대로 무상성(無相性)이기 때문이다.

있는 상(相)이 없는 것이 아니라
일체상(一切相) 그 자체가 무상(無相)이기 때문이다.

유무견(有無見) 속에 있으면
있는 유(有)와 없는 무(無), 두 가지만을 알기에
무상(無相)이라는 이 말을 이해할 수가 없다.

무상(無相)은 무생(無生)인
무연성(無緣性)을 일컬음이니,
무상(無相)은 곧, 공(空)을 일컬음이다.

공(空)함이란 실체 없음을 뜻한다.

일체상(一切相)이 실체가 없으니
일체상(一切相)의 실체가 무상(無相)이며, 공(空)이다.

그러므로,
일체상(一切相)이 곧, 환(幻)인 공상(空相)이다.

이는, 무연성(無緣性)의 성품과 지혜에서 본
일체상(一切相)의 실상(實相)이다.

이것은 논리나, 추측이나, 가정(假定)이 아니라
일체상(一切相)의 실제(實際) 상황이다.

이 사실을 깨달음이
일체상(一切相)이 무상(無相)임을 깨달음이며
일체상이 공(空)임을 깨달음이며
일체상이 불생불멸(不生不滅)임을 깨달음이며
일체상의 생(生)이 생(生)이 아니며
일체상의 멸(滅)이 멸(滅)이 아님을 깨닫는다.

이것이 일체상(一切相)이 그대로 무상(無相)인
무연성(無緣性)의 불가사의한
무생무멸(無生無滅)의 섭리와 작용의 세계이다.

이것이 무연성(無緣性)의 불가사의한 세계이니
무연성(無緣性)을 깨닫기 전에는
무상(無相)을 안다 하여도
그것은 상(相)의 논리일 뿐이다.

유무견(有無見)에서 헤아리는 무상(無相)은

그런 것은 어디에도 실제(實際)하지 않는 법이다.

왜냐면,
생(生)과 멸(滅)과 상(相)을 벗어나야
무연성(無緣性)의 무상(無相)이 드러나기 때문이다.

그러므로 경(經)에는
제법공상(諸法空相)이라고 했다.

일체상(一切相)이 제법공상(諸法空相)이므로
생(生)이 생(生)이 아니며
멸(滅)이 멸(滅)이 아니다.

만약,
생(生)이면 그것이 공(空)이 아닌 상(相)이며
멸(滅)이면 그것이 공(空)이 아닌 상(相)이니
생(生)과 멸(滅)을 벗어나고
벗어난 상(相)을 또한, 벗어나
일체상(一切相)을 초월한 무연성(無緣性)에 들어
실제(實際) 일체상(一切相)이 공(空)함을 보아야
생(生)도 멸(滅)도 뿌리 없는 환(幻)이니
생(生)을 생(生)이라 하여도 옳지 않으며
멸(滅)을 멸(滅)이라 하여도 옳지 않다.

왜냐면,
일체(一切)가 무상성(無相性)인 공성(空性)이라

일체상(一切相)이 무상(無相)의 환(幻)이며
제법(諸法)이 공상(空相)이기 때문이다.

그러므로,
무연성(無緣性)은 무연성의 섭리를 따라
우주 만물을 생성하고 운행하여도
무연성(無緣性)은
시공(時空)의 흐름 속에 소진(消盡)되거나
고갈(枯渴)하여 없어지지 않는다.

무연성(無緣性)은
일체상(一切相)의 생멸이 끊어진 성품이기 때문이다.

이 불가사의 묘법(妙法)은
무연성(無緣性)을 깨닫기 전에는 알 수가 없다.

왜냐면,
상(相)에 의지한 유무(有無)의 견해로는
상견(相見)을 벗어날 수가 없기 때문이다.

그러므로 일체(一切) 해탈(解脫)의 초월에 들려면
상(相)에 의지하여 유무(有無)만을 헤아리는
상견(相見)을 벗어나야 하며,
그 유일한 방법과 길은
일체상(一切相)이 무상(無相)이며 공(空)임을
체달하는 방법의 길뿐이다.

그 길은
오로지 무연성(無緣性)을 깨닫는 방법
그 길 밖에는 없다.

그 까닭은
상(相)의 상념(想念)인 의식을 벗어나지 못하면
상(相)의 유무(有無) 이외는 알 수가 없기 때문이다.

유무(有無)를 벗어나 무연성(無緣性)을 깨닫는 것이
유(有)와 무(無)에 젖어 있는 의식(意識)과 자아를
소멸하는 길이다.

무연성(無緣性)을 모름은 무명(無明)이며
상(相)의 상념(想念)에 젖음은 미혹이며
상(相)을 실제로 인식하여 상(相)의 상념을 일으킴은
망견(妄見)이다.

자아(自我)를 나로 알고
자타내외(自他內外)를 분별하는
그 상념(想念)의 업식(業識)이 영혼(靈魂)이니,
영혼(靈魂)이 상(相)의 상념(想念) 속에
유전(流轉)함이 생사(生死)의 윤회(輪廻)이다.

그러므로
생사(生死) 윤회(輪廻)의 세계가
업식(業識)의 상념(想念) 세계이니

환(幻)의 세계라고 한다.

제법공상(諸法空相)을 깨닫기 전에는
멈출 수 없는 자아의식(自我意識)의 작용
상(相)의 상념(想念) 세계이다.

무연성(無緣性)이 공성(空性)이며
무상성(無相性)이니
일체상(一切相)이 끊어져 자아(自我)가 끊어지면
홀연 듯 시종(始終) 없는 본래 본연(本然)의
자기 본성, 무연성(無緣性)을 깨닫는다.

무연성(無緣性)이 진여성(眞如性)이다.

무연성(無緣性)의 진여(眞如)는
시(時), 공(空), 상(相), 무엇에도 물들지 않고
심(心), 식(識), 의(意), 조화(造化)의 작용에도
물들거나 변함이 없어 진여(眞如)이다.

진(眞)이란, 물듦이 없는 성품임을 뜻하며
여(如)는, 시(時), 공(空), 상(相)과
심(心), 식(識), 의(意) 작용과 흐름에도
성품이 변함이 없어 여(如)라고 함이니
진여(眞如)는 곧, 무연성(無緣性)을 일컬음이다.

그러므로, 진여(眞如)는 시공(時空)이 끊어져
일체상(一切相), 물(物)과 심(心)에 물듦이 없고
일체 생사와 윤회에도 얽매이거나 물듦이 없어
무연성(無緣性)인 진여(眞如)의 마음은
물듦이 없이 항상 그대로다.

진여성(眞如性)인 본심(本心)의 조화(造化)는
세세생생 삶의 환영(幻影)들이 스쳐 흘러도
무엇에도 물듦이 없어, 괴로움과 즐거움을 초월한
무연성(無緣性)의 진여(眞如)인 그대로 우주의 본성으로
일체 세계를 두루 밝게 비출 뿐이다.

자아(自我)는 상(相)의 상념(想念)이니
상(相)의 상념(想念) 작용 속에
물이 들고, 괴로움과 즐거움이 있는 것 같아도
진여성(眞如性)은 머묾이나 물듦이 없어
눈에 보이는 일체상이
눈과 안식(眼識)에 쌓이지 않고,
귀에 들리는 일체 소리가
귀와 이식(耳識)에 쌓이지 않는다.

그러나 자아(自我)는
자타내외(自他內外)의 일체상(一切相)을 분별하여
의식 상념(想念)의 작용이 끊임이 없어
좋고 싫음을 분별하고
취하고 버림을 업(業)으로 삼아

탐착과 집착, 미움과 원한의 삶을 계속한다,

눈에 보이는 일체상이
눈과 안식(眼識)에 쌓이지 않고,
귀에 들리는 일체 소리가
귀와 이식(耳識)에 쌓이지 않음은
두 가지의 사실(事實) 때문이다.

그것은,
눈에 보이고 귀에 들리는 모든 현상이
실체 없는 공(空)이기 때문이며,
또한, 진여(眞如)인 본심(本心)이
무엇에도 물듦이 없는 무연성(無緣性)이기 때문이다.

그것을 깨달으면
자아(自我)와 의식(意識)을 벗어나지 못한
상(相)의 상념(想念)의 삶이
진정, 나 자신을 위한 삶이 아님을 깨달으며,
자아(自我)의 실체가 나 아닌
환영(幻影)을 쫓는 허깨비의 삶이었음을
비로소 깨닫는다.

그러나, 무연성(無緣性)의 진여(眞如)를 깨닫기 전에는
그 사실을 알 수가 없다.

왜냐면, 무명(無明)인 미혹의 어둠 속에 갇혀

일체상(一切相)이 환(幻)이며, 공상(空相)임을
모르기 때문이다.

만약, 일체상(一切相)이
환(幻)이며, 공상(空相)임을 깨달으면
일체상(一切相)이 흔적 없이 사라지는 그 순간
일체상(一切相)에 얽매인 자아(自我) 또한
흔적 없이 사라져 소멸한다.

왜냐면 자아(自我)는
일체상에 의지한 상(相)의 상념(想念)이므로
자아(自我)가 의지하고 기생(寄生)한 근본 바탕인
일체상(一切相)이 끊어지니
자아(自我)가 의지할 바탕인 뿌리가 사라져
스스로 자멸(自滅)하여 홀연히 사라진다.

본래, 자아(自我)는 뿌리가 없는 실체여도
자아(自我)를 살아있게 하는 의식(意識)의 작용이
끊임없었기 때문이다.

자아(自我)는
상(相)의 상념(想念)인 의식(意識)에 뿌리를 내려
기생(寄生)하여 살아 있었으며,
의식(意識)의 작용은 거울과 같이 쉼이 없이
상(相)에 반응하여 작용하였으니,
의식(意識)이 끊어지면

자아(自我)가 뿌리내려 기생(寄生)할 바탕이 사라져
한순간 찰나에 흔적없이 사라진다.

의식(意識)이 끊어지는 그 순간 찰나에
자아(自我)가 흔적없이 사라지는 것은
자아(自我)는 실체 없는 의식의 상념(想念)이니
본래 모습이 없고, 실체가 없고
뿌리가 없고, 상(相)이 없는 것이니
잠을 깨는 순간 꿈속 환영(幻影)들이 간 곳이 없듯,
무연성(無緣性)을 깨닫는 순간
한 찰나 자아(自我)가 소멸해 흔적을 찾을 수가 없어
자아(自我)에 의지한 삶들이
허망(虛妄)하고 하황(虛荒)하기 짝이 없다.

바로, 그 순간이
세세생생(世世生生) 자신이 얽매인
무진(無盡) 겁(劫)의 꿈속 환영(幻影)의 삶을
벗어나는 찰나다.

자아(自我)를 벗어나지 못하면
무연성(無緣性)인 진여(眞如)를 깨달을 수가 없다.

무연성(無緣性)인 진여(眞如)를 깨달으면
자아(自我)가 없는 청정한 성품 진여(眞如)가
자신의 본 모습이며 실체임을 깨닫는다.

무연성(無緣性)이 해탈성(解脫性)이다.

무연성(無緣性)을 해탈(解脫)이라고 함은
무연성(無緣性)은 일체를 초월하여
그 무엇에도 얽매임이 없이 벗어났기 때문이다.

그러므로 무연성(無緣性)은
일체 인연(因緣)과 인과상(因果相)을 벗어났기에
무연성(無緣性)이며 해탈성(解脫性)이라 한다.

해탈(解脫)이란
일체상(一切相)과 일체(一切) 상(相)의 상념(想念)인
자아(自我)와 의식(意識)에 얽매임을 벗어남을
해탈이라 한다.

일체(一切)는 의식작용의 상(相)이며
상(相)의 상념(想念)인 의식(意識)의 작용은
자아(自我)의 상념(想念)을 형성하게 되고,
자아(自我)는 의식(意識)의 상념(想念)을 통해
자타(自他)와 내외(內外) 분별의 경계를 형성하고
일체 경계를 주관하는 자아의식이 되어
자타내외(自他內外)의 경계에 좋고 싫음을 분별하여
좋음을 탐착하고, 싫음을 배척하며 업(業)을 쌓으니,
좋고 싫음과 취하고 버림의 탐착이 습관이 되어
자아(自我)의 습관인 성격이 형성되고,
자기 취향과 습관을 따라 삶의 방향을 설정하여

삶이 거듭하는 생사(生死)를 유전함이니,
그 삶 속에 고(苦)와 낙(樂)을 분별하여
고(苦)는 벗어나려 하며, 낙(樂)은 탐착하게 되니
낙(樂)을 위해 고(苦)를 벗고자 심혈을 기울이므로
그것이 애착의 삶으로 계속 이어져
고(苦)와 낙(樂)의 굴레를 벗어나지 못하여
더없는 낙(樂)을 갈구하게 되는 일상(日常)인
수레바퀴의 삶이다.

낙(樂)을 구하여도
삶이 항상락(恒常樂)이 될 수 없는 것은
삶의 팔고(八苦)를 벗어날 수가 없기 때문이다.

팔고(八苦)는
생노병사(生老病死) 사고(四苦)와
애별리고(愛別離苦) 원증회고(怨憎會苦)
구부득고(求不得苦) 오음성고(五陰盛苦)이다.

고(苦)란
싫어하여 거부하고 배척하며
심신(心身)과 삶의 고통과 시련이다.

생고(生苦)인
생(生)을 받음과 태어남이 고(苦)임은
일체 고(苦)의 시작은 생(生)을 받아남으로부터이니
몸과 의식(意識)을 받아 남이

바로 고(苦)에 듦이기 때문이다.

생(生)을 받아 태어남으로 몸과 의식이 있어
삶에 겪어야 하는 고통과 시련이 있기 마련이다.

노고(老苦)인
늙음이 고(苦)임은
늙으면 피부는 추해지고
육체적 각각 기능이 떨어져 원활하지 않으며
심신이 더불어 허약해져
심신의 건강한 기능을 상실하기 때문이다.

병고(病苦)인
병(病)이 듦이 고(苦)임은
삶 속에서 크고 작은 병(病)이 없이 살 수가 없으니
병(病)은 육체를 괴롭게 하고, 마음의 고통을 주며
삶의 시련을 주기 때문이다.

사고(死苦)인
죽음이 고(苦)임은
죽음은 삶의 모든 것을 상실하고 끝나는 것이므로
태어난 자는 숙명으로 받아들여야 하는 것이니
죽음에 의한 심신의 고통은 헤아릴 수가 없다.

애별리고(愛別離苦)는
좋아하는 상태나 대상과 멀어지거나, 이별함이니

좋아하는 상태나 대상이란, 사람, 여건, 생태환경 등
좋아하고 즐기며 원하는 것을 잃거나 멀어지는 것이
삶의 고통이다.

원증회고(怨憎會苦)는
싫어하는 상태나 대상과 만나고 가까이함이니
싫어하는 상태나 대상이란, 사람, 여건, 생태환경 등
싫어하는 상태나 대상 속에서 삶이 이루어짐이
삶의 고통이다.

구부득고(求不得苦)는
심(心), 신(身), 삶의 환경 등
삶의 끝없는 만족과 더없는 행복을 위해
원하고 구하여도, 원하는 바를 다 성취할 수 없음이
삶의 고통이다.

오음성고(五陰盛苦)는 대상과 의식의 작용 일체로
색(色) · 수(受) · 상(想) · 행(行) · 식(識) 속에
삶이 이루어지는 것이 고(苦)이다.

색(色)은 일체상(一切相)의 생태와 환경이며
수(受)는 일체상(一切相)을 받아들임이며
상(想)은 의식으로 일체상(一切相)을 인식함이며
행(行)은 일체상을 분별하고 판단하여 행위함이며
식(識)은 일체를 기억하고, 출입(出入)하는 작용이다.

오음성고(五陰盛苦)는
심식(心識)의 작용 일체가 항상 즐겁지 못하고
원하지 않는 상태에 놓이게 됨을 뜻한다.

해탈(解脫)이란
팔고(八苦)를 벗어나는 것뿐만 아니라
팔고(八苦)가 끊어진 궁극의 세계에 든다.

만약, 팔고(八苦)의 세계가 있고
해탈의 세계가 있다면
이것은 이법(二法) 속에 있음이니
이는, 자아(自我)의 인성(因性)을 벗어나지 못한
유연성(有緣性)인 인과(因果)의 세계이므로,
인연낙계(因緣樂界)인 인과(因果)의 세계는
무연성(無緣性)인 해탈의 세계가 아니다.

참 해탈세계는
무연성(無緣性)의 해탈계이니
무연성의 해탈세계는 자아인성(自我因性)의 작용으로
갈 수 있는 곳이 아니니
자아인성(自我因性)이 끊어져야만 이르게 되는
완전한 무연성(無緣性)인 진해탈(眞解脫)의 세계이다.

해탈의 참 의미는
팔고(八苦)를 벗어나는 것에 있는 것이 아니라

자아인성(自我因性)을 벗어나는 것이다.

자아인성(自我因性)이 있으면
해탈성(解脫性)과 해탈계에 들 수가 없는 것은
자아인성(自我因性)은
상(相)의 상념(想念)인 분별에 얽매여 있어
상(相)에 속박되어 있으므로
미혹과 취사(取捨)의 고(苦)를 벗어날 수가 없다.

자아인성(自我因性)인 상(相)의 상념 그 자체가
오음성고(五陰盛苦) 속에 있음이다.

왜냐면, 구하고 여읠 것이 있는
취사(取捨)의 생태 이법(二法) 속에 있으면
자아인성(自我因性)을 벗어나지 못한
무명(無明)과 미혹의 상(相)의 상념(想念)인
취사(取捨)의 갈증을 벗어날 수 없기 때문이다.

의식(意識)의 작용은
항상 자아가 만족할 수 없는 생태의 환경 속에 얽매인
취사(取捨)의 작용이다.

만약, 자아의 만족이 있다 하여도
그 만족은 또 다른 고(苦)의 원인이 된다.

왜냐면, 그 까닭은
자아는 좋고 싫음이 멈춤 없는
취사(取捨)의 생태를 벗어날 수가 없기 때문이다.

그러므로 자아가 만족하여도
그 만족은 멈춤이 없는 흐름의 것이니,
피어난 꽃이 시들듯 그 만족함이 항상 할 수가 없고
그 만족의 변화와 흐름을 또한, 멈출 수 없기 때문이다.

상(相)의 상념(想念)이 타파되면
자아(自我)의 소멸로 무연성(無緣性)에 들어
일체(一切)가 해탈 아님이 없는
취사(取捨)가 끊어진 세계에 들게 된다.

무연성(無緣性)이 불법(佛法) 중도(中道)의 중(中)이다.

무연성(無緣性)이
불법(佛法) 중도(中道)의 중(中)임은,
무연성(無緣性), 불법(佛法), 중도(中道), 중(中)은
차별 없는 동일(同一) 성품이며,
인연을 따라 이름을 달리한 것일 뿐
서로 다름 없는 한 성품이므로
무연성(無緣性)이 불법(佛法)이며, 중도(中道)이며,
중(中)이다.

불법(佛法)은
일체상(一切相), 물(物)과 심식(心識)을 초월한
무유정법(無有定法)이니,
무유정법(無有定法)은 일체상(一切相)의 인연을 벗어난
무연성(無緣性)을 일컬음이다.

무유정법(無有定法)이란
정(定)한 바 법(法)이 없음이니
이는 일체상(一切相)을 벗어난 초월성(超越性)인
무연성(無緣性)을 일컬음이다.

그러므로 무유정법(無有定法)은
무상법(無相法)이며, 무자성법(無自性法)이며
무아법(無我法)이며, 제법공상법(諸法空相法)이며
무여열반법(無餘涅槃法)이며, 법성법(法性法)이며
대공적멸법(大空寂滅法)이며,
불이법(不二法)이며, 원융무애법(圓融無礙法)이다.

중도(中道)란
양변(兩邊)이 없음이니, 이는 이법(二法)이 없음이다.

양변(兩邊)과 이법(二法)은 상(相)의 세계이니
분별할 수 있고, 사량할 수 있으며
추측할 수 있는 상(相)의 상념(想念) 세계이다.

중도(中道)란 무연성(無緣性)의 도(道)이며

중(中)이란 일체상을 초월한 절대성(絕對性)인
무연성(無緣性)을 일컬음이다.

그러므로,
불법(佛法)과 중도(中道)와 중(中)은
상(相)의 상념(想念)으로는 알 수가 없으며
자아(自我)가 있으면, 상(相)의 상념(想念)의 세계인
유무(有無)와 생멸(生滅)과 자타(自他)와
내외(內外)와 물심(物心) 등 차별의 세계인
이법(二法) 속에 있으므로
불법(佛法)의 실상과 중도(中道)의 실상과
중(中)의 실체를 알 수가 없다.

불법(佛法)과 중도(中道)와 중(中)의 실체는
일체상을 초월한 무연성(無緣性)이다.

그러므로,
불법(佛法)과 중도(中道)와 중(中)을 깨달으려면
일체상(一切相)의 무상(無相)을 깨달아야 하며
제법(諸法)의 무아(無我)를 깨달아야 한다.

왜냐면,
일체상(一切相)과 제법(諸法)은
양변(兩邊)과 이법(二法)이 있는 상(相)의 세계이기
때문이다.

일체상(一切相)의 의식(意識)과 견해(見解)로는
양변(兩邊)과 이법(二法)을 벗어날 수가 없다.

상(相)은, 분별과 사량의 대상이며
추측과 사고(思考)의 대상이므로
의식(意識)의 작용을 끊임없이 일으키게 된다.

양변(兩邊)과 이법(二法)이 없으면
상(相)이 없어 분별과 사량이 끊어져
상(相)의 상념(想念)인 의식(意識)이
일어날 수 없다.

일체의식(一切意識)은
상(相)에 의지한 사량과 분별심이니,
무연성(無緣性)을 깨달음이
양변(兩邊)과 이법(二法)의 일체상(一切相)을 벗어난
불법(佛法)과 중도(中道)와 중(中)을 깨달음이다.

무연성(無緣性)이
곧, 반야바라밀(般若波羅蜜)의 세계이다.

그러므로
무연성(無緣性)이 불(佛)의 본성(本性)이며
무연각성(無緣覺性)이 곧, 불(佛)이며
일체상(一切相)을 초월한 무연성(無緣性)이
곧, 불성(佛性)이다.

일체(一切)의 제불보살(諸佛菩薩)이
무연본성(無緣本性)에 들어
무연각성(無緣覺性)인 불지혜(佛智慧)와
무연대비행(無緣大悲行)을 함은
일체상(一切相)을 초월한 여래장(如來藏)인
본연본성(本然本性)인 무연성(無緣性)의
공능행(功能行)이니
이 일체(一切)가 무연법성행(無緣法性行)이다.

무연성(無緣性)이 무상법(無上法)이다.

무연성(無緣性)이 무상법(無上法)임은
무연성(無緣性)보다 더 높은 법(法)이 없기 때문이다.

무상(無上)을 봄이
상(相)의 차별세계와
무상(無相)인 차별 없는 무연성(無緣性)의 세계에서
보는 것이 다르다.

상(相)의 세계는 일체상이 차별상이므로
대상(對相)의 차별 속에 무상(無上)을 인식하나,
상(相)이 없는 무연성(無緣性)의 세계는
무상(無相)의 세계이니 일체 대상(對相)이 끊어져
높고 낮음이 없다.

그러므로 무상(無上)이
무연성(無緣性)의 세계에는
일체평등(一切平等)이며, 일체무상(一切無相)이며,
일체원융(一切圓融)이며, 일체청정(一切淸淨)이며,
일체공성(一切空性)이며, 일체무염(一切無染)이며,
일체초월(一切超越)이다.

그러므로
무상법(無上法)이 무연성(無緣性)이다.

일체평등(一切平等)이
왜, 무상법(無上法)인가 하면
일체상(一切相)을 초월했기 때문이다.

그러므로 상(相)의 차별세계에서 높다고 하여도
그것은 차별 속에 있으므로 대상을 벗어나지 못하며,
대상(對相)을 벗어나지 못한 것은
상(相)의 세계를 벗어나지 못한 것이다.

견주고 비교할 것이 있으면
그것은 차별법이니, 완전함을 이룬 것이 아니다.

차별 속에 있는 것은 그것이 무엇이든
스스로 완전하지 못한 한계성이 있어
부족함이 없는 완전함에 이를 수가 없다.

왜냐면,
상(相) 그 자체가 양변(兩邊)을 가지고 있기 때문이며
대(對)의 이법(二法)을 벗어나지 못하기 때문이다.

그 자체가 상(相)의 한계성이다.

완전한 궁극을 넘어선 무상(無上)은
높고 높은 것이 아니라
일체상의 대(對)가 끊어진 일체평등(一切平等)이다.

상(相)의 세계는 차별세계이므로
그것이 무엇이든 허공처럼 전체를 수용할 수 없는
자기 특성의 성질을 지니고 있어
각각 성질의 특성 때문에 서로 수용할 수 없는
장애의 한계성에 부딪히므로
서로 화합하고 상생하며 융화할 수가 없어
서로 관계가 원활할 수가 없고,
각각 작용이 자기 성질 특성의 작용이므로
그 작용으로 전체를 이롭게 할 수가 없다.

그러나, 일체상을 초월한 무연성(無緣性)은
무엇에도 걸림이 없어
우주와 만물과 만 생명을 이롭게 하는
우주 무한 조화(造化)의 무궁작용을 하니
그 공덕과 가치가 상(相)의 차별세계에 그 무엇이라도
견줄 것이 없다.

또한, 지혜에 있어서도
무연성(無緣性)의 지혜는 무상지혜(無上智慧)이므로
일체에 원융하여 걸림이 없어
일체법을 수용하고, 융화하며, 조화(調和)를 이룬다.

왜냐면, 무연성(無緣性)의 지혜는
일체를 초월한 원융의 지혜이기 때문이다.

상(相)의 세계 차별의 지혜는
차별의 상견(相見)과 분별의 의식(意識)이 바탕이 되어
지식과 앎을 쌓고 모으는 행위로 이루어지는
한계성을 가진 소득법(所得法)이다.

일체를 초월한 무연성(無緣性)의 지혜는
일체 상견(相見)의 의식(意識)이 끊어져
일체 심식(心識)의 작용이 없는
한계성을 초월한 무소득(無所得)의 법(法)이다.

상견(相見)은 의식(意識)의 작용으로
지식과 앎을 쌓고 모으며 노력하여 발전하여도
차별세계의 일체장애를 해결하거나 벗어나는
큰 가치를 가질 수는 없으나,
무소득(無所得)의 법(法)은
지식과 앎을 쌓고 모으는 행위가 없어도
차별세계의 일체장애를 근본적으로 해결하고 벗어나는
완전한 절대의 가치를 가진다.

상(相)의 세계의 지식으로는
무엇이든 노력하여 지식과 앎을 쌓고 축적해야
높고 밝은 지혜가 이루어진다고 생각한다.

그것은,
상(相)의 상념(想念) 지식세계인 차별세계의 일이다.

그러나, 그것으로는 초월의 지혜를 얻을 수가 없으며
일체상을 벗어난 초월의 지혜는
지식과 앎을 쌓아 축적하여도 이룰 수가 없으니
아무리 지식이 높고, 앎이 태산과 같아도
일체상을 벗어난 초월의 세계는 도저히 알 수가 없다.

차별세계의 지식과 앎은
그 자체가 차별의 속성을 지니고 있으므로
그 한계성을 벗어나, 무한 초월세계에 이를 수가 없다.

그러므로, 차별세계의 앎은
지식과 앎을 초월한 지혜가 아니므로
무엇이든 배우며, 쌓고 모으며, 축적한 것이니
의식(意識)을 바탕한 것이므로
지식과 앎이라고 한다.

그러나, 무연성(無緣性)의 지혜는
무엇을 배우고, 쌓으며, 축적한 것이 없어
의식(意識)의 앎과 지식이 아니니

단지, 거울과 허공같이 비어 있는 밝은 마음으로
밝게 아는 것이니 지혜라고 한다.

무연성(無緣性)의 지혜는
앎을 바탕하여 나오는 것이 아니라
지식과 앎이 끊어진, 두루 밝은 깨달음으로 앎이니
의식의 작용으로 배우지 않아도 아는 것은
본래 본연(本然)의 것이므로
본성의 지혜로 본연의 성품과 그 작용을 그대로
직관(直觀)하기 때문이다.

소득(所得)의 지식과 지혜는
의식(意識) 속에 축적되어 쌓여 있으나
무소득(無所得)의 지혜는
의식(意識) 속에 축적되어 쌓여 있는 것이 아니라
우주 일체 만물의 흔적이 끊어진
깨달음에 의한 상(相) 없는 밝은 지혜인
무연성(無緣性)의 정안(正眼)만 있을 뿐이다.

거울이 밝으면
만상을 보려 하지 않아도 거울에 뚜렷이 비치듯
앎과 지식의 티끌이 범할 수 없는
무연성(無緣性) 정안(正眼)의 밝음만 갖추었다면
맑은 거울도 분별하지 못하여 알지 못하는 것까지
다 안다.

그러므로, 깨달음의 밝은 성품을
각(覺)이라 했으며, 각명(覺明)이라 했으며,
광명(光明)이라 했으며,
일체의 어둠과 미혹을 뚫어 타파하여 파괴하는
금강지혜(金剛智慧)라고 했다.

그러므로 무상지혜(無上智慧)이며
원융무애(圓融無礙) 각성광명지혜(覺性光明智慧)이며
무상불지혜(無上佛智慧)라고 했다.

무연성(無緣性)이 절대성(絕對性)이다.

무연성(無緣性)의 절대(絕對)는
상(相)의 상념(想念)의 세계인
유무(有無)와 생멸(生滅)과 자타(自他)와
내외(內外)와 물심(物心) 등
양변(兩邊)과 이법(二法)의 상(相)을 벗어난
일체상(一切相)을 초월한 무연성(無緣性)이다.

그러므로,
양변(兩邊)과 이법(二法) 상(相)의 세계를
벗어나지 못하면 절대성(絕對性)에 들 수 없으며,
절대성(絕對性)에 들면 양변(兩邊)과 이법(二法)의
상(相)의 상념(想念)을 벗어나
자아(自我)와 의식(意識)의 일체를 초월한다.

절대성(絕對性)은
일체상(一切相)인 물(物), 심(心), 자아(自我),
의식(意識), 유무(有無), 생멸(生滅), 자타(自他),
내외(內外) 등 일체(一切)를 벗어났다.

상(相)의 세계, 양변(兩邊)과 이법(二法)의
일체(一切)를 벗어나기 전에는
절대성(絕對性)을 알 수 없다.

절대성(絕對性)은
일체(一切)의 본성(本性)인 무연성(無緣性)이다.

무연성(無緣性)이 일성(一性)이다.

무연(無緣)의 일성(一性)은
양변(兩邊)과 이법(二法)이 없어
일체(一切)의 인연상(因緣相)이 끊어져
양변(兩邊)과 이법(二法)이 없는 불이성(不二性)이니
일체(一切) 장애가 없어
일체(一切)에 원융하며, 무애자재(無礙自在)한
무연성(無緣性)이다.

무연일성(無緣一性)은
일체(一切)를 초월하여 시종(始終)이 없고, 생멸이 없는
무시무종성(無始無終性)이니

이를 일컬어 무연성(無緣性)이라 한다.

일성(一性)이라 하여
수(數)의 하나, 일(一)을 뜻함이 아니다.

양변(兩邊)과 이법(二法)의 불이(不二)를 일러
일(一)이라고 한다.

일(一)은
양변(兩邊)의 초월이며, 이법(二法)의 초월이니
상(相) 없는 무연성(無緣性)을 일컬어 일(一)이라 하므로
수(數)의 일(一)을 일컫고 내세울
법(法)과 상(相)이 없다.

다만, 일체(一切)의 근본이며, 바탕이므로
일(一)이라 할 뿐이니,
이는 즉, 일체 초월의 무시무종성(無始無終性)인
무연성(無緣性)이다.

무연성(無緣性)이
천부경(天符經)의 일시무시일(一始無始一)이며,
일종무종일(一終無終一)이다.

무연성(無緣性)이 일시무시일(一始無始一)임은
일시무시일(一始無始一)이

하나로 비롯하였어도
비롯함이 없는 하나임을 뜻한다.

이는, 천지인(天地人)이
한 성품인 일성(一性)으로부터 비롯하였으나
그 일성(一性)은 무엇으로부터 생성되거나,
생겨나거나, 형성된 것이 아닌
비롯함이 없는 유유자존(幽幽自存)의 성품
무시(無始)의 일(一)임을 드러낸다.

이는, 천지인(天地人)이
무연일성(無緣一性)으로부터 생성되었어도
비롯함이 없는 무시일(無始一)의 성품임을 뜻한다.

왜냐면, 일성(一性)은
무시무종성(無始無終性)이기 때문이다.

또한, 일성(一性)이 일종무종일(一終無終一)임은
일종(一終)이라 함이
만왕만래용변부동본(萬往萬來用變不動本)이니
천지인(天地人)의 조화(造化)가
무량무변(無量無邊) 하여도
일성(一性)으로 귀결(歸結)되며, 귀일(歸一)함을
뜻한다.

이 경계는 무연성(無緣性)에 들어

무연본심(無緣本心)인 일체 초월심(超越心)
본심본태양앙명(本心本太陽昻明) 속에
천지인(天地人)이
만왕만래용변부동본(萬往萬來用變不動本)으로
본연일성(本然一性)에 귀일(歸一)한
인중천지일(人中天地一)이 일종(一終)이며,

무종일(無終一)은
무종일성(無終一性)이니
끝이 없는 하나의 성품임을 뜻한다.

여기에는 두 가지의 뜻을 함유하고 있다.

하나는, 일종(一終)이
천지인(天地人)의 무량조화(無量造化)가 끊어지는
단멸(斷滅)이 아님과
또, 하나는 일종성(一終性)이 무종성(無終性)이라
천지인(天地人)의 무궁조화(無窮造化)가 끝없는
작용이 두루함을 일컫는다.

이, 무종일(無終一)은
본심본태양앙명인(本心本太陽昻明人)의
성통각명(性通覺明)의 지혜 속에
만왕만래용변부동본(萬往萬來用變不動本)이라,
천지인(天地人)의 무궁조화(無窮造化)로
만왕만래용변(萬往萬來用變)하여도

그 근본 일(一)인 일성(一性)은 부동본(不動本)이라
무연성(無緣性)으로 동(動)함이 없어
천지인이 본연일성(本然一性)에 귀일(歸一)한
인중천지일(人中天地一)의 경계 속에
일종(一終)이어도, 그 일종성(一終性)은,
일체가 사멸(死滅)한 단멸성(斷滅性)이 아님을
무종일(無終一)이라고 하였으며,
또한, 일종성(一終性)이 무종성(無終性)이라
일체(一切) 단멸(斷滅)의 종성(終性)이 아니라
천지인(天地人) 무궁조화(無窮造化)가 끝이 없는
무종성(無終性)인 무종일(無終一)임을 뜻한다.

일시무시일(一始無始一)을 알려면
무위절대성(無爲絶對性)인
무연성(無緣性)을 깨달아야 한다.

만왕만래용변부동본(萬往萬來用變不動本)을
깨달으려면
상공(相空)인 제법공상(諸法空相)을 깨달아야 한다.

본심본태양앙명(本心本太陽昻明)을 깨달으려면
본심본태양앙명인(本心本太陽昻明人)이 되어야 하니
성통각명(性通覺明)으로 무연성(無緣性)을 깨달아
무연본심광명(無緣本心光明)에 들어야 한다.

천지인(天地人)이 하나 된

인중천지일(人中天地一)이 되려면,
인중천지일(人中天地一)은
본심본태양앙명인(本心本太陽昻明人)의 각성지혜이니
자아(自我)가 사라져 일체상(一切相)이 끊어지면
천지인(天地人)이 흔적없이 사라져
본심본태양앙명인(本心本太陽昻明人)이 되어
일체불이원융일성(一切不二圓融一性)인
인중천지일(人中天地一)의 경계에 들게 된다.

이 일체(一切)가
무연성(無緣性)의 세계이다.

이는 곧,
일성광명(一性光明)의 각성계(覺性界)이다.

10. 진공묘유(眞空妙有)

진공묘유(眞空妙有)는
본성(本性)의 성품과 그 작용을 일컬음이다.

진공묘유(眞空妙有)는
본성(本性)의 성품과
본성(本性)의 작용으로 드러난 상(相)과
본성(本性)과 상(相)의 불이성(不二性)이다.

본성(本性)의 작용 진공묘유(眞空妙有)의 세계는
사법계(四法界)로 벌어지니
이법계(理法界)와
사법계(事法界)와
이사무애법계(理事無礙法界)와
사사무애법계(事事無礙法界)이다.

본성(本性)의 세 가지 특성은
체(體)의 성품

체(體)와 상(相)
체(體)와 상(相)의 불이성(不二性)이다.

이는, 사법계(四法界)인
이법계(理法界)
사법계(事法界)
이사무애법계(理事無礙法界)
사사무애법계(事事無礙法界)와 다르지 않다.

본성(本性)의 세 가지 특성인
체(體), 상(相), 체상불이성(體相不二性)과
사법계(四法界)인
이법계(理法界)
사법계(事法界)
이사무애법계(理事無礙法界)
사사무애법계(事事無礙法界)는
본성(本性) 진공묘유(眞空妙有)의 세계이다.

일체(一切) 차별은 상견(相見)의 분별상이니
원융일성(圓融一性)인 본성(本性)의 깨달음에 들면
체(體)와 상(相)이 불이원융(不二圓融) 속에
일체(一切) 차별이 끊어졌다.

그러나, 본성(本性)의 부사의 작용을 따라
체(體)와 상(相)의 부사의를 드러내고
체(體)와 상(相)의 불이성(不二性)을 드러냄은

법(法)의 실상(實相)을 깨우치게 하며
부사의 실상(實相)에 들게 한다.

체(體)의 성품이 진공묘유(眞空妙有)임은
본성(本性)은 무상성(無相性)이니
그 실상(實相)이 없어 진공(眞空)이며,
본성(本性)의 성품, 진공(眞空)이 묘유(妙有)임은
본성(本性)이 무상성(無相性)이며 진공(眞空)이어도
일체상(一切相)을 생기(生起)하지 못하는
허무(虛無)나 단멸(斷滅),
또는 단멸무성(斷滅無性)이나, 무기무성(無記無性)이
아니기 때문에 진공묘유(眞空妙有)이다.

체(體)의 성품 진공묘유(眞空妙有)는
무위절대성(無爲絕對性)의 성품을 일컬음이다.

상(相)이 진공묘유(眞空妙有)임은
상(相)의 성품이 무자성(無自性)인 실체가 없는
공상(空相)이기 때문이다.

상(相)은
본성 무유정(無有定)의 섭리를 따라 발현한
인연상(因緣相)이다.

생기(生起)한 일체의 인연상(因緣相)이
머무름이 없는 작용을 따라 생기(生起)한 현상이므로
그 현상 또한 머무름이 없어
모든 상(相)은 그 실체가 없다.

일체상은 무유정(無有定)의 섭리로 생기(生起)한
실체가 없는 공성(空性)이니,
상(相)의 성품이 실체가 없는 공성(空性)이어도
생명의 촉각과 감각으로 느낄 수 있음이 없지 않으니
진공묘유(眞空妙有)의 상(相)이다.

체(體)와 상(相)이 불이성(不二性)인
진공묘유(眞空妙有)임은
체(體)와 상(相)의 성품이 불이일성(不二一性)인
원융묘법(圓融妙法)을 드러낸다.

본성(本性)이 무유정(無有定)의 섭리를 따라
상(相)을 생기(生起)함은
본성이 상(相)이 없는 원융성이기 때문이며,
상(相)이 또한, 무유정(無有定)의 섭리를 따라 흐르는
머무름이 없는 현상으로 상(相)의 실체 성품이 원융한
무유정(無有定)의 성품이기 때문이다.

본성(本性)의 성품과 상(相)의 성품이
차별이 없는 불이성(不二性)임은

체(體)와 상(相)의 성품이
불이원융성(不二圓融性)이기 때문이다.

본성(本性)의 성품이 공성(空性)이며,
공성(空性)의 작용 속에 생기(生起)한 상(相)이 또한,
머무름이 없는 찰나의 현상이니 그 모습이 실체가 없어
공성(空性)이므로
체(體)와 상(相)이 불이원융(不二圓融)의 성품인
공성(空性) 속에 실체가 없는
진공묘유(眞空妙有)의 일체상(一切相)을 드러낸다.

사법계(四法界)는
본성(本性)의 부사의 작용세계를
네 가지의 법(法)으로 세분화하여 구분함이다.

그러므로
사법계(四法界)는 서로 다른 것이 아니라
본성(本性)의 부사의 작용의 세계이다.

이법계(理法界)는
본성(本性)의 세계이다.

본성(本性)을 이(理)라 함은
본성(本性)이 일체조화(一切造化)와 섭리의
체성(體性)이기 때문이다.

그러므로
본성(本性)과 섭리(攝理)가 둘이 아니다.

만약, 성품과 섭리를 별개의 둘로 인식하면
성품과 섭리는 상호작용하는 대(對)의 관계가 되므로,
성품은 섭리를 따르는 것이 되고
섭리는 성품을 작용하게 하는 원인이 되므로
이러한 견해(見解)는 아직
섭리의 본성을 모르는 분별 속에 사유하여
성품과 섭리를 추측하고 헤아리며 사량하게 된다.

그러나 상황에 따라
본성과 섭리를 논(論)함에
성품과 섭리를 구별하거나 서로 나눔은
성품과 섭리에 대한 이해를 돕고자 할 뿐
성품과 섭리가 분리되어 있어서가 아니다.

섭리(攝理)의 성품을 깨닫지 못하여
성품과 섭리의 상호 관계적 이견(二見) 속에 있으면
상(相)의 대(對)의 세계를 벗어나지 못해
성품과 섭리를 별개(別個)의 둘로 분별하여 헤아리니
성품과 섭리를 둘 다 가정(假定)하여 사량하게 되고,
그 추측은 둘을 분별하여 설정(設定)하게 되므로
성품은 섭리와 떨어지거나 섭리를 벗어나게 되고
섭리는 성품과 떨어지거나 성품을 벗어나게 된다.

이 미혹견(迷惑見)에 의한 분별의 사유에는
성품은 섭리가 아니며, 섭리는 성품이 아니므로
성품과 섭리는 상호작용하는 관계로 인식하여
성품은 작용체(作用體)로, 섭리는 법리(法理)로
성품과 섭리를 따로 생각하게 되므로
성품과 섭리를 가정(假定)하여 설정(設定)하게 되고
성품이 섭리를 따라 작용한다고 생각하거나,
섭리가 성품의 작용을 유도한다고 생각하게 된다.

또는, 성품이 작용하므로 섭리가 생겨나거나
섭리가 작용하므로 성품이 더불어 일어난다고 생각할 수도 있다.

이 분별의 미혹견(迷惑見)으로는
성품을 작용하게 하는 원리인 섭리가 먼저인지,
아니면, 섭리를 전개시키는 성품이 먼저인지를 몰라
그 주도권을 헤아려도 추측하기 어려워
성품과 섭리의 상호작용 속에 무엇이 주체며,
성품과 섭리 중에 무엇이 먼저 생기(生起)하여
유도하는가를 몰라, 그것이 해결되지 않아
그 관계성을 골똘히 생각하게 되고,
또한, 깊이 사유하여도 도무지 알 수 없어
성품과 섭리의 주도권의 주체가 해결되지 않는
궁극에 대한 궁금증만 더할 뿐이다.

이 미혹견(迷惑見)의 분별은

상견(相見)으로 분별하는 미혹을 벗어나기 전에는
깊고 세밀한 생각 속에 사유로 추측하고
또, 헤아리며 고뇌하여도 명확히 해결되지 않으며
또한, 해결할 수가 없다.

왜냐면,
상(相)의 사량과 분별의 헤아림인
이견(二見) 속에 있으므로
섭리(攝理)를 주관하는 실체인 성품과
성품이 생기(生起)하는 섭리의 불이성(不二性)을
깨닫지 못하기 때문이며,
또한, 성품과 섭리가 둘이 아닌
불이원융조화(不二圓融造化)의 세계를
알 수 없기 때문이다.

상견(相見)인 유견(有見) 속에 있으면
무연성(無緣性)인 무위절대성의 세계를 알 수가 없고,
절대무위성(絶對無爲性)의 세계를 알고자 하면
일체 상(相)의 상념을 벗어나 무위절대성을 깨달아
성(性)과 섭리를 밝게 보는 무위각명(無爲覺明)인
무위분별지(無爲分別智)에 들어야 한다.

단지, 본성(本性)인
무위절대성(無爲絶對性)의 성품을 깨달았다 하여
성(性)의 섭리를 밝게 보는 것은 아니다.

무위절대성(無爲絕對性)을 깨닫고
무위분별지(無爲分別智) 각명(覺明)의
원융관조(圓融觀照) 지혜작용 속에 들어야만
성(性)의 섭리와 조화(造化)를 밝게 요별(了別)하고,
요달(了達)할 수가 있다.

성품과 섭리는 불이(不二)이니
성품이 작용함이 섭리이며
섭리가 생기(生起)함이 성품의 작용이니
성품을 벗어나, 섭리가 생기(生起)할 수 없고
섭리를 벗어나, 성품이 존재하지 않는다.

성품과 섭리를
대(對)의 이법(二法)으로 분별함이
성품과 섭리에 미혹한 상(相)의 사량인 분별이니,
추측과 분별의 상(相)의 상념(想念)을 벗어나
성품과 섭리를 밝게 요달(了達)하여 깨달으면
스스로 미혹이 무엇이었는가를 바로 깨우치게 된다.

그러므로 사법계(四法界)에서는
성품과 섭리를 구별하지 않고
본성(本性)을 바로, 이(理)라고 하며
상(相)을 상(相)이라고 하지 않고
바로 사(事)라고 한다.

상(相)과 사(事)의 차별은
상(相)은 머물러 있고, 멈춰있는 현상과 모습이며
사(事)는 머무르거나 멈춤이 없는 작용의 현상이다.

이는, 유(有)와 유위(有爲)와
무(無)와 무위(無爲)의 차별과도 같다.

유(有)는 있음이며, 상(相)이니
머물러 있거나, 잠시 멈춰 있거나 고정된 것으로
그렇게 인식한다.

유위(有爲)는
유(有)는 있음이며 상(相)이나,
위(爲)가 작용이니, 유(有)이어도 머물러 있지 않은
현상임을 말한다.

무(無)는 유(有)가 없음과 또한,
단지, 없음을 뜻한다.

무위(無爲)는 없음 그 자체가 단지, 없음과
단멸(斷滅)이 아니라
성품이 작용하는 무자성(無自性)임을 뜻한다.

무위(無爲)가
일체 작용이 끊어진 청정적멸원융(淸淨寂滅圓融)이면
이는, 일체 본성의 체성(體性)이며,

일체 원융조화(圓融造化)의 부사의 성품이면
이는, 일체 작용 본성의 용성(用性)이며,

또한,
일체 작용이 없는 단지, 무(無)로 생각하면
그것은 일체 작용이 사멸(死滅)한 단멸(斷滅)에 빠진
무위(無爲)를 모르는 상견(相見)의 분별심인 추측이다.

또는, 무위(無爲)를 유견(有見)의 미혹으로
작용이 없어 가만히 고정된 것이나
또는, 가만히 멈추어 있는 것으로 생각해도
이 또한, 무위(無爲)가 아니다.

무위(無爲)는
원융(圓融)으로 무유정(無有定)의 성품이며
본성의 성품으로
일체 작용의 상(相)의 실체인 무자성(無自性)이다.

무위(無爲)가 일체 작용이 끊어진 단지, 무(無)나
일체가 사멸(死滅)한 단멸성(斷滅性)이 아니므로
우주 일체 만물이 생성되어 운행하고,
심진여(心眞如) 본심(本心)의 무궁조화(無窮造化)가
끊임이 없다.

그러나, 본성의 성품이
일체가 끊어진 부동(不動)이며, 적멸(寂滅)이라 함은

일체 작용이 사멸(死滅)한 단멸성(斷滅性)이 아니라
일체상(一切相)이 끊어진 원융성(圓融性)의 특성과
일체 장애 없는 무연성(無緣性)의 특성을 드러냄이니
이는,
무위절대성(無爲絕對性)인 무유정(無有定)의 성품
청정원융본성(淸淨圓融本性)을 일컬음이다.

상(相)의 상념(想念), 상견(相見)으로는
상(相)을 초월한 본성의 성품을 이해하려 해도
상(相)의 상념(想念)인 유견(有見)의 장애로 한계성이
있다.

사법계(四法界)의 이법계(理法界)가
진공묘유(眞空妙有)임은
이(理)인 본성(本性)의 성품이
상(相)이 없는 무연성(無緣性)인 진공(眞空)이니,
무연본성(無緣本性)이 단멸성(斷滅性)이 아니므로
묘유(妙有)의 성품이 없지 않으니
이법계(理法界)가 진공묘유(眞空妙有)이다.

사법계(四法界)의 사법계(事法界)가
진공묘유(眞空妙有)임은
일체상(一切相)이 머무름이 없는 인연을 따르는
무유정(無有定)의 성품으로

일체상(一切相)이 무자성(無自性)이므로
공성(空性)이니 진공(眞空)이며,
상(相)의 성품이 공성(空性)인 진공(眞空)이어도
머무름이 없는 섭리의 흐름을 따라
생명의 촉각과 감각으로 느낄 수 있는
묘유(妙有)의 공상(空相)이 없지 않으니
사법계(事法界)가 진공묘유(眞空妙有)이다.

사법계(四法界)의 이사무애법계(理事無礙法界)가
진공묘유(眞空妙有)임은
이사무애법계(理事無礙法界)는
이사원융법계(理事圓融法界)이니
이는, 체상불이원융성법계(體相不二圓融性法界)이다.

체(體)인 이(理)의 성품이
상(相)이 없는 무자성(無自性)인 공성(空性)이며,
상(相)인 사(事)의 성품이 머무름이 없는
무유정(無有定)의 섭리를 따르는 무자성(無自性)이니
그 모습이 실체가 없는 공상(空相)이다.

그러므로,
체(體)의 성품이 공(空)하여 무자성(無自性)이며
상(相)의 성품도 공(空)하여 무자성(無自性)이니
체(體)와 상(相)이
무자성(無自性)인 불이일성(不二一性)으로

둘 없는 공(空)한 성품은 일체상(一切相)이 끊어져
무연성(無緣性)이라 원융진공(圓融眞空)이다.

그러나, 불이원융(不二圓融) 무애(無礙) 속에
무유정(無有定)의 성품인 묘용(妙用)의 섭리를 따라
만유(萬有)의 공상(空相)을 드러내고,
일체상(一切相) 또한 진공본성(眞空本性)을 수순함이
이사무애법계(理事無礙法界)의 진공묘유(眞空妙有)이며,

또한, 그 진공묘용(眞空妙用)의 작용 속에도
생명의 촉각과 감각으로 느낄 수 있는
묘유(妙有)의 상(相)이 없지 않으니
이사무애법계(理事無礙法界)가 진공묘유(眞空妙有)이다.

사법계(四法界)의 사사무애법계(事事無礙法界)가
진공묘유(眞空妙有)임은
사사무애법계(事事無礙法界)는
상(相)의 성품이 공성(空性)이니
상(相)과 상(相)이 서로 원융조화(圓融造化)로
불가사의 상즉상입(相卽相入)의 원융무애(圓融無礙)한
사사무애(事事無礙)의 작용을 한다.

이것이, 상(相)의 성품,
원융진성(圓融眞性)인 진공(眞空)에 의한
원융일성(圓融一性)의 융화(融化) 작용으로

불가사의 사사무애(事事無礙)의 무궁조화(無窮造化)인
묘유만법계(妙有萬法界)를 드러내니
이것이 사사무애법계(事事無礙法界)의
진공묘유(眞空妙有)이다.

진공묘유(眞空妙有)는
원융일성(圓融一性)의 성품과
부사의 원융조화(圓融造化)의 실체를 드러내는
법구(法句)이다.

본성(本性)을 깨달으면
진공묘유(眞空妙有)의 무궁조화(無窮造化)가
무연일성(無緣一性) 속에 환(幻)과 같이 사라지니,
진공묘유(眞空妙有)라 해도
일체가 끊어져 무연성(無緣性)이며,
원융무애(圓融無礙)의 무궁조화(無窮造化)로
꽃송이가 피었어도
그 꽃이
적멸화(寂滅花)이다.

11. 식(識)의 세계

식(識)은 작용하는 마음이다.

식(識)의 세계는
작용하는 마음의 차별세계이다.

작용하는 마음이 하나인 것 같아도
작용하는 마음에는 깊이와 차원이 서로 다른
여섯 종류의 얕고 깊은 다른 차원(次元)의 식(識)이
중첩(重疊) 결합하여 상호작용의 관계를 이룬다.

6종차원식(六種次元識)의 분류는
몸의 감각기능으로 인식하는 물질 대상 색경(色境)인
색성향미촉(色聲香味觸)을 인식하는 5식(五識)은
안식(眼識), 이식(耳識), 비식(鼻識), 설식(舌識),
신식(身識)이 같은 차원의 식(識)이므로
동일(同一) 차원의 식(識)으로 분류하였으며,
심식(心識)이 점차 차원이 깊어짐을 따라 분류하여
6종차원식(六種次元識)으로 분류하였으니

5식(五識), 6식(六識), 7식(七識), 8식(八識),
9식(九識), 10식(十識)이다.

각각 식(識)이 작용의 차원이 서로 달라
점차 깊어짐으로 식(識)은 더욱 미세해지며,
식(識)이 더욱 미세할수록
식(識)의 작용은 더욱 빠르고 미세하여
식(識)의 파장(波長)이 짧아진다.

5식(五識)은
수(受)의 마음작용이다.

이는, 몸의 촉각과 감각 기능인 눈, 귀, 코, 혀,
몸으로 접하는 대(對)의 일체상(一切相)인
색(色), 성(聲), 향(香), 미(味), 촉(觸)을
받아들이는 수(受)의 작용을 하는 식(識)이다.

6식(六識)은
상(相)의 상념(想念)을 맺는 작용을 하는 식(識)이다.

이는, 5식(五識)의 작용으로
상(相)을 인식하는 마음의 작용이니,
의식(意識)으로 상(相)을 인식하는
상념(想念)의 작용이다.

7식(七識)은
심식(心識) 작용의 일체상(一切相)을 분별하는
작용의 마음이다.

이는, 6식(六識)의 작용, 상(相)의 상념(想念) 속에
자아의식(自我意識)의 작용을 하는 주관력을 가진
자아식(自我識)이다.

그러므로 7식(七識)은
일체상의 분별과 사량(思量)으로 헤아리는
작용의 식(識)이다.

7식(七識)은 스스로 자아상념(自我想念)과
자아관념(自我觀念)과 자아의식(自我意識)으로
주관력을 가지고 분별과 사량(思量) 속에
자타(自他)를 분별하고, 내외(內外)를 분별하며,
좋고 싫음을 분별하여 취사심(取捨心)을 가지며
일체상(一切相)의 관계 속에
자기(自己)의 주관적 생각과 판단의 행위를 한다.

무엇이든 주관적 의지로 분별하고 사량하므로
무엇이든 자기 의지대로 판단하고 결정하며 행위하는
작용의 마음이다.

7식(七識)이 작용하는 마음에
개인의 성향과 습성적 인격의 특성이 드러나므로

7식(七識)의 작용으로 개인적 면모를 인식한다.

8식(八識)은
식(識)의 출입(出入) 작용으로
모든 식(識)의 작용과 행위의 일체(一切)를
기억(記憶)시키며,
저장(貯藏)한 것을 상황에 따라 내어놓는 작용인
출입(出入) 작용의 마음이다.

다양한 종론(宗論)과 학론(學論)
또는, 다양한 견(見)에 따라
식(識)의 종류의 분류를 8식설(八識說),
또는 9식설(九識說), 또는 10식설(十識說) 등이 있다.

본(本), 논(論)에서는
식(識)의 작용 차별의 특성을 구분하며
6종차원식(六種次元識)인
5식(五識), 6식(六識), 7식(七識), 8식(八識),
9식(九識), 10식(十識)으로
식(識)의 작용 차원의 차별을 따라 구분하였다.

9식(九識)은
5식(五識), 6식(六識), 7식(七識), 8식(八識)의
작용을 하게 하는 식(識)의 원인(原因)인

근본(根本) 무명식(無明識)인 장식(藏識)이다.

9식(九識)은
8식(八識)의 출입식(出入識)의 근원(根源)이며
미세 업식(業識)인 무명장식(無明藏識)으로
본성의 밝음이 드러나지 않아 잠겨있는
무명장식(無明藏識)이다.

10식(十識)은
본연본성(本然本性)이다.

10식(十識)은
일체(一切) 상(相)과 식(識)이 끊어진
무연본성(無緣本性)이다.

본성(本性)을 10식(十識)이라고 함은
일체식(一切識)의 근본이며, 근원이며, 으뜸이므로
10식(十識)이라 이름한다.

의식(意識)인 상(相)의 상념(想念) 작용 속에
5식, 6식, 7식, 8식, 9식, 10식(十識)이
같이 함께 작용해도
식(識)의 차별과 각각 차원을 인식하지 못함은
상(相)의 상념(想念)에

정신의식(精神意識)이 함께 엉기어 묶이기 때문이다.

상(相)의 상념(想念)에 정신의식이 묶이는 것은
상(相)이 변화하는 조화(造化)의 흐름보다
의식(意識) 흐름의 파동(波動)이 느리기 때문이다.

왜냐면, 의식(意識)은
상(相)을 인지하므로 작용하기 때문이다.

상(相)을 인지한다는 것은
상(相)의 조화작용(造化作用)의 흐름 파동(波動)보다
느리기 때문이다.

의식(意識)은 상(相)의 상념(想念)이니,
뭉치고 엉기는 속성의 성질이라
흐름의 작용과 파동(波動)이 무겁고 느리기 때문이다.

그러므로, 의식(意識)은 제6식(第六識)이다.

6식(六識)보다 가볍고, 차원이 깊어 더욱 미세하며
파동(波動)의 흐름이 빠른 것은 7식(七識)이다.

7식(七識)보다 가볍고, 차원이 깊어 더욱 미세하며
파동(波動)의 흐름이 빠른 것은 8식(八識)이다.

8식(八識)보다 가볍고, 차원이 깊어 더욱 미세하며

파동(波動)의 흐름이 빠른 것은 9식(九識)이다.

9식(九識)보다 가볍고, 차원이 깊어 더욱 미세하며
파동(波動)의 흐름이 불가사의한 것은
원융한 본성(本性)이다.

식(識)의 파동(波動)이 느린 식(識)은
파동(波動)이 빠른 식(識)을 인식 못한다.

그러므로
5식(五識)은 6식(六識)을 인식하지 못해도
6식(六識)은 5식(五識) 작용의 바탕이다.

6식(六識)은 7식(七識)을 인식하지 못해도
7식(七識)은 6식(六識) 작용의 바탕이다.

7식(七識)은 8식(八識)을 인식하지 못해도
8식(八識)은 7식(七識) 작용의 바탕이다.

8식(八識)은 9식(九識)을 인식하지 못해도
9식(九識)은 8식(八識) 작용의 바탕이다.

9식(九識)은 10식(十識)을 인식하지 못해도
10식(十識)은 9식(九識) 작용의 바탕이다.

그러므로

5식(五識)의 작용에도
6식, 7식, 8식, 9식, 10식(十識)이 함께 같이한다.

마음의 작용인 식(識)도
특수한 불가사의한 심동(心動)의 작용에 의한
심파(心波)의 작용이므로,
식(識)이 탁하거나 상(相)에 엉기거나 응결될수록
식(識)이 무거워져 식(識)의 파동(波動)이 느려지며,
거기에다, 무겁고 탁한 감정(感情)까지 더하게 되면
감정(感情)에 따라 물(物)의 성품을 생성하는
엉기는 인성(因性)이 있어 더욱 느려진다.

생각의 탁한 감정이 개입하고
어두운 감정이 엉기거나 응결될수록
식(識)의 안정된 파동(波動)의 흐름이 장애 되어
생각의 흐름이 자연히 느려지는 것은
감정(感情) 속에는 물(物)의 성품을 생기(生起)하는
엉기는 인성(因性)의 작용이 있어,
어두운 감정은 탁성(濁性)이 더하여
더욱 뭉치고 엉기는 물(物)의 성질을 생성하므로
무겁고 어두운 감정이 더해질수록
순수 안정된 생체(生體) 파동의 흐름이 장애 되어
안정성을 잃은 파동은 이상을 유발하거나 느려지며,
이러한 장애의 결과는
촉각과 감각의 신경작용도 장애 되어 둔해진다.

또한, 마음이 평안하거나,
명상(瞑想)할 때 생각이 이완되며 느려지는 것은
무거운 감정(感情)의 작용은 쉬어지며
마음과 정신이 맑고 깨끗하게 정화(淨化)되며,
마음과 정신이 정화(淨化)될수록
수용감성(受用感性)의 작용이 활성화 되며
상황에 따라 수용감성(受用感性)이 극대화되거나
무한대로 확장이 될 수도 있다.

**이는, 생체(生體) 생명파동(生命派動)의 흐름이
본연의 성품, 순수 흐름의 자연 청정성 순화의 균형과
조화(調和)의 상승(上昇)을 기(起)하기 때문이다.**

이때는 감각과 촉각이
마음과 정신의 순수작용 속에 정화되어
또 다른 정신적 다른 차원의 부사의 촉각을
생기(生起)하기도 한다.

감정(感情)은 순응(順應)과 거부(拒否)에 따라
발생하거나, 일으키는 다양한 정적(情的)인 작용이다.

감성(感性)은 단지, 수용(受用)하고 순응(順應)하는
마음이나 정신적 작용이다.

의식(意識)의 상태와 작용에 따라
의식(意識)이 무겁고, 가벼워지기도 하며

또한. 정신작용의 상태에 따라
의식(意識)의 상황이 달라지기도 한다.

6식(六識)의 작용에 정신(精神)이 머무르면
7식(七識)을 관조(觀照)할 수가 없다.

7식(七識)의 작용에 정신(精神)이 머무르면
8식(八識)을 관조(觀照)할 수가 없다.

6식, 7식, 8식, 9식의 작용에 정신이 머무르면
본성(本性)을 관조(觀照)할 수가 없다.

왜냐면, 식(識)이 가벼울수록
파동(波動)이 섬세하고 흐름이 빠르므로
그 식(識)보다 파동(波動)이 느린 식(識)으로는
빠른 식(識)을 인식할 수도, 관(觀)할 수도 없다.

식(識)이 상(相)에 머물러 엉기면 무겁고
흐름의 파동(波動)이 늦어지며,
거기에 어두운 감정이 더할수록
식(識)이 더욱 무거워진다.

감정 또한, 의식(意識)의 작용이니
자신의 생각과 감정의 흐름을 느끼는 것은
정신작용에 의한 의식층(意識層)의 상념(想念)들이라

의식(意識)에 머물러 있는 정신이 인지한다.

정신(精神)은 의식(意識)이 아니니
의식(意識)은 헤아리어 생각하고 분별하는 작용이며
정신(精神)은 분별없이 밝게 열려있는 성품의 작용이다.

의식(意識)은 일체 분별의 상념(想念)의 작용이며
정신(精神)은 의식의 일체 차원을 초월한 성품이
밝게 깨어있는 원융자재(圓融自在)한 본성의 작용이다.

의(意)는 뜻이며, 헤아림이며, 분별이며, 생각이며,
식(識)은 작용하는 모든 차원의 마음의 작용이다.

정(精)은 순수 정미로운 물질의 성품이며
신(神)은 순수 밝은 마음의 성품이므로
정신(精神)은 물질 생명체의 밝은 마음의 작용이니
정신(精神)이 열린 차원의 경계가
마음이 열린 차원이다.

의식(意識)은 상(相)의 상념(想念)에 의한 작용일 뿐,
마음이 아니다.

마음은 무연성(無緣性)이다.

이를 비유하자면
마음, 무연성(無緣性)은 무한 열린 하늘과 같고,

의식(意識)은 하늘을 어둡게 가린 구름과 같아,
하늘을 완전히 가린 구름이 점점 걷힐수록
하늘에 구름이 걷히는 정도에 따라
하늘이 점차 맑아져 조금씩 밝아지며
하늘에 구름이 완전히 걷히면
본래 구름이 없었든 무한 열린 하늘을 보게 된다.

의식(意識)에 정신(精神)이 머물러 있으면
의식(意識)과 정신(精神)이 서로 함께 엉겨있어,
의식과 정신을 분별하거나 구분할 수가 없다.

의식(意識)은
상(相)에 머물러 있는 상념(想念)이므로
기억과 습관과 좋아하고 싫어함과
여러 가지 추억과 감정들이 혼재(混在)되어 있어
무겁고 탁하며,
항상 상(相)의 상념(想念) 속에 있다.

정신(精神)은
그 바탕이 본성(本性)의 정(精)이며 신(神)이니
본성(本性)의 정(精)은 우주에 충만한
부사의 무연성(無緣性)인 무위(無爲)의 성품이며,
본성(本性)의 신(神)은 무한 우주와 만물에
원융히 두루 통하는 부사의 작용을 한다.

정신(精神)은, 본성(本性)의 성품으로
본성(本性)의 정(精)의 성품은
열반성(涅槃性)이라 무위부동성(無爲不動性)이며,
본성(本性)의 신(神)의 성품은
원융히 두루 밝게 통하는 걸림 없는
무위각명성(無爲覺明性)이다.

본성(本性)의 정(精)과 신(神)은
불이(不二)의 일성(一性)이며,
정(精)은 만물(萬物), 만상(萬相)의 바탕이 되고
신(神)은 만심(萬心), 만령(萬靈)의 바탕이 된다.

정(精)과 신(神)은 천지(天地) 생성의 바탕이니
정(精)은 물성(物性)인 지(地)의 바탕 성품이며
신(神)은 원융성(圓融性)인 천(天)의 바탕성품이다.

그러나, 정(精)과 신(神)은
불이(不二)의 일성(一性)이니,
정(精)이 신(神)의 성품을 함유하고
신(神)이 정(精)의 성품을 함유하여
정(精)의 작용 속에는 신(神)이 같이 함께하며
신(神)의 작용 속에는 정(精)이 같이 함께한다.

정(精)과 신(神)은
상(相) 없는 무연성(無緣性)으로 인연을 따라 작용하여
물(物)의 조화(造化)를 생기(生起)하고

심(心)의 조화(造化)를 생기(生起)한다.

본성(本性)의 성품 또한 생명(生命)의 성품이니
정(精)으로 만물(萬物)을 생기(生起)하고
신(神)으로 만심(萬心)을 생기(生起)하여
본성(本性)의 성품이 생명성(生命性)이니
우주 만물과 만 생명 조화(造化)의 세계를 이루고 있다.

신(神)이 물(物)에 들면
물(物)의 작용이 두루 통하게 하는 생명작용을 하니
인성(因性)을 따라 식물의 뿌리가 물을 찾아
땅속 깊이 물을 향해 뻗어 나가도록 하고,
인성(因性)을 따라 식물의 가지는
밝음과 태양을 향해 뻗어 나가도록 하며,
인성(因性)을 따라 가지에서 움이 터
새잎이 돋아나도록 하며,
인성(因性)을 따라 꽃망울이 열리며 꽃이 피어나도록
한다.

이러한 생명의 작용이 일어남은
본성이 일체 존재의 생명성(生命性)이므로
존재의 생명인성(生命因性)을 따라
생명성인 본성이 성(性)의 섭리인 명(命)의 작용으로
인성(因性)의 무궁(無窮) 무한조화(無限造化)가
인(因)과 연(緣)을 따라 끝없이 펼쳐지기 때문이다.

물(物)이 있어도
신(神)이 발현하고 작용할 수 있는
물(物)의 작용 인성(因性)을 상실하면
물(物)에 신(神)의 작용은 발현하지 못한다.

신(神)은 본성의 생명력(生命力)이며,
물(物)은 생명력(生命力)인 신(神)이 작용할 수 있는
인성(因性)을 가진 물(物)의 현상이므로
물(物)은 인성(因性)을 함유한 정(精)으로
인성(因性)을 따라 신(神)이 작용하는 물성(物性)이다.

신(神)은 현상인 물(物)에 생명작용을 하니
신(神)이, 물(物)인 육체에서는
서로 통하게 하는 몸의 신경작용(神經作用)을 하며
눈과 귀, 몸의 모든 촉각을 통해 느끼고 알게 하는
걸림이 없는 원융작용을 한다.

정(精)과 신(神)이
무위(無爲)의 불이성(不二性)이니
정(精) 속에 신(神)의 성품을 함유하고
신(神) 속에 정(精)의 성품을 함유하여
정(精)과 신(神)이
본연일성(本然一性)인 본성(本性)의 성품이다.

본성(本性)이 만물의 본성이며, 생명의 본성이니
정(精)이 생기(生起)한 물(物)에

생명작용이 일어나고,

신(神)이 생기(生起)한 심(心)에
생명작용이 일어나며,

물(物)을 따라
신(神)의 조화(造化)인 심(心)의 작용이 일어나고,

심(心)을 따라
정(精)의 조화(造化)인 물(物)의 작용이 일어나니,

마음작용을 따라
물(物)인 육체의 이상이 치유되거나
육체가 이상을 유발하여 병이 생기기도 하며
또한, 육체에 없든 물질의 생성과 물질적 변화를
일으키기도 한다.

또한, 육체의 변화와 이상으로
신(神)인 마음이 작용하여
육체가 이상을 유발하여 병이 들듯
마음 또한, 어둠과 괴로움으로 고통을 받고
아픔과 고통과 시련으로 마음에 병이 생기기도 한다.

정신(精神)은 본래 본성(本性)의 성품이라
무엇에도 걸림이 없이 작용이 원융하니

6식(六識)에 작용하면 6식의 마음으로 인식하고
7식(七識)에 작용하면 7식의 마음으로 인식하고
8식(八識)에 작용하면 8식의 마음으로 인식하고
9식(九識)에 작용하면 9식의 마음으로 인식하고
10식(十識)인 본성(本性)에 작용하면
본성 각명(覺明)으로 인식한다.

본성(本性)의 각명(覺明)으로 작용하는 이것을
본각(本覺)이라고 하며,
본성(本性)의 무위정(無爲精)의 성품을
본성(本性)의 무위열반성(無爲涅槃性)이라 한다.

본성(本性)의 각명(覺明)인 본각(本覺)과
본성(本性)의 체성(體性)인 무위열반성(無爲涅槃性)이
불이성(不二性)이라,
본각(本覺)이 무위열반성(無爲涅槃性)을 함유하고
무위열반성(無爲涅槃性)이 본각(本覺)을 함유한다.

본각(本覺)이
무위열반성(無爲涅槃性)을 함유하지 않으면
본각(本覺)의 부사의 각명(覺明)의 작용이
생기(生起)할 수 없다.

또한, 본성(本性)의 무위열반성(無爲涅槃性)이
본각(本覺)의 성품을 함유하지 않으면,
무위열반성(無爲涅槃性)이

그 성품의 공덕(功德)을 유출(流出)할 길이 끊어져
무위열반성(無爲涅槃性)이 무위공덕(無爲功德)을
유출(流出)하지 못하는 무인성(無因性)이 되면
우주 만물을 생기(生起)할 수 없는
일체단멸(一切斷滅)의 사성(死性)이 된다.

왜냐면, 본성(本性)은 무연성(無緣性)이라
그 성품이 원융무애(圓融無礙)하니
무위열반성(無爲涅槃性)이라도
사멸(死滅)한 무위열반성(無爲涅槃性)이 아니므로
일체 인연을 따라 무궁조화(無窮造化)의 작용을 한다.

본성(本性)이나, 열반성(涅槃性)이나
고요하며, 가만히 있다는 생각은
상견(相見)의 분별에 의한 추측이며 생각일 뿐,
무연본성(無緣本性)의 성품은
고요하거나 가만히 있을 상(相)이나, 실체가 없어
상(相)의 상념(想念)으로 추측하고 생각하는 것
일체(一切)가 끊어진 원융무위(圓融無爲)의 세계이다.

무연본성(無緣本性)이
동(動)함 없이 고요하다고 하는 것은
무연성(無緣性)이 생멸과 생사가 없음을 뜻하며,
무엇에도 동(動)함 없이 적정(寂靜)하다는 것은
무연성(無緣性)의 성품이
상(相) 없고 실체 없는 무자성(無自性)을

벗어나지 않음을 일컬음이다.

무연성(無緣性)의 성품과 부사의 작용은
일체(一切) 초월성(超越性)이라
상심상견(相心相見)으로는 성품을 헤아릴 수 없으니
상(相)에 얽매인 미혹을 벗어나기 전에는
무연성(無緣性)을 알 수가 없다.

6식(六識)인 의식(意識)의 작용 속에
7식(七識)과 8식(八識)과 9식(九識)과 본성(本性)과
일체식(一切識)을 초월한 정신(精神)이 더불어
다 함께 혼재(混在)되어 있어,
6식(六識) 속에 7식(七識)과 8식(八識)과
9식(九識)과 본성(本性)과 정신(精神)이 함께
중첩하여 작용한다.

각각, 모든 식(識)이 함께 중첩하여 있어도
서로 섞임이나, 각각 방해가 되거나
각각 식(識)이 서로 작용함에 장애가 되지 않음은
각각 식(識)이 서로 작용의 차원이 달라
서로 걸림이 없어, 장애가 되지 않는다.

그러므로 의식의 작용 중에도
정신의 차별작용에 따라
의식과는 다른 작용을 할 수도 있고

6식(六識)의 작용 속에도
6식(六識)에 걸림이나 장애 없이
6식과는 관계없는 7식이나 8식 등의 작용이
겸하여 이루어진다.

상(相)의 상념(想念)인
분별 의식(意識)의 작용으로는
식(識)이 함께 엉겨 중첩(重疊)되어 있는 이것을
밝게 분별할 수가 없다.

각각 식(識)의 차원을 깨달아
각각의 식(識)을 하나하나 타파하며
5식(五識)으로부터 9식(九識)에 이르기까지 타파하여
본성(本性)에 이르는 길이
식(識)의 전변각(轉變覺) 깨달음의 과정이다.

9식(九識)까지 타파하여
완전한 본성(本性)에 이르지 못하면
깨달음 증득(證得)의 과정 중에 머무르게 된다.

그렇게 되는 원인은
자기 수행지혜의 경계에서는
더 깊은 식(識)의 차원의 지혜를 인지할 수 없으며
식(識)의 전변(轉變)의 과정 중에는
자기가 보는 식계(識界)만 인식하게 되므로
스스로 자기 경계에 묶일 수가 있다.

5식(五識)은 상(相)의 차별 개아성(個我性)이니
5식(五識)의 전변(轉變)으로
개아성(個我性)이 타파되어
무아성(無我性)을 깨달아 무아지(無我智)에 들고,

6식(六識)은 상(相)의 상념상(想念相)이니
6식(六識)의 전변(轉變)으로
무상성(無相性)을 깨달아 무상지(無相智)에 들며,

7식(七識)은 자아(自我)의 작용이라
7식(七識)의 전변(轉變)으로 자아(自我)를 타파하여
일체에 물듦이 없는 진여성(眞如性)을 깨달아
진여지(眞如智)에 들고,

8식(八識)은 출입식(出入識)이니
8식(八識)의 전변(轉變)으로
식(識)의 출입(出入)인 대(對)가 끊어져
원융성지(圓融性智)에 들고,

9식(九識)은 본성의 각명(覺明)이 가린
무명(無明)의 근본 무명장식(無明藏識)이 타파되면
일체 미혹의 중생식(衆生識)을 벗어나
10식(十識) 적정본성(寂靜本性)인
법계체성지(法界體性智)에 들게 된다.

만약,
일체(一切)를 홀연히 벗어나
최상(最上) 일체법(一切法)과 일체상(一切相)이
끊어지고

또, 무상(無上)
일체법(一切法)과 일체상(一切相)이 끊어져
일컫고 이름할 원융(圓融)까지 사라져
초월(超越)까지 벗어나면

일체(一切) 장애가 없어
일체(一切) 원융(圓融) 무애(無礙)한
무연성(無緣性)인 무상각명(無上覺明)이다.

12. 6종식(六種識)과 6종각(六種覺)

6종식(六種識)과 6종각(六種覺)은
식(識)의 각각 다른 차원과
각(覺)의 각각 다른 차원을 분별하여
각성(覺性)이 열리는 식(識)의 전변(轉變)에 따라
대일여래(大日如來)의 5종지혜(五種智慧)인
성소작지(成所作智)
묘관찰지(妙觀察智)
평등성지(平等性智)
대원경지(大圓鏡智)
법계체성지(法界體性智)를 바탕하여
관(觀)과 각(覺)의 지혜를 통해 요별(了別)한
각각 차별차원의 식(識)과 각(覺)의 세계를 분류하고
식(識)과 각(覺)의 세밀한 깨달음 전변(轉變)의 세계를
밀(密)의 논(論)을 통해 밀밀한 각성의 세계를 밝힌다.

6종식(六種識)은
마음의 작용 일체(一切)인

여섯 가지 식(識)의 차별차원(差別次元)이다.

6종각(六種覺)은
식(識)의 전변(轉變)에 의한 깨달음인
여섯 가지 각(覺)의 차별차원(差別次元)이다.

6종식(六種識)은
5식(五識), 6식(六識), 7식(七識), 8식(八識),
9식(九識), 10식(十識)이다.

6종각(六種覺)은
5각(五覺), 6각(六覺), 7각(七覺), 8각(八覺),
9각(九覺), 10각(十覺)이다.

6종식(六種識)의 분류에서
몸의 촉각과 감각기능의 5식(五識)인
안식(眼識), 이식(耳識), 비식(鼻識), 설식(舌識),
신식(身識)인 5식(五識)을
동일차원 종류의 일종식(一種識)으로 묶은 까닭은
식(識)의 차원(次元)이 동일하기 때문이다.

안식(眼識), 이식(耳識), 비식(鼻識), 설식(舌識),
신식(身識)인 5식(五識)을 동일차원이므로
어느 한 식(識)이든 깨달음으로 적멸(寂滅), 공(空),
무아(無我)에 들면

5식(五識)은 동일차원이라 더불어 같이 타파되어
적멸(寂滅), 공(空), 무아(無我)에 들게 된다.

같은 차원의 식(識)은
어느 하나의 식(識)이 공(空)하여 적멸(寂滅)에 들면
동일차원의 식(識)은 함께 타파되어 벗어나게 된다.

동일차원의 식(識)은 함께 타파되어 벗어나도
다른 차원의 식(識)은 더불어 타파되지 않으니
각력(覺力)의 상승으로 다른 차원의 식(識)을 타파하는
식(識)의 전변(轉變)의 과정을 통해
각각 차원의 식(識)을 타파하여 벗어나게 된다.

그러나,
많은 수생(數生)의 깊은 수행을 한 인연의 결과로
깨달음의 각성(覺性)이 매우 깊으면
불가사의하고 희유(稀有)한 상서로운 기연(機緣)으로
모든 차원의 식(識)을 한목 타파하여 벗을 수 있으나,
수행력과 깨달음의 각성(覺性)이 부족하면
동일차원인 안식(眼識), 이식(耳識), 비식(鼻識),
설식(舌識), 신식(身識)인 5식(五識)이라도
수행의 각력에 따라 한목 타파하여 벗지 못하고
수행 인연의 식(識)의 작용 특성으로
어느 식(識)이 적멸(寂滅), 공(空), 무아(無我)에
들 수도 있으며,
동일차원의 식(識)이라도 수행력 증진의 각력에 따라

순차적으로 점차 식(識)의 경계를 벗어나게 된다.

완전한 완성의 깨달음에 들기까지는
다양한 깨달음의 여러 과정을 경험하는 것은
2종류의 특성에 의함이니
하나는, 식(識)의 다양한 차별차원 때문이며
또 하나는, 정신의식 변화의 다양한 전변상(轉變相)
때문이다.

식(識)의 다양한 차원은
5식(五識), 6식(六識), 7식(七識), 8식(八識),
9식(九識), 10식(十識)이다.

완전한 깨달음에 들기까지의 과정에
많은 정신적인 변화의 현상과 특이한 수행의 경험은
모두 업식(業識)의 전변(轉變) 작용에 의한
식(識)의 다양한 변화인 미세상념(微細想念)의 작용과
또한, 각각 차원의 식(識)이 끊어지는
전변(轉變) 속에 이루어지는 전변상(轉變相)의 경계
현상이다.

수행 경계인 정신의식의 다양한 변화는
상(相)의 상념(想念) 세계의 다양한 체험이니,
수행 경계에서 정신의식의 특이한 다양한 체험은
상(相)의 상념(想念) 세계인
5식(五識)과 6식(六識)이 타파되기 전까지

의식 상념작용의 미세변화인 정신적 다양한 경험과
체험을 하게 된다.

7식(七識)이 전변(轉變)한 깨달음부터는
상념작용이 끊어진 성품에 듦으로
5식(五識)과 6식(六識)의 전변(轉變) 세계와는
수행의 차원과 지혜성품의 차원이 다르다.

6종식(六種識)은
5식(五識)은 몸의 5감(五感) 기능의 작용인
감각을 받아들이는 수(受)의 식(識)이다.

6식(六識)은 5식(五識)의 작용에 의한
상(相)의 상념(想念)이다.

7식(七識)은 6식(六識)과 8식(八識)의 작용에 의한
분별심인 자아의식(自我意識)이다.

8식(八識)은 5, 6, 7식의 일체작용을 기억하게 하고,
기억되어 있는 것을 내어놓는 출입식(出入識)이다.

9식(九識)은 중생의 근본 무명식(無明識)인
함장식(含藏識)이다.

10식(十識)은 본성(本性)이다.

6종각(六種覺)은
5각(五覺)은 5식(五識)의 전변각(轉變覺)인
무아지(無我智)를 발(發)한 성소작지(成所作智)이다.

6각(六覺)은 6식(六識)의 전변각(轉變覺)인
무상지(無相智)를 발(發)한 묘관찰지(妙觀察智)이다.

7각(七覺)은 7식(七識)의 전변각(轉變覺)인
진여지(眞如智)를 발(發)한 평등성지(平等性智)이다.

8각(八覺)은 8식(八識)의 전변각(轉變覺)인
원융지(圓融智)를 발(發)한 대원경지(大圓鏡智)이다.

9각(九覺)은 9식(九識)의 전변각(轉變覺)인
적정지(寂靜智)를 발한 법계체성지(法界體性智)이다.

10각(十覺)은 일체식(一切識)을 초월한
본성(本性)의 각명(覺明)이다.

5식(五識)은
몸의 촉각과 감각 기관인 눈, 귀, 코, 혀, 몸의
다섯 기관의 촉각작용으로 대상을 받아들이는
작용이다.

이는,
눈으로 사물을 받아들이는 작용인 안식(眼識)
귀로 소리를 받아들이는 작용인 이식(耳識)
코로 냄새를 받아들이는 작용인 비식(鼻識)
혀로 맛을 받아들이는 작용인 설식(舌識)
몸으로 촉감을 받아들이는 작용인 촉식(觸識)이다.

6식(六識)은
5식(五識)의 작용으로
촉각과 감각으로 받아들인 것이
의식에 전달된 현상인 상(相)의 상념(想念)이다.

7식(七識)은
6식(六識)과 8식(八識)의 작용에 의해
일체상(一切相)의 상황을 헤아리어 분별하고
이모저모 사량하며 생각하고 분석하며
인식하여 판단하고 결정하는
분별식(分別識)이다.

7식(七識)은 모든 것에 대해 스스로 주관력을 가지며
모든 상황에 나라고 인식하는 의식(意識)으로
자아관념(自我觀念)인 자아의식(自我意識)이다.

8식(八識)은 출입식(出入識)이니
5식, 6식, 7식의 작용 일체(一切)를 저장하는
입(入)의 작용을 하며,
저장되어 있는 것으로 5식, 6식, 7식의 작용을
도와주며, 또한, 상황에 따라 내어놓기도 하는
식(識)의 출입(出入) 작용을 하는 식(識)이다.

각 종론(宗論)과 견(見)에 따라
8식(八識)인 아뢰야식(阿賴耶識)에 대한
이견(異見)들이 있으니
마음의 작용인 식(識)의 세계를
8식(八識)까지만 보는 경우도 있고,
8식(八識)에서 정식(淨識)을 더하여
최종식(最終識)을 9식(九識)까지 보는 경우도 있다.

8식(八識)에 대한 보편적 이해(理解)와 견해(見解)는
두 가지의 작용이 있으니
마음의 일체(一切) 작용을 저장(貯藏)함과
저장한 것을 내어놓는 출입(出入)의 작용이다.

그러나,
식(識)의 작용 실제(實際)를 관(觀)을 해보면
출(出)과 입(入)의 동식(動識)과
함장(含藏)의 장식(藏識)을 하나로 묶을 수 없는
식(識)의 차별이 있다.

출입(出入)의 동식(動識)은
마음작용인 식(識)의 일체작용을 저장하는
입(入)의 작용과
또한, 저장한 것을 내어놓는 출(出)의 작용은,
출입작용을 하는 동식(動識)이며,
이 출입식(出入識)은 7식(七識) 작용의 바탕식으로
7식(七識)의 작용을 끊임없이 보조하고 도와주는
쉼 없이 움직이는 출입작용의 동식(動識)이다.

저장식(貯藏識)인 함장(含藏)의 장식(藏識)은
8식(八識)의 출입(出入)이 끊어져 잠겨있는
미세 맑은 업식(業識)인 무명장식(無明藏識)으로
본성 각명(覺明)이 가리어 드러나지 않아
무명(無明) 속에 잠겨있는 장식(藏識)이며,
이 무명장식(無明藏識)은 동식(動識)이 아니라
움직임이 없는 함장식(含藏識)이다.

그러므로,
식(識)의 성질과 작용차별 성품의 종(種)을 분류하고
논(論)함에
출입작용을 하는 동식(動識)과
움직임 없는 무명(無明)의 장식(藏識)을
하나로 묶거나
같이 보는 것은 문제가 있다.

또한,

식(識)의 전변(轉變)에 있어서도
출입식(出入識)이 끊어진 전변(轉變)은
출입(出入)의 대경(對境)이 끊어져
대원경지(大圓鏡智)에 들게 된다.

그러나, 장식(藏識)을 제거하지 않으면
완전한 본성각명(本性覺明)에 들지 못하니
무명(無明)에 가린 함장식(含藏識)은
장식(藏識)이라 출입(出入)이나 내외(內外)도 없어
대경(對境)이 없는 맑은 미세정식(微細淨識)으로
무명장식(無明藏識)이 끊어진 전변(轉變)은
본성(本性)인 법계체성지(法界體性智)에 들게 된다.

8식(八識)인 식(識)의 출입(出入)이 끊어진 과(果)는
대원경지(大圓鏡智)이며,
9식(九識)인 무명(無明) 장식(藏識)이 끊어진 과(果)는
법계체성지(法界體性智)이다.

그러므로, 본(本) 논(論)에서는
출입(出入)의 동식(動識)과
저장(貯藏)의 함장식(含藏識)을 하나로 볼 수 없어,
서로 같을 수 없는 식(識)의 차별을 따라
동식(動識)과 장식(藏識)을 둘로 나누어
출입(出入)의 동식(動識)을 8식(八識)으로 하며
저장(貯藏)의 함장식(含藏識)을 9식(九識)으로 한다.

관지(觀智)가 밝게 열려 각관(覺觀)이 이루어지면
8식(八識)인 출입(出入)의 작용인 동식(動識)과
9식(九識)인 저장(貯藏)의 함장식(含藏識)이
서로 다름을 알 수가 있다.

만약,
식(識)의 성질과 작용의 차별을 구분하고 분별함에
식(識)의 작용과 성품을 밝게 관(觀)하는
관지(觀智)를 바탕하지 않고
추측 또는, 분별이나, 사유를 통해 이루어졌다면
그것은 식(識)의 작용과 차별을 구별하는
바른 지혜가 아니다.

법(法)의 실제(實際)는
생각과 분별이 끊어진 관행력(觀行力)으로
법(法)의 실제(實際)를 명료히 보는 실관(實觀), 외는
달리, 확인할 길이 없다.

사유나 추측인 생각과 관(觀)은
서로 같을 수 없는 차별이 있으니
사유나 추측인 생각은 분별의식의 작용이므로
관념과 인식에 따라 실제(實際)가 왜곡될 수 있으나,
관(觀)은 의식의 분별에 의지하지 않고
법(法)의 성품을 바로 봄이다.

무엇이든

생각은, 추측이며 설정이며 분별이지만
관(觀)은, 생각과 추측이 개입하게 되면
실관(實觀)이 끊어져
명료각관(明了覺觀)이 되지 않는다.

9식(九識)은
근본 무명식(無明識)인 함장식(含藏識)이다.

대일여래(大日如來)의 5지(五智)에서
법계체성지(法界體性智)에 드는
식(識)의 전변(轉變)이 이루어지는 식(識)이
바로 9식(九識), 중생의 근본 무명식(無明識)인
함장식(含藏識)이다.

함장식(含藏識)이라 함은
함(含)이 곧, 무명(無明)이니,
이는, 중생의 근본 무명인성(無明因性)을 품고 있어
본성의 밝음인 각명(覺明)이 가림이다.

함장(含藏)이란
무명(無明)을 머금어
드러나지 않고 감추어져 있음을 일컬음이니,
무명장식(無明藏識)인 함장식(含藏識)은
중생의 근본 무명(無明)인 인성(因性)의 뿌리이며
무명(無明)의 근본식(根本識)으로

동식(動識)이 아니므로 감추어진
장식(藏識)임을 뜻한다.

장식(藏識)이라 함에는 두 가지의 뜻이 있으니
9식(九識)은 무명장식(無明藏識)이므로
무명(無明)의 일체(一切) 인성(因性)이
그 성품에 감추어져 있기 때문이며,
또한, 본성각명(本性覺明)이
무명식(無明識)에 가리어 드러나지 않음을 뜻한다.

9식(九識)인 아마라식(阿摩羅識)을 일컬어
무구(無垢), 백정(白淨), 청정(淸淨)이라 하여도
때 묻음이 없는 무구(無垢)와
맑고 깨끗한 백정(白淨)과
물듦이 없는 청정(淸淨)이
무명(無明)인 중생식(衆生識)과
각(覺)인 불성(佛性)의 두 경계에서 볼 수가 있다.

단지, 식(識)의 맑음인
무구(無垢), 백정(白淨), 청정(淸淨)이면
이는, 각성(覺性)의 지혜가 아니다.

식(識)의 맑음인 청정(淸淨)도
각각 식(識)의 전변(轉變) 과정에도
전변각식(轉變覺識)의 청정경계(淸淨境界)도 있으며,
무명식(無明識) 중에서

최종 맑은 미세(微細) 청정식(淸淨識)은
중생(衆生)의 무명장식(無明藏識)인 9식(九識)이다.

단지, 식(識)의 맑음을 벗어난
무명(無明)과 청정(淸淨)과 각(覺)에도 걸림 없는
무엇에도 걸림 없는 원융무애(圓融無礙)의
무구(無垢), 백정(白淨), 청정(淸淨)이면
본(本) 논(論)에서 논(論)하고자 하는 10식(十識)인
본성(本性)으로 보아도 무리는 없다.

그러나
무구(無垢), 백정(白淨), 청정(淸淨)이라 함이
원융(圓融)한 무상각명(無上覺明)의 지혜가 아니면
단지, 식(識)의 맑음일 뿐이니
무구(無垢), 백정(白淨), 청정(淸淨)이
중생의 근본 무명장식(無明藏識)인
단지, 맑은 미세식(微細識)에 해당한다.

중생의 무명장식(無明藏識)이
때 묻음이 없는 무구식(無垢識)이며
맑고 깨끗한 백정식(白淨識)이며
물듦이 없는 청정식(淸淨識)임은
9식(九識)의 무명식(無明識)은 동(動)함이 없는
맑고 깨끗한 미세(微細) 장식(藏識)이므로
단지, 본성 각명(覺明)의 밝음을 가렸을 뿐
동식(動識)이 아니므로 때 묻음이 없고,

움직임이 없어 5, 6, 7, 8식과는 다르니
동식(動識)이 아니므로 작용이 없어
단지, 각명(覺明)이 가린 무명(無明)이 있으나
물듦 없이 맑고 깨끗하며 청정하다.

그러나, 때 묻음 없는 청정(淸淨)이
본성(本性)의 상(相) 없는 무자성(無自性)인
각명(覺明)에 의한 원융(圓融)의 청정은 아니니
단지,
본성 무연성(無緣性)인 각명(覺明)이 가리어
원융(圓融)하지 못하여 식(識)이 맑을 뿐이므로
함장(含藏)된 고요한 장식(藏識)일 뿐이다.

수행에서 이 9식(九識)의 경계에 들면
물듦 없는 청정한 자심(自心)이 맑고 맑아
무구(無垢), 백정(白淨), 청정(淸淨)이라
단지, 그것이 궁극의 도(道)의 결과로 인식하여
마음에 때 묻음이 없는 청정심을 즐기며
그 맑은 청정심을 도(道)로 알고, 지키려 할 뿐
스스로 각명(覺明)의 지혜가 부족한 미혹으로
지혜와 마음이 원융무애하지 못한 그 까닭을 모른다.

9식(九識)의 함장식(含藏識)에 들게 되는 것은
각종 여러 가지의 수행을 통해
동식(動識)이 끊어져도 지혜가 원융하지 못한
단지, 미세 맑음인 함장식(含藏識)에 들 수가 있다.

또한,
각각 식(識)의 전변(轉變) 과정에서도
각각 전변식(轉變識)의 전변상(轉變相)인 청정경계도
있다.

그러나, 각각 전변식(轉變識)의 청정경계는
각각 차별의 전변각(轉變覺)에 의한
청정식(淸淨識)의 경계다.

이 경우, 스스로 수행의 바른 점검은
자신의 자아(自我)가 사라지지 않아
맑고 고요한 것, 그 자체가 자아상(自我相)이니
스스로 마음작용인 지혜의 작용이
원융무애(圓融無礙)하지 못하면,
그 지혜와 경계가 수승하고 특이하여도
그것이 곧, 자아상(自我相)을 다 벗어나지 못한
무명(無明) 망념(妄念)의 미혹, 차별경계 속에
머물러 있음을 자각해야 한다.

본성(本性)에 들면
무구(無垢), 백정(白淨), 청정(淸淨)도 초월하므로
무구(無垢), 백정(白淨), 청정(淸淨)도 끊어져
일체(一切) 수승한 초월의 그 어떤 무엇도 끊어진다.

본성에 들면
무구(無垢), 백정(白淨), 청정(淸淨)이 끊어짐은

머무를 상(相)과 법(法)과 심(心)이 끊어져
일체(一切) 무연성(無緣性)에 이르기 때문이다.

그러므로,
무구(無垢), 백정(白淨), 청정(淸淨)인
아마라식(阿摩羅識)이라 하여도
무명장식(無明藏識)인
9식(九識)이라 볼 수밖에 없는 까닭이 거기에 있다.

그것은,
무구(無垢)가 미혹이며
백정(白淨)이 무명(無明)이며
청정(淸淨)이 환(幻)의 망견(妄見)이기 때문이다.

금강삼매경(金剛三昧經) 중에는
제불여래(諸佛如來)는 항상 일각(一覺)으로
전제식(轉諸識)하여 암마라(菴摩羅)에 들게 하니
그 까닭은 일체중생본각(一切衆生本覺)이기
때문이니라.

또, 금강삼매경(金剛三昧經) 중에는
심무소주(心無所住) 무유출입(無有出入)
입암마라식(入菴摩羅識)이다.

금강삼매경(金剛三昧經) 두 구절의 뜻을 살펴보면

제불여래(諸佛如來)는 일각(一覺)으로
중생의 제식(諸識)을 전변(轉變)하여
암마라(菴摩羅)에 들게 하는 것은
암마라(菴摩羅)가
일체 중생의 본각(本覺)이기 때문이며,
마음이 머묾이 없고, 출입이 없어
암마라식(菴摩羅識)에 들게 된다. 는 뜻이다.

금강삼매경(金剛三昧經) 내용 중에 나오는
암마라식(菴摩羅識)은 본각(本覺)을 일컬음이니
이 암마라식(菴摩羅識)은
본(本) 논(論) 중에서는
식(識)은, 10식(十識)에 해당하며
각(覺)은, 9각(九覺)인 법계체성지(法界體性智)에
해당한다.

금강삼매경(金剛三昧經) 중에서
암마라(菴摩羅)라 함은 성품의 청정을 뜻하며
본각(本覺)이라고 함은
암마라(菴摩羅)를 일컫는 성품의 특성인
본성각명(本性覺明) 성품의 지혜경계를
드러낸다.

청정(淸淨), 무염(無染), 공(空), 부동(不動),
깨달음, 멸(滅), 선정(禪定), 각(覺), 증득(證得),
지혜(智慧), 무생(無生), 무심(無心) 등의

법(法)의 언어도
범부(凡夫)와 소승(小乘)과 대승(大乘)과
일승(一乘)과 불(佛)의 지혜의 차별 특성에 따라
언어는 같아도 지혜의 차별차원 속에 인식하는바
그 지혜 성품의 경계가 다르고
또한, 차별이 있다.

그러므로, 어떤 언어이든 그 언어를 드러낼 때는
그 언어의 경계와 성품의 특성과 지혜의 차별경계를
더불어 밝히지 않으면,
상황에 따라 그 언어가 드러내고자 하는 지혜경계와
성품의 특성을 명확히 요별할 수가 없으니,
한 언어(言語)라도 지혜 열림에 따른 언어 인식의
차별경계는 생각하지 않고
단지, 언어의 사전적(辭典的) 해석만 생각하여
그 언어의 의미와 뜻을 단순, 짐작하고 분별하여
추론하거나 가름하는 것은
상황에 따라 문제가 될 수도 있다.

금강삼매경(金剛三昧經)에서
암마라(菴摩羅), 암마라식(菴摩羅識)을
본각(本覺)이라고 더불어 밝히지 않았으면
암마라(菴摩羅)와 암마라식(菴摩羅識)이 뜻하는
성품의 특성과
지혜의 경계를 명확히 가름할 수가 없다.

암마라(菴摩羅)인
언어로 드러내는 청정(淸淨)도
지혜의 차별에 따라서는
그 언어가 드러내는 성품의 특성과 경계가
다를 수가 있다.

범부(凡夫)의 청정(淸淨)은
소승(小乘)의 청정(淸淨)이 아니며

소승(小乘)의 청정(淸淨)은
대승(大乘)의 청정(淸淨)이 아니며

대승(大乘)의 청정(淸淨)은
일승(一乘)의 청정(淸淨)이 아니며

일승(一乘)의 청정(淸淨)은
불(佛)의 청정(淸淨)이 아니기 때문이다.

범부(凡夫)의 청정(淸淨)은
악(惡)과 사리사욕(私利私慾)에 물듦 없는 마음이
범부(凡夫)의 청정심(淸淨心)이다.

소승(小乘)의 청정(淸淨)은
번뇌와 고인(苦因)을 멸(滅)한 멸심(滅心)이
소승(小乘)의 청정심(淸淨心)이다.

대승(大乘)의 청정(清淨)은
일체상(一切相)이 공(空)한 무상(無相)인 공심(空心)이
대승(大乘)의 청정심(清淨心)이다.

일승(一乘)의 청정(清淨)은
무자성(無自性) 무염(無染)의 진여심(眞如心)이
일승(一乘)의 청정심(清淨心)이다.

불(佛)의 청정(清淨)은
무생본성(無生本性)의 무연(無緣) 무생심(無生心)이
불(佛)의 청정심(清淨心)이다.

각각 청정(清淨)의 언어는 같아도
지혜의 차별에 따라 청정도 성품의 차별 차원이 있으며
지혜의 특성과 차원에 따라 성품의 깊이가 서로 다르니
언어로 드러내는 법의 경계의 깊이를 생각하지 못하고
단지, 사전적(辭典的) 언어(言語)의 해석만으로
지혜의 경계나, 성품의 특성을 가름하거나
추측하고 추론하며 이해하는 것으로는
상황에 따라서는 문제가 될 수도 있다.

식(識)의 성품과 작용에 따라
다양한 이름을 붙일 수는 있으나
그 이름하는 성품의 특성과
성품 지혜의 차별경계를 더불어 드러내지 않으면
이름하는 성품의 특성과

지혜의 경계가 상황에 따라서는 불분명할 수가 있어
명확하고 확연한 성품의 경계가 모호하거나
알 수가 없을 수도 있다.

식(識)의 성품과 작용의 차별에 의한 분류도
각 종론(宗論), 또는 견(見)에 따라
서로 식(識)의 성품이 겹치거나 차별이 있어
그 식(識)의 성품과 작용, 성질의 명확한 특성을
가름하기 쉽지 않고 또한, 명확한 구분이 혼란스러워
본(本) 논(論)에서는 식(識)을 구분함에
이름은 같아도 성품의 차원이 다를 수 있으니
이름의 중시보다 식(識)의 차별경계를 명확히 하여
차별경계의 순서를 분명히 하고, 명확히 하는 것에
식(識)을 논(論)함에 중요시하였다.

청정(淸淨)도
수행의 차별차원과 경계에 따라 다를 수가 있으니
상(相)에 이끌림의 미혹 업력(業力)을 다스리는
윤회심(輪廻心)을 멸(滅)하며
생멸심(生滅心)을 멸(滅)하는 적멸행(寂滅行)인
멸심행(滅心行)을 닦아 일체 경계에 이끌림 없는
무심(無心) 속에 들었어도
이러한 청정심(淸淨心)은 단지 멸심(滅心)일 뿐
각성(覺性)이 밝은 각명심(覺明心)은 아니다.

적멸행(寂滅行)의 수행으로 적멸심(寂滅心)에 들어
일체 경계에 무심(無心)할 수 있음은
단지, 이끌림의 경계심이 일어나지 않음이나,

그 경계를 벗어나 각명(覺明)에 들면
각성(覺性)이 밝아, 각명심(覺明心)으로
일체 경계가 끊어지고 사라져
무엇에도 이끌림이 없는
일체 불이(不二)의 시방(十方) 원융심(圓融心)이
열린다.

일체 경계에 이끌리지 않음이 도(道)가 아니라
일체 경계가 사라져
불이일성일각(不二一性一覺) 속에 원융함이
도(道)의 본 모습이며 본질이다.

무엇에도, 이끌림이 없음은
단지, 자기 경계이며,
무엇이든, 수용하지 못함이 없는
우주의 광활한 무한 포용력(包容力)
지극한 대도대행(大道大行)은 상지(上智)의 모습이다.

윤회가 끊어지는 것이 도(道)가 아니라
자아(自我)가 끊어짐이 도(道)의 원융이니,
도(道)의 원융에는 자아(自我)가 끊어져
윤회도, 윤회 없음도 없다.

다스리고 다듬어, 일체 경계가
일어나지 않음은 적멸심(寂滅心)이나,
이 적멸심(寂滅心)을 타파해 초월하여 벗어나야
시방 우주 무궁조화(無窮造化)의 도(道)의 원융에
증입(證入)하여 그 중심의 실중(實中)에 들게 된다.

무엇이든
끊으려 하고, 얻으려 하고, 취할 것 있고,
머무를 곳 있음이, 자아(自我)의 묵은 습관이니,
각성(覺性)이 두루 밝아 각명심(覺明心)이 열리면
시방 우주를 둘러보아도
머무르고 취할 것이 하나도 없다.

적멸심(寂滅心)이
적멸(寂滅)하여 궁극무상열반(窮極無上涅槃)에 들면
열반(涅槃)은 원융일 뿐, 적멸(寂滅)이 아니며,
적멸심(寂滅心)은 열반(涅槃)이 아니라
자아(自我)를 아직 벗어나지 못한
유심소작(唯心所作)임을 깨닫는다.

적멸심(寂滅心) 청정(淸淨)이
어찌, 각명심(覺明心) 청정(淸淨)을 알겠으며,
각명심(覺明心) 청정(淸淨)을 모르면
일체 적멸(寂滅)의 청정심(淸淨心)에 들었어도
무상열반각명심(無上涅槃覺明心)을 알려면
시방 우주를 벗어나는

대명대각(大明大覺)의 깨달음을 얻어야 한다.

청정(淸淨)을 도(道)로 삼아도
지혜가 어두우면 그것이 얽매임의 청정(淸淨)이며,
적멸(寂滅)을 생각하지 않아도
각성각명(覺性覺明)에 들면
일체가 적멸(寂滅)하여 청정(淸淨)에 이르니,
청정(淸淨)은 다름 아니라
우주 대도대행(大道大行)의 본모습이니,
자아(自我)뿐만 아니라, 시방 우주까지 사라져
윤회(輪廻)를 논함이 자아(自我)의 미혹이며
적멸(寂滅)을 논함이 윤회(輪廻)의 미혹이니,
차별을 논(論)하며 가고 올 곳이 있거나
무엇에, 머물거나 얻었거나, 취하고 버릴 것이 있으면
아직 청정(淸淨)과 열반(涅槃)을 모르는
자아(自我)의 망심(妄心) 속에 갇혀있다.

청정(淸淨)을 도(道)로 삼는 것은
무상각명자(無上覺明者)의 일이며,
청정(淸淨)을 도(道)로 알고 거기에 갇혀있다면
자아(自我)가 무엇인지
아직, 그것도 깨닫지 못하고 있다.

일체 경계에 이끌림이 없는 적멸심(寂滅心)이
윤회를 벗어난 것이 아니라,
자아(自我)를 벗어남이 윤회가 끊어진 것이다.

자아(自我)가 끊어지면
일체가 끊어져, 들어갈 윤회도 없고
벗어날 윤회도 없다.

왜냐면,
일체(一切)가 자아(自我)의 환영(幻影) 세계이기
때문이다.

환영(幻影)에 경계심을 제거하려 하지 말고
자아(自我)가 끊어지면
일체(一切)는 자아(自我)의 환영(幻影)이라
환영(幻影)을 소멸하지 않아도
자아(自我)가 사라지면
일체(一切) 그 흔적을 찾을 수가 없다.

일체(一切)가 유심조(唯心造)이다.

일체 경계에 이끌림이 없는 적멸행(寂滅行)을 닦아
청정 고요한 적멸심(寂滅心)에 이르렀더라도
본성대각명(本性大覺明)에 이르지 못하였다면
아직 미망(迷妄) 속에 있음이다.

적멸행(寂滅行)을 닦음은
경계식(境界識)을 다스리는 지(止)와 정법(定法)이며,
각성각명(覺性覺明)을 닦음은
본성의 성품을 밝게 보는 견성행(見性行)을 닦음이니,

하나는, 적멸도(寂滅道)를 닦음이며
또 하나는, 각명도(覺明道)를 닦음이니,
적멸도(寂滅道)가 궁극의 절정에 도달함이
각성각명대원융본성(覺性覺明大圓融本性)이 아니면
아직, 적멸행(寂滅行)이 궁극을 요달하지 못했음이며,
각명도(覺明道)가 궁극의 절정에 도달함이
무여적정대열반본성(無餘寂靜大涅槃本性)이 아니면
아직, 각명행(覺明行)이 궁극을 요달하지 못했음이다.

왜냐면,
열반(涅槃)과 각성(覺性)은
본성의 불이일성(不二一性)이기 때문이다.

열반(涅槃)의 도(道)로, 열반(涅槃)의 궁극(窮極)에
최종 무상열반(無上涅槃)을 초월하여 벗어나는 것은
무상구경각명(無上究竟覺明)에 증입(證入)하기 때문이며

각성(覺性)의 도(道)로, 각성(覺性)의 궁극(窮極)에
최종 무상각명(無上覺明)을 벗어나는 것은
무상구경열반(無上究竟涅槃)에 증입(證入)하기 때문이다.

그러므로, 궁극(窮極) 절정의 구경지(究竟智)에서
열반(涅槃)과 각명(覺明)을 둘 다 벗어나
열반(涅槃)과 각명(覺明)을 초월한 절대 불이(不二)인
원융원만대공적멸대각명(圓融圓滿大空寂滅大覺明)
일체원융(一切圓融) 원명일성(圓明一性)의

무연무상각(無緣無上覺)에 이르게 된다.

10식(十識)은
무명(無明) 없는 본성(本性)이다.

본성(本性)을 10식(十識)이라 함은
9식(九識)보다 차원이 깊은 식(識)이기 때문이며,
무명(無明) 일체식(一切識)의 작용이
본성(本性)의 바탕에서 이루어지는
차별식(差別識)이기 때문이다.

10식(十識)은
무시무종성(無始無終性)이며
무위절대성(無爲絕對性)으로
일체(一切) 인(因)과 연(緣)과 과(果)가 끊어진
무연성(無緣性)이다.

그러나
인연을 따라 무량식(無量識)과 무한물(無限物)의
무궁조화(無窮造化)를 생기(生起)하니
이는 무연본성(無緣本性)의 부사의 조화(造化)이며,
본성각명(本性覺明)의 부사의 식계(識界)이다.

10식(十識)에 이르면
일체식(一切識)의 작용이 끊어진

원융각명(圓融覺明) 무연성(無緣性)의 세계를
깨닫는다.

이는, 일체(一切) 장애가 없는
무시(無始), 무종(無終), 무연성(無緣性)인
본성각명(本性覺明)의 세계이다.

6종각(六種覺)은
5각(五覺), 6각(六覺), 7각(七覺), 8각(八覺),
9각(九覺), 10각(十覺)이다.

깨달았어도
5식, 6식, 7식, 8식, 9식이 완전히 끊어진
원융무연성(圓融無緣性)인
본성각명(本性覺明)의 밝음이 아니면
그 깨달음은 수행과정 중에 이루어지는
식(識)의 변이(變異)인 전변(轉變)의 과정이다.

그러므로 깨달음도 중요하겠으나
그 깨달음이 식(識)의 전변(轉變)에 의한
어떤 차원의 깨달음이냐 하는 것이 중요하다.

5각(五覺)은
5식(五識)의 전변(轉變)에 의한 깨달음인

성소작지(成所作智)이다.

성소작지(成所作智)라 함은
5근(五根)으로부터 받아들이는
경계식(境界識)의 작용이 끊어진 깨달음의 지혜이다.

성소작지(成所作智)는 5식(五識)의 작용인
색성향미촉(色聲香味觸)의 아성(我性)이 끊어지니
색성향미촉(色聲香味觸)의 무아지(無我智)를
발(發)한다.

성소작지(成所作智)의 지혜경계는
색성향미촉(色聲香味觸)의 아성(我性)이 없음을
깨달았으나,
5식(五識)과 차원이 다른
6식(六識)은 끊어지지 않았으므로
색성향미촉(色聲香味觸)의 상(相)의 상념(想念)은
끊어지지 않고 있다.

6각(六覺)은
6식(六識)의 전변(轉變)에 의한 깨달음인
묘관찰지(妙觀察智)이다.

묘관찰지(妙觀察智)라 함은
상(相)이 실체 없는 공상(空相)임을 깨달아

상(相)이 곧, 무상(無相)임을 깨달은 지혜이다.

묘관찰지(妙觀察智)는
6식(六識)의 작용인 상(相)의 상념(想念)이 끊어진
깨달음이니,
상(相)의 무상지(無相智)를 발(發)함이다.

묘관찰지(妙觀察智)는
6식(六識)의 경계가 사라지므로
상(相)의 상념(想念)이 타파되어
허공상(虛空相)까지 타파하여 끊어진 깨달음의 지혜에
들게 된다.

그러나 묘관찰지(妙觀察智)의 지혜경계는
상(相)의 상념(想念)이 사라진
무상(無相)의 깨달음은 얻었으나
6식(六識)과 차원이 다른
7식(七識)이 타파되지 않아
무상(無相)인 공(空)을 깨달았다는
자아의식(自我意識)인
자아상념(自我想念)을 벗어나지 못하고 있다.

그러므로,
상(相)뿐만 아니라
허공천(虛空天)까지 타파한 깨달음을 얻었어도
이 경계는 아직 완전한 지혜에 이르지 못한

단지, 6식(六識) 전변(轉變)의 깨달음일 뿐이다.

그러므로
상공(相空)인 허공천(虛空天)까지 타파하여
6각(六覺)인 묘관찰지(妙觀察智)에 들면
상(相)이 공(空)하여
허공천(虛空天)까지 사라진 청정성(淸淨性)에 들어도
6식(六識)과 차원이 다른
7식(七識)인 자아(自我)는 사라지지 않아
공(空)을 깨달은 공견상(空見相)을 일으켜
공견(空見)의 자아상(自我相)에 머무름을 알게 된다.

7각(七覺)은
7식(七識)의 전변(轉變)에 의한 깨달음인
평등성지(平等性智)이다.

평등성지(平等性智)라 함은
7식(七識)인 분별심 자아(自我)가 사라지므로
일체 차별상을 분별하는 분별심이 끊어져
마음이 일체상(一切相)이 차별 없는
평등성지(平等性智)에 듦이다.

7식(七識)인 자아(自我)가 끊어져
7각(七覺)인 평등성지(平等性智)에 들면
무엇에도 물듦 없는 심진여지(心眞如智)에 들게 되니

물듦 없는 무염(無染)의 진여(眞如)가 무엇인지
비로소 깨닫는다.

일체상(一切相) 분별심(分別心)인
7식(七識)이 끊어지지 않으면
무염진여(無染眞如)의 지혜를 발(發)할 수가 없다.

분별심(分別心)인
자아(自我) 7식(七識)이 끊어져야
무염성(無染性)인 이사무애지(理事無礙智)를 발하여
진여(眞如)가 무엇인지 비로소 깨닫는다.

7식(七識)이 끊어지면
7각(七覺)인 평등성지(平等性智)에 들어
이사무애(理事無礙)인 무염진여지(無染眞如智)를
발(發)한다.

그러므로,
7각(七覺)인 평등성지(平等性智)에 들면
바로 진여성(眞如性)인 무염본심(無染本心)을 깨닫는다.

평등성지(平等性智)인 7각(七覺)에서
무염본심(無染本心)이
불생불멸(不生不滅) 무시무종성(無始無終性)임을
비로소 깨닫는다.

7각(七覺)의 지혜에 들면
일체상(一切相)이 생멸하여도
본심(本心)은 항상 그대로 일체상에 물듦이 없이
청정여여(清淨如如)한 무염부동성(無染不動性)임을
알게 된다.

평등성지(平等性智)
무염본심(無染本心)의 경계는
물감으로 허공을 물들일 수 없는 것과 같다.

무엇에도 물듦 없는 진여(眞如)인 마음이
흐름의 시(時)와 상(相)과 식(識)과 깨달음에도
물듦 없이 그대로 항상 할 뿐이다.

그러나,
7식(七識)이 끊어진 7각(七覺)에 들었어도
7식(七識)과 차원이 다른
출입식(出入識)인 8식(八識)이 끊어지지 않아
무염청정(無染清淨) 진여지(眞如智)인
평등성지(平等性智)에 들었어도
각(覺)의 지혜가 원융(圓融)하지 못함을
스스로 깨닫는다.

그 까닭은
무염청정(無染清淨) 진여지(眞如智)에 들었으나
대경(對境)을 아직, 완전히 벗어나지 못했기

때문이다.

그러나,
출입식(出入識)인 8식(八識)이 끊어지면
바로 대경(對境)이 끊어져
무염진여심(無染眞如心)에서
바로 원융각명(圓融覺明)에 들게 된다.

8각(八覺)은
8식(八識)의 전변(轉變)에 의한 깨달음인
대원경지(大圓鏡智)이다.

대원경지(大圓鏡智)라 함은
대원(大圓)은, 각(覺)이 일체 걸림이나 장애가 없어
방(方) 없이 두루 원융함이며,
경지(鏡智)는, 각(覺)의 두루 밝은 작용이니
각(覺)이 원융하여 방(方) 없이 두루 밝게 비침이다.

8각(八覺)인 대원경지(大圓鏡智)는
8식(八識)인 식(識)의 출입(出入)이 끊어져
각(覺)이 무방원융(無方圓融)으로 항상 깨어 있어
무엇에도 걸림 없이 항상 시방 두루 일체상(一切相)을
밝게 비춤이다.

8각(八覺)인 대원경지(大圓鏡智)에 들어야

원융(圓融)이 무엇인지를 비로소 깨닫고
무애(無礙)가 무엇인지를 이제야 알게 되며
방(方) 없음이 무엇인지를 지금에야 깨닫는다.

원융(圓融)은
대(對)의 경계가 끊어진 사사무애지(事事無礙智)를
발(發)한 것이다.

7식(七識) 전변(轉變)에 의한
7각(七覺) 심진여지(心眞如智)의 경계와
8식(八識) 전변(轉變)에 의한
8각(八覺) 대원경지(大圓鏡智) 경계의 차별은
7식(七識)이 사라진
7각(七覺) 심진여지(心眞如智)에 들면
진여(眞如)는 무염성(無染性)이라
허공을 물감으로 물들일 수 없는 것과 같고,
8식(八識) 식(識)의 출입(出入)이 사라진
8각(八覺) 대원경지(大圓鏡智)는
원융각명지(圓融覺明智)이므로
상(相)에 물듦 없는 청정 허공뿐만 아니라
각(覺)의 각명공(覺明空)까지 사라져 원융하니
물듦이 없는 대상(對相)인 무염(無染),
그것까지 끊어져 칠할 곳이 없다.

그러나,
8식(八識)이 끊어져 대원경지(大圓鏡智)인
원융각명(圓融覺明)에 들었어도
원융(圓融) 속에서도 각(覺)이 청정하나
완전히 두루 원만구족(圓滿具足)하지 못함이 있으니
이는, 전변(轉變)한 8식(八識)과 차원이 다른
미세한 무명장식(無明藏識)인 9식(九識)을
제거하지 못했기 때문이다.

9식(九識)의 청정(淸淨) 미세식(微細識)인
무명장식(無明藏識)을 제거하면
무명(無明)의 근원을 완전히 벗어난다.

9각(九覺)은
9식(九識)의 전변(轉變)에 의한 깨달음인
법계체성지(法界體性智)이다.

법계체성지(法界體性智)라 함은
일체법(一切法)의 체성(體性)인 본성지(本性智)이다.

법계체성지(法界體性智)의 지혜경계는
대일여래(大日如來)의 대적광명(大寂光明)인
광명변조(光明遍照) 변일체처(遍一切處)이며,
비로자나불(毘盧遮那佛)의 적정대광명(寂靜大光明)이다.

대일여래(大日如來)가 비로자나불(毘盧遮那佛)이니
광명변조(光明遍照) 변일체처(遍一切處)가
곧, 법계체성지(法界體性智) 대적광명(大寂光明)이다.

무명(無明)의 근본장식(根本藏識)인
9식(九識)이 타파되면 무명(無明)의 근본이 끊어져
곧, 무연(無緣) 본성(本性)의 체성(體性)에 들어
법계체성지(法界體性智)를 발(發)한다.

법계체성(法界體性)은
우주와 만물 만 생명의 뿌리이며, 근본인 성품이니
제불(諸佛)의 출현과 제불지혜(諸佛智慧)의 근원인
무연본성(無緣本性)의 성품이다.

법계체성(法界體性)의 성품이 본성(本性)이며
법계체성(法界體性)의 밝음이 본각(本覺)이며
법계체성(法界體性)의 마음이 본심(本心)이며
법계체성(法界體性)의 지혜가 반야(般若)이며
법계체성(法界體性)의 적멸(寂滅)이 열반(涅槃)이며
법계체성(法界體性)의 자성(自性)이 부동(不動)이며
법계체성(法界體性)의 각성(覺性)이 보리(菩提)이며
법계체성(法界體性)의 무염(無染)이 진여(眞如)이다.

법계체성(法界體性)은
무시무종성(無始無終性)이며
무생무멸성(無生無滅性)이며

무연각명성(無緣覺明性)이며
금강부동성(金剛不動性)이며
적멸청정성(寂滅淸淨性)이며
불괴금강성(不壞金剛性)이다.

10각(十覺)은
10식(十識)의 무연각명(無緣覺明)이다.

10각(十覺)은
법계체성(法界體性)도 끊어져 벗어나고
법계체성지(法界體性智)도 끊어져 벗어나고
무시무종성(無始無終性)도 끊어져 벗어나고
무생무멸성(無生無滅性)도 끊어져 벗어나고
무연각명성(無緣覺明性)도 끊어져 벗어나고
금강부동성(金剛不動性)도 끊어져 벗어나고
적멸청정성(寂滅淸淨性)도 끊어져 벗어나고
불괴금강성(不壞金剛性)도 끊어져 벗어나고
본성(本性)도 끊어져 벗어나고
본각(本覺)도 끊어져 벗어나고
본심(本心)도 끊어져 벗어나고
반야(般若)도 끊어져 벗어나고
열반(涅槃)도 끊어져 벗어나고
부동(不動)도 끊어져 벗어나고
보리(菩提)도 끊어져 벗어나고
진여(眞如)도 끊어져 벗어난 무연각명(無緣覺明)이다.

10각(十覺), 이 지혜는
대일여래(大日如來)의 미간(眉間)에서 나오는
일체(一切) 초월광명(超越光明)이다.

10각(十覺)의 각명(覺明)은
홀연 듯, 법계체성지(法界體性智)를 벗어나면
일체상(一切相) 뿐만 아니라
일체각(一切覺)을 또한, 초월하여 벗어나
무엇에도 속하지 않은
무연원융각명(無緣圓融覺明)에 이르니
이는,
법계체성지(法界體性智)의 이마에서 나오는
일체(一切) 초월광(超越光)이다.

각명(覺明)도
8식(八識)의 전변(轉變)으로
대(對)의 경계가 끊어져 원융해진
8각(八覺)의 원융각명(圓融覺明)이 있으며,

9식(九識)이 끊어져
9각(九覺) 법계체성지(法界體性智)인
무위적정(無爲寂靜) 원융각명(圓融覺明)이 있으며,

또한,
법계체성(法界體性)도 벗어버린

10각(十覺) 무연원융각명(無緣圓融覺明)이 있다.

8식(八識)의 전변(轉變)으로
8식(八識)이 끊어진 원융지(圓融智)에서는
원융지(圓融智)에 의한 각명(覺明)의 지혜작용
원융각조(圓融覺照)의 지혜작용을 하니
이 원융각명(圓融覺明)의 지혜작용에 머무르면
원융작용(圓融作用)에 묶이게 된다.

원융각명(圓融覺明)의 지혜작용 속에
원융지(圓融智)를 벗어나
무명(無明)의 근본장식(根本藏識)인
9식(九識)의 무구(無垢), 청정(淸淨) 식(識)에 들면
일체청정(一切淸淨) 때 묻음 없는 성품에 머물러
그 청정상(淸淨相)을 증득법(證得法)으로
누리고 지켜야 할 법(法)으로 생각할 수도 있다.

그러면, 청정상(淸淨相)에 안주(安住)하여
청정상(淸淨相)을 즐기고,
마음에는 청정상(淸淨相)을 보호하며
청정상(淸淨相)에 머물러 지키는 수(守)의 작용을
하게 된다.

청정상(淸淨相)에 청정심(淸淨心)을 일으키며
청정(淸淨)에 머물러 청정(淸淨)을 법(法)으로 삼아

청정(淸淨)을 보호하고 즐기다가
홀연, 각성(覺性)이 돈발(頓發)하여
청정(淸淨)을 타파하여 9식(九識)의 전변(轉變)으로
무구(無垢), 청정(淸淨)까지 초월하여 적멸(寂滅)한
9각(九覺) 법계체성지(法界體性智)를 발(發)하거나
10각(十覺) 부사의 무연각명(無緣覺明)을
발(發)하게 된다.

무엇이든 지칭할 것이 있거나
일컬을 것이 있거나
즐거운 안락(安樂)이 있거나
지켜야 할 수(守)의 작용이 있거나
궁극(窮極)의 절정(絕頂)에 도달한
최고정점(最高頂點) 궁극(窮極)의 법(法)이 있거나
일체를 소멸한 적멸(寂滅)이 있다면
무연본성(無緣本性)에 아직, 이르지 못한 미혹이며
궁극(窮極)을 향하는 의지(意志)에는 망념(妄念)이다.

그러므로,
스스로 자신이 머무르는 바가 있거나
또한, 무엇에도 머무르지 않는 바가 있거나
혹, 더 깨달을 것이 없으면
그것은 아직, 미세 자아(自我)를 벗어나지 못한
망(妄)의 경계며,
궁극(窮極)에 이르지 못한 미혹의 경계이다.

8식(八識) 전변(轉變)에 의한
대(對)가 끊어진 지혜경계(智慧境界)로
8각(八覺)인 원융각명(圓融覺明)에 들어도
원융각명(圓融覺明)의 각조력(覺照力)은 있어도
무애자재(無礙自在) 대원융각명(大圓融覺明)의
무애(無礙) 작용이 대원융원만(大圓融圓滿)하지 못하다.

9식(九識) 전변(轉變)에 의한
9각(九覺) 법계체성지(法界體性智)인
무여열반(無餘涅槃) 중, 각성발현(覺性發顯)으로
무여대적열반청정성(無餘大寂涅槃淸淨性)까지 벗어버려,
무연원융초월각명(無緣圓融超越覺明)
원융초월일각명(圓融超越一覺明)에 들면
일체(一切)의 본성(本性)의 근본(根本)까지 끊어져
일체각(一切覺)에 걸림이 없는
10각(十覺) 무연각명(無緣覺明)에 이른다.

9각(九覺)과 10각(十覺)의 차이는
9각(九覺)은 법계체성지(法界體性智)로
무여열반본성(無餘涅槃本性)의 체성각(體性覺)이며
10각(十覺)은 무연본성초월지(無緣本性超越智)로
일체 초월 무연각명(無緣覺明) 대초월광(大超越光)이다.

깨달음 수행의 과정
궁극(窮極) 절정(絶頂)의 경계에서

무명(無明)의 근본인 9식(九識)의 전변(轉變)으로
미세한 청정식(淸淨識) 9식(九識)이 끊어지는 과정에
각력발현(覺力發顯)으로 증입(證入)하게 되는
부사의 2종(二種)의 갈래가 있다.

2종(二種)의 갈래는
9식(九識)의 전변지(轉變智)로 증입(證入)함이
9각(九覺) 법계체성지(法界體性智)이거나
10각(十覺) 무연원융초월광(無緣圓融超越光)이다.

9각(九覺) 법계체성지(法界體性智)는
무염청정(無染淸淨) 원융적멸(圓融寂滅)의
무시무종(無始無終) 열반대적멸성(涅槃大寂滅性)인
법계체성각(法界體性覺)이며,
10각(十覺) 무연원융초월광(無緣圓融超越光)은
일체에 걸림 없는 일체각명초월광(一切覺明超越光)인
무연무원초월광(無緣無圓超越光)이다.

9각(九覺)과 10각(十覺)은 부사의 차별이라
법계체성지(法界體性智) 이마에
일체 초월광(超越光) 불가사의 광점(光點)을
찍고, 찍지 않음과 같다.

9각(九覺)인 법계체성지(法界體性智)에 들어도
일체(一切) 중생식(衆生識)이 소멸하여 끊어진
일체적멸(一切寂滅) 무여열반각(無餘涅槃覺)이니,

이는, 대일여래(大日如來)의 대적광명(大寂光明)이며
광명변조(光明遍照) 변일체처(遍一切處)인
청정광명법계(淸淨光明法界)이다.

이 경계에서,
대일여래(大日如來)의 미간(眉間)의 일점(一點)에서
일체(一切) 초월광명(超越光明)인
무연무원초월대광명(無緣無圓超越大光明)을 발하니
곧, 일체각(一切覺) 초월광(超越光) 10각(十覺)인
무연초월대광명(無緣超越大光明)이다.

중생심(衆生心)이 아닌
전변(轉變)의 지혜를 발(發)하여도
지혜가 완전하지 못한 지혜의 장애(障礙)가 있다.

5식(五識)인
촉(觸)이 끊어져 무아지(無我智)에 들어도
5식(五識)과 차원이 다른 6식(六識)의
상(相)의 상념(想念)이 끊어지지 않는다.

6식(六識)인
상(相)이 끊어져 무상지(無相智)에 들어도
6식(六識)과 차원이 다른 7식(七識)의
자아(自我)가 끊어지지 않는다.

7식(七識)인
자아(自我)가 끊어져 진여지(眞如智)에 들어도
7식(七識)과 차원이 다른 8식(八識)의
미세(微細) 출입(出入)이 끊어지지 않는다.

8식(八識)인
출입(出入)이 끊어져 원융지(圓融智)에 들어도
8식(八識)과 차원이 다른 9식(九識)의
무명(無明) 장식(藏識)이 끊어지지 않는다.

9식(九識)인 무명장식(無明藏識)이 끊어져
무여열반대적멸지(無餘涅槃大寂滅智)에 들면
일체(一切) 미혹의 무명장식(無明藏識)이 끊어져
일체 중생식(衆生識)을 벗어난다.

10식(十識)인 본성에 이르면
궁극 무상(無上)까지 벗어버린
일체(一切) 평등법계(平等法界)에 이른다.

중생식(衆生識)이 전변(轉變)하여 각성(覺性)을 열면
미혹의 분별과 차별식(差別識)이 끊어진다.

5각(五覺)인 무아지(無我智)가 열리면
눈, 귀, 코, 혀, 몸의 촉각 5식(五識)이 끊어져
일체(一切) 촉(觸)의 아성(我性)이 끊어진

성소작지(成所作智)에 이른다.

6각(六覺)인 무상지(無相智)가 열리면
6식(六識)인 일체 상(相)의 상념(想念)이 끊어져
일체상(一切相)이 끊어진 공(空)한
묘관찰지(妙觀察智)가 열린다.

7각(七覺)인 진여지(眞如智)가 열리면
7식(七識)인 일체 분별의 자아(自我)가 끊어져
무염진여심(無染眞如心)이 드러나
일체(一切) 평등성지(平等性智)가 열린다.

8각(八覺)인 원융지(圓融智)가 열리면
8식(八識)인 일체(一切) 출입식(出入識)이 끊어져
원융성지(圓融性智)인 대원경지(大圓鏡智)가 열린다.

9각(九覺)인 열반지(涅槃智)가 열리면
9식(九識)인 무명장식(無明藏識)이 끊어져
일체(一切) 적멸부동성(寂滅不動性)인
법계체성지(法界體性智)가 열린다.

10각(十覺)인
무연초월광(無緣超越光)이 열리면

10식(十識)의
본연일성각명(本然一性覺明)

무상원융초월심광(無上圓融超越心光)이 열리어
무연무원초월대광명(無緣無圓超越大光明)이 열린다.

불이 나무를 태움은
불이 붙을 나무가 있기 때문이니
나무가 불에 다 타고나면
불도 나무도 그 흔적을 찾을 수가 없다.

일체 언설은
무명(無明)의 일체식(一切識)을 바탕하여 건립되니
일체 무명식(無明識)이 소멸하면
일체 언설(言說)의 경계도 끊어져
흔적이 없다.

13. 격(格)

격(格)은
틀이며, 형식(形式)이니,
다양한 요소들의 집합이 통일성을 이루어
하나의 형태로 드러남이다.

우주 운행의 질서와 만물의 조화(造化)도
격(格) 속에 이루어지며,

사람이 모습을 갖추어 태어나고
형태화된 땅에서 우주의 조화(造化)를 따라
사람 사회를 이루어 삶을 살아감도
격(格)에 의한 삶의 모습이다.

격(格)이 없거나
격(格)이 형성되지 않으면
우주와 모든 존재가 생성되지 않으며
우주의 질서와 만물의 운행이 끊어지게 된다.

격(格)을
단순히 생각할 것이 아니다.

격(格)에 대한 깊은 통찰과 사고가
진리의 지혜를 일깨우는 기본 정신이며
격(格)에 대해 밝게 깨우침이 지혜다.

격(格)이 열린 무한세계
시방 우주 격(格)의 조화(造化)인 무한 세상이
우주 만물 운행의 순리와 질서이며
격(格)의 근본과 격(格)을 벗어난 세계를 밝게 앎이
무위(無爲)를 깨달은 본성(本性)의 지혜이다.

모든 존재는
격(格)의 조화(造化)와 운행의 질서 속에 있으며
격(格)의 생태환경 속에 삶을 이루고 있음이
모든 존재의 삶이다.

눈에 보이고, 귀에 들리며,
육근(六根)의 촉각과 감각으로 느끼는 일체(一切)가
격(格)의 모습이며, 생태며, 현상이다.

눈에 보이는 격(格)의 모습을 사물이라고 하며
귀에 들리는 격(格)의 형태를 소리라고 한다.

격(格)은 그저, 마냥 단순해 보이는 것은

무수 인연 속성이 함께 어울려 운행의 통일성을 이루어
두루 안정된 조화(調和)의 현상을 갖추었기 때문이니
격(格)은, 무수 요소의 집합들이 통일성을 이루어
하나 또는, 전체의 모습으로 드러난 것이다.

사람의 행위 속에도 격(格)이 있으니
그것이 인격(人格)이다.

인격(人格)이란
사람으로서 당연히 갖추어야 할 기본 소양이며
인간적 자질이다.

인격(人格)도
개인 소양과 자질에 따라 각각 차별이 있으니
인격도 고품격(高品格), 중품격(中品格),
하품격(下品格)이 있다.

그 격(格)의 형성은
다양한 배움과 인식, 삶의 환경적 체험과 자각,
자기 개발의 다양한 노력들이 인성(人性)이 되고,
바람직한 마음가짐과 긍정적 정신작용들이 집합하여
자기 노력과 자기 다스림의 수양으로 정립이 되어
마음가짐과 일체 행위의 인격과 지성으로 드러나는
격(格)이 이루어지는 것이다.

사람이 격(格)을 갖추기 위해서
끊임없이 배우고, 절제 속에 노력하며
자기 다스림의 수양을 끊임없이 하는 까닭은,
자기 다스림 속에 두루 갖춘 바 격(格)이
자신의 인격과 지성적 모습이며
또한, 자신의 무한 가치이기 때문이다.

마음 씀의 깊이, 몸가짐의 기품,
언어의 품격, 행위의 원만함, 성격의 온화함,
절제된 자기 다스림, 남을 배려하는 여유 등,
이 모두가 자기 자신의 무한 가치를 위해
어느 것 하나 놓칠 수가 없다.

사람은 목숨이 다하는 그 순간까지
자기 가치를 위해 끊임없이 배우고 또, 터득하며
끊임없는 스스로 노력이 필요함은
단순, 자기만을 위한 것이 아니다.

그렇게 하는 것이
자신의 삶을 헛되이 하지 않겠다는 정신의 의지이며,
이상(理想)을 향한 바람직한 정신의 향기와
지적(知的) 향상의 아름다움을 두루 갖추기 위해서며,
함께한 삶의 세상에 자기 존재의 가치와 삶의 이유인
무한 상생의 길이다.

백 년을 사는 나무도 있고
백 년의 열 번인, 천 년을 사는 나무도 있다.

나무가 백 년 밖에 못사는 것에도 그 원인이 있고
천 년을 사는 것에도 그 까닭이 있다.

백 년을 사는 나무가 천 년을 살고자 하여도
백 년밖에 살지 못하는 것은
천 년을 살 격(格)을 스스로 갖추지 못한
자신의 한계성 때문이니
이를 생각하면, 많은 것을 사유하게 되고
삶을 되돌아보게 한다.

지난밤 비바람에 견디지 못하고
백 년 꿈 어디 가고
허리가 동강 난 나무도 있고
뿌리째 뽑혀 저 멀리 내동댕이쳐진 나무도 있다.

무엇이든
꿈만 있다고 되는 것이 아니다.

그 꿈을 바쳐줄
스스로 용기와 절제의 기개(氣槪)가 있어야 하고
그 꿈을 실현할 정신과 의지가 굳건해야 하며
또한, 그 정신과 의지가 꺾임이 없어야 한다.

나무들의 삶을 보며
이상(理想)을 품고, 꿈을 더하는 의지와 정신을
깊이 진지하게 살피게 된다.

작은 산을 그냥 오르는 것과
높고 큰 산을 계획하여 오르는 정신의 자세는
마음가짐의 기본 정신이 다르다.

계절마다 꽃이 피어도
꽃은 화려해도 향기가 없는 꽃이 있고,
모양은 화려하지 않아도
그 향기가 혼(魂)을 깊이 자극하며 평안하게 하는
아름다운 향기를 가진 꽃도 있다.

꽃은 화려해도 향기가 없는 것에도 그 원인이 있고,
꽃은 화려하지 않아도 아름다운 향기를 가진 것에도
그 까닭이 있다.

이 사실들을 깊이 사유해보면
삶 전체를 돌아보게 하는 큰 자각과 깨달음을
얻게 된다.

무엇이든 예사로이 보면
자신의 정신이 더 승화할 가치의 길을 잃게 되고,
정신이 열려 있으면

보잘것없이 생각하며 예사로이 그냥 스치는 것에도
말과 글이 따를 수 없는 깊은 진리를 터득한다.

사물의 격(格) 속에
지극한 도(道)의 숭고한 섭리를 보며
자기를 다스리는 인격의 길을 배우고 터득하며
마음 씀의 자세와 품격을 고쳐 다잡고
말 한마디에도 스스로 돌아보며 상대를 배려하고
경솔한 생각과 행동을 삼가며
끝없는 자기 승화를 위해 정신을 가다듬으며
항상 부족한 자기 다스림을 게을리할 수가 없다.

우주의 모든 존재는
우주의 섭리를 따라 다양한 요소들의 집합들이
통일성을 이루어 큰 하나의 형태로 조화롭게 형성된
아름다운 운행의 모습인 격(格)이 있으니
모든 존재가 자리한 격(格)의 위치에 따라
존재 운행의 범주와 작용의 격(格)이 정해져 있듯
인간 사회 또한, 다양한 관계의 구성 속에
각각 자리한 자기의 위치와 관계성에 따라
우주와 다를 바 없는 격(格)의 생태 삶의 모습이
질서와 순리로 조화롭게 잘 이루어져 있다.

자연스러운 섭리의 작용 따라 형성된 격(格)은
우주 조화(造化)의 섭리 속에

자신과 가족이 형성되고, 가정과 사회가 연결되며
사회와 사회가 인연한 큰 틀의 세계를 이루고 있다.

이 조화로운 격(格)의 섭리 속에
인간의 인성(人性)을 성장하게 하고
심성(心性)을 순수 순화로 아름답게 하며
삶의 정신을 일깨워 모두를 이롭게 하는 이것이
인간의 삶과 정신을 풍요롭게 하는
숭고한 예(禮)의 정신(精神)이다.

격(格)의 조화(造化)의 통일성을 이루는
통일섭리(通一攝理)는 우주섭리의 작용이니
이는, 우주만물 무궁섭리의 작용이며
또한, 개체생성과 존재섭리의 모습이다.

격(格)의 운행 통일섭리(通一攝理)는
각각 다른 다양한 성질의 집합(集合)들이
서로 조화를 이루어 작용과 운행의 통일성을 이루니,
그 하나의 통일섭리(通一攝理) 작용 속에
격(格)을 따라 존재를 생성하는 동기부여가 되고,
동기부여는 동기화(動機化)를 이루어
존재의 생성과 작용의 운행인
통일섭리(通一攝理)의 작용이 전개된다.

이 통일섭리(通一攝理) 속에 이루어지는 과정에 따라
각각 개체의 차별특성이 이루어지고

통일섭리(通一攝理)에 따른 각각의 조화(造化)는
다양한 개체의 차별세계 만물이 벌어진다.

이것이 우주섭리의 인연조화(因緣造化)에 따른
만물 존재생성의 운행 섭리이니
격(格)의 형성은 존재와 생태환경의 틀이 되고
개체가 살아가야 할 삶의 바탕이 되며
전체가 운행하는 안정된 조건을 갖춘다.

그러므로 격(格)은
개체 조건의 생태이든, 전체 조건의 환경이든
삶을 유지하는 틀이며, 전체가 작용하고 운행하는
기본 생태환경의 삶의 모습이다.

격(格)의 운행은 다양한 상호작용 속에 이루어지며
서로 다양한 조화(調和)를 유지하게 하고
서로 다양한 상생(相生)을 하게 하며
서로 다양화 속에 삶을 결속하고 유지하게 하는
한생명 생태 근원적 속성작용을 하게 된다.

이것이 우주 만물 근원이 하나인 한생명 생태의 섭리이며
본성이 하나인 만물 존재의 상호작용 운행의 모습이니
그 속에 뿌리내린 한생명 생태의 삶인
사람 사회 또한, 그 생태 섭리의 모습이다.

격(格)의 운행인 통일섭리(通一攝理)의 작용은

개체를 존재하게 하는 존재의 틀이며
또한, 전체를 존재하게 하는 존재 유지의 틀이다.

격(格) 속에 일체(一切)가 존재하고
일체가 격(格)의 섭리 속에 삶을 이루고 있으니
격(格)은 존재와 삶을 유지하고 운행하는 기본 틀로써
개체와 개체, 개체와 전체, 전체와 전체가 서로 인연한
상호작용의 관계인 협소(狹小)와 광대(廣大)의
서로 관계를 이루고 있음이 존재 유지의 작용이며
그 상호작용의 삶이, 존재 생태환경의 격(格)의 관계다.

개체나 전체가 하나의 큰 한생명의 작용체가 되어
상호작용의 관계 속에 상생하고 화합하므로
격(格)의 삶이 생기롭고, 아름다우며, 행복하고
서로 삶의 가치와 행복이 더욱 성장 발전하게 된다.

그러나 상호작용의 격(格)을 파하는
파격(破格)의 작용은
개체와 개체, 개체와 전체. 전체와 전체가 인연한
생태의 결속이 끊어지고, 삶의 관계인 화합이 파괴되며,
서로 상생작용의 생태환경이 사라지고
한생명 생태환경 삶의 격(格)이 파괴된다.

격(格)이 파괴되면
개체와 개체, 개체와 전체, 전체와 전체가
생태 상호작용 관계의 상생성(相生性)이 파괴되어

우주 만물 존재의 섭리인, 상호작용의 상생융화
한생명 생태의 통일섭리(通一攝理)를 벗어나므로
서로 한생명 생태에 고립을 자초하여 스스로 쇠퇴하고
한생명 섭리 속에 소멸하는 삶의 과정을 겪게 된다.

한생명 상호작용 상생융화의 통일섭리(通一攝理)는
우주 만물을 생성하고 우주를 운행하는
우주 만물 존재의 섭리이며, 우주 운행의 섭리가 되어
우주의 끝없는 작용이 흐르는
우주 무궁조화(無窮造化)의 작용과 운행의 기틀이다.

무엇이든 격(格)이 없으면
상호작용하는 기틀을 세우지 못하며,
서로 상생하고 화합하며 결속하는 기점과 구심점을
잡을 수가 없다.

그러므로 격(格)은
그것이 무엇이든, 상생하고 작용하며 운행하게 하는
집단적 공동체제의 힘의 구심점이며, 기본점이다.

모든 존재와 작용에는 격(格)의 섭리를 바탕하여
그 섭리에 생겨나 변화하고, 성장하며, 발전하게 된다.

그러므로 격(格)을 잃으면
그것이 무엇이든 안정된 작용과 운행의 질서와

전체적 조화(調和)가 파괴되고 소멸하며 사라진다.

왜냐면, 격(格)은
그것이 무엇이든, 존재와 삶의 기본 틀이며
존재 유지의 기본점이며 구심점이기 때문이다.

국가와 사회를 건립하고 운영하는 틀인
법(法)도 격(格)이니
국가 운영의 틀인 격(格)을, 상생 합리적으로 갖추어
그 속에 국민의 안정된 삶과 사회의 행복이 굳건히
뿌리내리므로 국격(國格)이 바로 선다.

개인 또한,
자신과 자신 삶의 경영을 위한 운행의 틀인
삶의 목적과 자기 가치의 뜻을 세우고
그에 걸맞은 노력으로 배움과 인성과 품격을 더하며
자기 가치의 특성인 원만한 틀이 갖추어짐으로
사회적 관계 속에 인격(人格)적 가치를 가지게 된다.

격(格)은 행위의 기준이며, 가치의 지향점이며
안정된 삶의 기본 틀이기에 격(格)을 따라야 하며
그렇게 해야 하는 이유와 까닭은
격(格)은, 존재와 삶의 기본 바탕이며
생명의 안정과 존재 유지의 기본 틀이기 때문이다.

깨달음을 위한 수행에도 격(格)이 있다.

깨달음의 수행은 인격완성을 위함이 아니라
불격완성(佛格完成)을 위함이다.

인격(人格)은, 인간의 격(格)으로
인간의 삶 속에 인성과 지성을 배우고 익히며
자기 가치를 더하는 삶의 품격을 두루 갖추고
인간 사회의 삶을 이롭게 하는 것에 목적이 있다.

불격(佛格)은, 불(佛)의 격(格)으로
자아에 얽매임을 초월하여
우주와 하나 된 무한 정신의 밝음으로
모두를 이롭게 하는 지혜의 삶을 사는 것이다.

모든 수행이
그에 적절한 방법과 법리(法理)의 격(格)이 있으니
그를 따라 수행을 배우며 익히고 터득함으로
뜻한바 좋은 결과를 성취하게 된다.

모든 수행의 특성은
그 수행으로 지혜를 터득한 인연사를 따라
그에 적절하고 합당한 수행법이 있으니
그러므로 각각 수행이 닦고 익히는 방법의 틀인
격(格)이 차이가 있다.

각각 수행의 격(格)을 따라 바람직한 결과를 얻으니
격(格)에 따라 자신을 다스리며 정진을 놓지 않고
궁극을 향한 치밀한 자기 관리의 철저한 수행으로
격(格)이 수행 속에 뚜렷이 살아있는 성성함 속에
격(格)을 바탕하여 깨달음에 이르게 된다.

격(格)이 법칙이고, 도(道)이며, 길이니
격(格)을 잃으면 무엇이든 행위와 작용의 방향성을
잃게 된다.

우주의 조화(造化)도 격(格)을 따라 운행하며
격(格)의 조화(造化)인 통일섭리(通一攝理)를 따라
격(格)의 안정과 질서 속에 만물이 생성 운행하므로
격(格)을 잃으면 생태의 안정적 질서가 파괴되어
삶과 존재의 생태적 섭리와 환경을 잃게 된다.

격(格)이 뚜렷이 살아 있으면
우주 만물의 생성과 운행의 섭리가 두루 갖추어져
우주 만물의 생태와 운행이 안정되고,
사람 사회도 통일된 안정 속에 조화(調和)를 이루어
삶의 융화작용인 통일섭리(通一攝理)가 원활하고
상호작용 속에 상생으로 화합하고 결속하므로
삶이 생기롭고 아름다우며 행복하고
삶의 가치와 행복이 더욱더 성장 발전하게 된다.

눈에 보이는 아름다움
귀에 들리는 아름다운 소리는
격(格)의 상생 승화의 조화(調和)로 이루어진
통일섭리(通一攝理)의 모습이다.

깨달은 모든 이는 이 도리(道理)를 밝게 깨닫고
통일섭리의 근원
자타불이(自他不二) 본성광명(本性光明) 한생명 근원
무연일성(無緣一性)에
삼세(三世)의 명근(命根)을 다해
귀일(歸一)한다.

14. 통일섭리(通一攝理)

통일섭리(通一攝理)는
우주운행의 시스템(system)이다.

통일섭리(通一攝理)란
다양한 요소들의 집합이 통일성의 체계를 이루어
전체, 또는, 개체,
하나의 모습이나 형태로 드러나는 것이다.

통일섭리(通一攝理)의 무궁조화(無窮造化)는
일통삼리(一通三理)의 작용이다.

일통(一通)은
일성(一性)인 일체의 근원인 한생명이며,
삼리(三理)는
지극한 한생명의 성품인 절대성(絕對性)인 진(眞)과
지극한 한생명의 작용인 상생성(相生性)인 선(善)과
지극한 한생명의 모습인 조화성(調和性)인 미(美)이다.

통일섭리(通一攝理)는
일통삼리(一通三理)인 한생명 성품의 작용인
진선미(眞善美) 무궁조화(無窮造化)의 이화(理化)
세계이다.

통일섭리(通一攝理)는
일성(一性)인 한생명의 섭리이며,
한생명의 섭리는 진선미(眞善美) 무궁조화(無窮造化)인
이화광명(理化光明)의 세계이다.

통일섭리(通一攝理)는
일성광명(一性光明) 무궁조화(無窮造化)의 한생명 작용
무한광명(無限光明) 상생조화(相生調和)의 세상이다.

우주 운행의 질서와 만물의 조화(造化)도
우주의 이천삼리(理天三理) 진선미(眞善美)의 성품,
무궁조화(無窮造化)의 통일섭리(通一攝理) 속에
이루어진다.

이것이 천성일행(天性一行)인 우주의 섭리이며
우주 만물의 생성과 소멸의 일체 운행이
이 통일섭리(通一攝理)를 따라 작용하고 운행한다.

우주의 통일섭리(通一攝理)를 이루게 된 것은
무한상생(無限相生)의 통일체(通一體)를 이루는

한생명 틀인, 무한 전체를 아우르는 융화의 작용인
한생명 무한 상생조화(相生造化)에 있다.

훌륭하고 뛰어난 운행작용 격(格)의 시스템(system)은
무한상생(無限相生) 작용의 통일체(通一體)로
개체 또는, 전체가
무한상생(無限相生) 하나의 한생명 통일체(通一體)
시스템(system) 체계 속에
개체와 전체가 무한 상생조화(相生調和)의 삶이
조화롭게 잘 이루어짐이다.

우주 운행 섭리의 시스템(system)은
한생명 무한 상생조화의 통일섭리(通一攝理)이며,
통일섭리(通一攝理)의 격(格)이 형성된 것에는
다양한 요소들의 집합 속에 이루어지는 상생작용이
한생명 생태작용 통일성의 체계를 이루어
개체와 전체가 상호작용하고 운행하는 형태와 모습을
갖추게 되었다.

천지 우주의 조화(造化)도
통일섭리(通一攝理)의 격(格)을 따라 운행하며,
이 격(格)의 시스템(system) 작용 속에
개체의 차별특성이 이루어지고,
통일섭리(通一攝理)의 상생조화(相生造化)로
다양한 차별 생태의 만물이 벌어지게 되었다.

개체나 전체가
이 통일섭리의 상생조화 속에 각각 존재를 형성하여
다 같이 한 생태조화를 이루어 운행하고 있으니,
이 상호작용 상생의 통일섭리(通一攝理)를 잃으면
무한 상생 유지의 존재 섭리가 파괴되어 소멸한다.

이렇게 되는 원인은
모든 존재의 생성과 운행은
상호작용 상생융화의 통일섭리 속에 이루어지므로
통일섭리는 상생 융화작용의 통일성(通一性)을 이루는
한생명 생태작용의 상생환경이니,
이 통일섭리의 한생명 생태환경의 안정작용을 벗어나면
자기 생명과 존재유지의 유일(唯一) 섭리를 벗어나므로
스스로 자멸하여 소멸하게 된다.

우주 운행의 시스템(system)
통일섭리의 상생 융화작용이 활기차게 살아 있으면
우주운행과 만물의 상생조화(相生調和)뿐만 아니라
우주의 안정과 평안, 만물 존재와 생명 평화도
그 속에 더불어 영원할 것이다.

옛 지성(知性)들도
이 도리(道理)와 섭리(攝理)를 깊이 깨닫고
인간 사회 또한, 이 안정 시스템(system)
우주 운행의 자연섭리 속에 형성된 인간사회이니

인간 또한, 그 섭리의 도리(道理)를 본받아
인간의 인성(人性)을 일깨우고
지성(知性)을 밝히며
인간 삶의 행복과 사회발전을 위해
이 섭리의 도리(道理)를 본받는 배움의 길을 열며,
이 통일섭리의 도리를 따라 인간의 정신을 일깨우고
삶의 행위의 기품을 더하게 하니
이것이 인간의 삶과 사회를 아름답게 하는
인성(人性)을 일깨우고 성숙시키는 길이며
지성(知性)을 밝게 하고 성장하게 하는 길이니
이에 대한 학(學)의 체계를 세워 정립하여 축적하며,
그에 따라 인간 정신이 승화된 아름다운 도리인
순수 예(禮)의 정신을 숭상하고,
인간의 심성과 정신을 더욱 아름답게 성숙하게 하니
인간의 삶과 사회는 안정과 행복과 평화를 이루고,
인간의 인성(人性)과 지성(知性)은
학(學)과 예(禮)를 따라 성숙하고 발전하여
인간의 삶과 정신은 더욱 성장 속에 진화하며
대를 이은 인간 사회의 삶은 오늘에 이르렀으나
인간이 인간을 위하는 순수 지성(知性)은 잃어가고,
우주 자연의 섭리 속에 태어난
인간의 생명섭리인 우주의 순수 섭리까지 외면하며,
인간 사회의 흐름은 자신 존재의 생명 터전인
자연환경의 안정과 질서를 파괴하는 행위는
자신이 태어난 생명의 터전인 삶의 섭리를 역행하므로
자기 존재 생명 유지의 생태안정 섭리를 파괴하는

잘못된 흐름의 방향으로 가고 있다.

이상(理想)을 가지고
이상(理想) 세계를 꿈꾸며
노력하는 사람들 속에는 다양한 그들의 모습을
보게 된다.

수행으로
깨달음으로
믿음으로
기도로
신(神)의 능력과 구원 등으로
이상세계(理想世界)에 가고자 한다.

어떤 경우는
남을 해치는 파괴로
자신의 욕망, 이상세계(理想世界)를 건설하려는
사람들도 있다.

그 이유는
욕구의 갈증 때문이다.

다들,
이상세계(理想世界)를 성취하거나
그곳에 가면

끝없이 행복할 것이라는 막연한 기대와 환상 속에
환(幻)과 같은 꿈에 젖어,
수행하고
깨달음을 얻으려 하며
믿음을 가지고
기도하고
신(神)의 능력과 구원 등을 간절히 바라고 있다.

그러나,
벌써, 정작 깨달은 사람은
그런 환영(幻影)과 환상(幻相)을 벗어났다.

정작, 깨달은 사람은
이 세상을 벗어나 이상세계(理想世界)를 가려는
허황한 환상(幻相)을 벗어나
생명을 진솔한 가슴으로 사랑하고
따뜻한 마음으로
내 생명처럼 두루 평안과 행복을 위해
생명을 축복하는
하루하루의 삶을 살았고, 또한, 살고 있다.

그,
비밀스럽고 심오한 이유는

사랑과 감사의 삶이
참 행복 세상이며, 무한 축복 세상이며

정신이 무한 승화한 이상세계, 궁극이기 때문이다.

이상세계(理想世界)는 순수 본연 지혜 세상일 뿐
욕심으로 가거나
욕심으로 더럽혀진 세상이 아니다.

지혜의 눈이 없으면
지극히 행복한 무한 축복의 이상세계(理想世界)를
볼 수가 없다.

그 이유는,
아직 마음에 생명의 순수성을 잃은
의식에 어둠이 지혜를 가린 장애가 있어
진정한 이상세계를 볼 수 있는
순수 지혜의 눈을 갖지 못했기 때문이다.

우주
무연본성(無緣本性)
궁극의 지극한 순리와
숭고한 무염(無染)의 절대 성품인 지극한 생명력이
수많은 소중한 생명의 세계와
신비로운 세상의 무수 만물들을 만들어
생명 본연의 순수성과
본성의 지혜로움으로 잘 살 수 있는
지극한

무한 축복의 이상세계(理想世界)를 만들어
끝없는 우주의 무한 세계에 펼쳐놓았으니,
마음에
때 묻음이 사라져
생명의 순수성이 눈을 뜨면
홀연 듯 청명한 밝은 지혜의 눈이 열리어
무한히 펼쳐져 있는
무한 축복,
무한 행복이 충만한 꿈의 이상세계(理想世界)가
눈에 들어오게 된다.

마냥,
세상 물정 모르는
어린 자식이 어머니에게 철없이 굴다가
어머니가 이 세상에 계시지 않으면
그제야, 보고파 그리워지며
서로 얼굴을 마주한 그때가 행복이었음을 깨우치듯,
무엇이든 자기 가슴으로 깊이 진실히 느끼지 못하면
무한 축복과 행복의 세계가 눈앞에 펼쳐져 있어도
시큰둥하게 생각한다.

삶 속에
자연적 재해의 아픔보다,
무엇보다
삶의 아픔과 고통을 피부로 느끼는 것은

사람에 연유한 삶 속에서 발생한다.

그것은
두 가지의 근본 원인 때문이다.

첫째는,
인간이 인간을 위하는 당연한 지성(知性)과
인간이 인간을 생각하는 당연한 순수성을
잃었기 때문이다.

이것을 잃으면
다른 생명체보다, 인간 우월성의 가치와 차원을
상실하게 된다.

인간이 인간을 생각하고 위하는
인간 순수 본연의 당연한 지성(知性)이 있어야
인간 지능의 높은 가치가 더불어 상승한다.

인간이 인간에게 아픔을 주고 병들게 하는 것은
인간 삶의 순수 행복과 아름다운 사회를 위해서는
유익하지 못한 가치 상실의 지능이다.

그것은
자기 존재의 생명섭리인
무한 상생 통일섭리(通一攝理)의 순수 지성(知性)이
깨어나지 못해

자기 생명의 섭리를 잃은 삶이기 때문이다.

그 결과의 악영향은 자신뿐만 아니라
사람의 관계와 삶의 사회에까지 병들게 하고
아픔과 고통의 삶이 되게 한다.

이는
자신 잘못의 파장이
자신에게 되돌아온다는 당연한 원리를 자각하지 못한
어리석음 때문이다.

이 원인을 제거하지 않으면
인간의 삶과 사회는 인간으로 연유한 아픔과 고통이
끊어지지 않을 것이다.

인간이 인간에게
도리어 아픔과 고통의 원인이 되는
이 잘못된 병(病)과 재앙이 사라지기 전에는
누구나 간절히 바라며 원하는
행복한 삶의 이상사회는 이루어지지 않는다.

둘째는,
개인과 전체의 모든 문제점을 보완하고 해결하는
사회적 시스템(system)의 체계가
완벽하게 갖추어지지 못했기 때문이다.

이러한 역량부족의 문제점은
개인은
개인 또는, 사회를 탓하는 상황의 현실이 되고,
사회는
사회 또는, 개인을 탓하는 상황의 현실이 된다.

이 우주는
훌륭한 운영 시스템(system)의 체계 속에서
그 섭리를 따라 스스로 운행할 뿐
누구의 잘못을 탓하지 않는다.

그것은
우주의 별이든, 만물의 그 무엇이든, 무슨 생명체이든
그 시스템(system)의 체계를 벗어나면
자기 존재 유지의 섭리를 벗어나게 되므로
스스로 쇠퇴하고 자멸하게 된다.

이 섭리가
만물을 생성하고 운행하는 우주운행 상생이 섭리이며
광활한 우주를 운영하는 장엄한 시스템의 체계는
한생명 상생조화(相生造化)의 융화작용(融化作用)인
통일섭리(通一攝理)이다.

무슨 체계든
잘못이 있으면 보완하고 수정할 수가 있다.

무슨 형식이든
잘못이 있으면 보완하고 수정할 수가 있다.

무슨 시스템(system)이든
잘못이 있으면 보완하고 수정할 수가 있다.

그러나
우주의 섭리는, 모든 개체와 전체가 조화를 이룬
절대성을 향한 통일섭리(通一攝理)이므로
보완하거나 수정할 수가 없다.

그것은, 우주의 법이라
인간의 능력과 한계 때문이 아니다.

왜냐면
더 완전할 수 없고, 더 완벽할 수 없는
우주의 조화(造化)로 다양한 요소들의 집합작용으로
자율적 통일성 운영체계의 무한 상생조화를 이루어
모든 개체와 전체의 상호작용 속에 지극히 상생하는
절대성 진리 체계로 우주운행의 광활한 질서를 갖추어
만물의 생성과 운행의 모든 질서의 조화(造化)가
이 통일섭리(通一攝理)의 시스템(system) 속에
이루어지기 때문이다.

우주 만물의 질서체계를 조화(調和)롭게 운영하는
완전한 운영체계 통일섭리의 시스템(system)인

한생명 상호작용 상생융화의 생태환경 활성화 체계로
불이(不二)의 상생작용인 절대성을 향한 통일섭리가
수정과 보완을 할 수 없는 것은
우주, 다양한 각종 성질의 요소들이 상생 집합을 이루어
총체적 상생작용 속에 스스로 수정되고 보완되어
개체와 전체가 통일적 상생작용의 일관성을 이루어
자연적 통일섭리의 체계를 형성하여 이루었고,
각각 개체의 차별특성이 통일섭리 속에 형성되어
전체의 상호작용과 더불어 한생명 생태조화를 이루며
개체와 전체의 자율적 특성에 의한 총체적 작용이
최상 상태로 형성된 자연적 상생융화의 통일성을 이룬
무한상생 생태환경의 통일체계 섭리이기 때문이다.

통일섭리(通一攝理)는
어느 한 개체만을 위한 것이 아니지만
또한, 어느 한 개체든 그 개체를 위한 것임은,
모든 개체의 존재와 삶이
전체를 운영하는 시스템(system)의 체계인
통일섭리(通一攝理)의 생태환경을 바탕으로 생성되어
그 속에 순수 삶의 전체가 이루어지기 때문이다.

그러므로 개체의 일면에서 보면
전체의 생태환경이 자기 존재의 삶에 합당한 조건의
시스템(system)으로 작용하기 때문이다.

모든 개체와 존재의 삶은 우주 전체의 상호작용이

하나로 연동된 상생운영 시스템(system) 체계인
통일섭리(通一攝理)에 있다.

이 사실은
인간이라 하여 누구도 벗어날 수도 없는 존재섭리의
진실이다.

인간뿐만 아니라
이 우주의 무엇이든 이 운행의 섭리인
통일섭리(通一攝理)의 상생조화를 벗어나면
자기 존재의 근원, 한생명 생태의 섭리를 벗어나므로
자연히 스스로 쇠퇴하여 자멸(自滅)한다.

이것이
우주에 영원히 변함 없는 유일한 불변의 법칙,
독자(獨自), 자존(自存) 할 수 없는
한생명 상생 융화작용 생태섭리의 당연한 결과며,
상호작용 상생 속에 존재하는 인과(因果)의 섭리가
통일섭리(通一攝理)이다.

통일섭리(通一攝理)는
생명 본성(本性)을 중(中)으로 한
한생명 상호작용, 무한 상생융화(相生融化)의 시스템
절대 중도상생선과(中道相生善果)의 인연행(因緣行)이다.

이는, 이천삼리(理天三理) 의 이화광명(理化光明)

진선미(眞善美) 무궁조화(無窮造化)의 광명세상
광활하고 장엄한 우주 경영의 존엄한 시스템이다.

그러므로
인간 삶의 행복과
인간 행복사회의 숭고한 지혜와 섭리를
우주 운행의 섭리 속에서 배우고 터득해야 하며,
인간 사회의 운영도
우주 운영섭리의 체계인 통일섭리의 무궁무한 진리에서
인간 삶의 문제점과 행복의 길을 터득해야 한다.

광활한 상생융화 상호작용의 통일섭리가 흐르는
한생명 무한 상생융화 중심(中心) 중도(中道)의 길
진선미(眞善美) 무궁조화의 이화광명(理化光明) 속에
개체든, 전체든, 순행(順行)과 역행(逆行)을 따라
중도(中道)의 섭리를 따라 당연히 인과가 따를 것이며,
허공도, 한생명 불이(不二) 융화 중도의 섭리를 따라
티 없이 자신을 비워 만물을 수용하고 이롭게 하며,
태양도, 한생명 불이(不二) 융화 중도의 섭리를 따라
뜨거운 열정과 밝음으로 세상과 만물을 이롭게 하고,
땅도, 한생명 불이(不二) 융화 중도의 섭리를 따라
만 생명 씨앗을 싹트게 하고 자라 꿈꾸게 하며,
바다도, 한생명 불이(不二) 융화 중도의 섭리를 따라
만 생명을 수용하여 대도대행(大道大行)을 하며,
작은 풀 포기의 잎새와 꽃잎 하나라도
이 섭리 속에 피었다 사라진다.

사람 또한, 이 한생명 통일섭리의 작용 속에 태어나고
서로 상생 융화작용 속에 사회를 이루어 삶을 살아감도
통일섭리의 시스템인 무한 상생 융화작용 때문이다.

개인과 개인, 개인과 사회, 사회와 사회는
한생명 융화작용 상생조화로 통일섭리가 원활하고
한생명 사랑으로 상생하고 화합하며 결속하므로
한생명 삶의 사회가 축복으로 아름답고, 행복하며
한생명 삶의 가치와 아름다운 정신이 피어올라
모두가 바라고 원하는
영원한 이상을 같이하는 아름다운 행복사회가
될 것이다.

이에 대한 깊은 통찰과 열린 사고(思考)가
삶을 위한 근본정신이며
이를 밝게 깨우침이, 존재 본연의 순수 지혜다.

한 생명의 아름다움
한 물체의 아름다움
한 소리의 아름다움
한 마음의 아름다운
한 관계의 아름다움

그리고
전체의 아름다움

우주의 모든 아름다움은
이 통일섭리(通一攝理)의 무한 조화(調和)에 있으며,
어느 한 개체나, 전체가
모두가 행복하고 아름다운 길은
우주 모든 성질의 요소들이 상호작용 집합을 이루어
한생명 불이(不二) 융화의 순수 무한 상생
통일성의 조화(調和)를 이룬 통일섭리(通一攝理)이다.

인간과 모두의 삶이
서로 위하는 한생명 사랑 속에 지극히 행복하고
너 있어 나 행복하고
나 있어 너 행복한
지극히 순수하고 숭고한 아름다운 삶의 모습
그 유일(唯一)한 길은
오직,
하나인 기쁨,
너 나 둘 아닌 무한 축복
불이(不二) 융화의 세계인 통일섭리(通一攝理)의
한생명 승화의 무한상생 융화의 길이다.

이,
통일섭리(通一攝理)는 일통삼리(一通三理)의 세계
불이(不二)의 융화 한생명 무궁조화의 세상인
한생명 청정본성(淸淨本性)인 진(眞)과
한생명 무한상생(無限相生)인 선(善)과
한생명 무궁조화(無窮調和)의 미(美)가 피어난

한생명 이화광명(理化光明)의 세계이다.

진선미(眞善美) 무궁조화(無窮造化)의
무한상생(無限相生) 이화광명세계(理化光明世界)인
이 순수 정신이 피어난
아름다운, 생명 무한축복의 세계는
과거 현재 끝없는 미래
모든 사람이 간절히 바라고 꿈꾸는
삶의 무한 축복 이화광명(理化光明)의 행복세상이다.

이 세상은
오직, 한생명 사랑, 불이(不二)의 꽃이 피어난
궁극 승화의 절대 절정,
불이심(不二心)
진선미(眞善美) 무궁조화(無窮造化)의 광명세상이다.

9장_태고(太古)를 향한 영감

01. 광명세상을 연 사람들

무한,
지혜 상승이 열린 광명 속에
천지인(天地人) 삼재원융(三才圓融)
무시무종(無始無終) 심천광명(心天光明)을 열어
삼재일도(三才一道) 궁극의 광명세상을 연 사람들,
하늘과 마음이 하나 된, 무한 열린 광명세상
무한 열린 시방 우주와 하늘과 땅의 세상과 만물
만 생명 조화(造化)의 도(道),
이화광명(理化光明) 무궁창생(無窮創生)
삼재일도(三才一道) 궁극세계를 열고
궁극이 열린 심천광명(心天光明), 무한 원융의 빛,
하늘과 사람이 하나인 무한광명, 신성(神性)이 열린
무한 신명(神明)을 따라, 산 사람들이 있으니
그들이 산 세상이 삼재일도 이화광명(理化光明)
심천광명(心天光明)이 열린 광명세상이며,
우주 무한 지혜가 열린 하늘광명세상을 연
광명인(光明人)들이다.

광명세상을 연 광명인(光明人)들은
심천광명(心天光明)이 열리어
하늘의 무궁 조화(造化)의 이천진리(理天眞理)와
땅의 무궁 변화의 창생섭리(創生攝理)와
생명의 무한 진화(進化)의 세계를 밝게 열어
하늘의 무궁 안정의 조화(造化)와
땅의 무궁 조화(調和)의 만물섭리와
생명 무한 진화상생(進化相生)의 정신길을 열어
천지인 삼재일도(三才一道) 이화세상(理化世上),
하늘 광명세상의 길을 열고
땅의 광명세상의 길을 열고
생명 광명세상의 길을 열어
삼재일도(三才一道) 원융광명 속에
심천광명(心天光明)이 활짝 열린 세상,
광명세상을 연 광명인(光明人)들은
이천일성(理天一性) 심천광명(心天光明)이 열리어
일시무시일(一始無始一)이며
일종무종일(一終無終一)인 궁극을 밝게 깨달은
본심본태양앙명인(本心本太陽昻明人)인
광명인(光明人)이다.

심천광명(心天光明)이 열린 광명인(光明人)의 세상
그들의 세상이 광명의 세상이며
그들의 진리가 광명의 진리이며
그들의 삶이 광명의 삶이다.

그들이, 본심광명(本心光明)
심명(心明)의 궁극(窮極)이 열려
우주와 하늘과 심(心)이 궁극의 광명으로 하나 된
무궁한 심천광명(心天光明)이 열린
광명인(光明人)이다.

그들이 심천광명인(心天光明人)인
곧, 천부경인(天符經人)이다.

천부(天符)는
곧, 이천(理天) 하늘의 진리이다.

심천광명(心天光明)이 열리어
광명세상을 연, 그 광명인(光明人)의 자손들이
곧, 우리다.

우리의 선조는 광명세상을 열은
심천광명인(心天光明人)이며
우리는 그 심천광명(心天光明)의 정신을 이어받은
광명의 자손들이다.

우리의 내면, 깊은 혼과 정신의 가장자리에는
심천광명(心天光明)의 혼과 정신을 이어받아
생명 진여(眞如)의 무의식(無意識) 속에도
심천광명의 빛을 향한 혼(魂)의 정신에 이끌려

무한 광명세상을 열며, 궁극 광명의 삶을 열고자
혼(魂)의 무한 승화(昇華) 신명의 삶을 위해
무한열린 정신승화 심천(心天)이 하나인 무한 신명과
승화된 생명의 향기인 무한 궁극 흥의 삶을 추구하며
지금도,
무한 광명의 세계로 이끄는
승화된 혼(魂)의 무궁한 삶을 끝없이 추구하는
천성(天性)이 열린 생명의 삶을
살아가고 있다.

광명 혼(魂)으로
광명 무한 축복세상을 끝없이 추구하며
무한 승화 열린 정신으로 하나 된 광명세상
광명이 열린 무한 신명과 흥으로
우리 모두 광명 속에 하나 되어
미래 자자손손 영원에 이르기까지
무한 정신이 열린 광명세상
광명 삶의 영원한 축복을 염원하며
무한 광명세상 축복을 위해
광명 혼(魂)의 무궁한 숨결을
지금, 열어가고 있다.

02. 광명이 열린 정신

이천(理天),
이화광명(理化光明)이 열린 세상,
삼재일도(三才一道) 융화일성(融和一性)
심천광명(心天光明)이 열리어,
이천섭리(理天攝理)를 따라
이천(理天)을 공경하는 경천정신(敬天精神) 속에
삼재일도(三才一道) 심천광명(心天光明)의 삶,
이천(理天), 광명세상을 사는
광명인(光明人)들은

천지인 이화창생(理化創生) 무궁영원을 기원하며
천지인 덕화창생(德化創生) 무궁안락을 기원하며
천지인 원융평화(圓融平和) 우주행복을 기원하며
만물만생 정신개화(精神開花) 생명축복을 기원하는
심천광명(心天光明) 이천정신(理天精神)이 열린
홍익대원(弘益大願) 무한 광명정신(光明精神)의 삶이다.

광명인(光明人)의 삶, 정신의 뿌리는
일시무시일(一始無始一)이며
일종무종일(一終無終一)인
삼재일도(三才一道) 심천광명(心天光明)이 열린
본심본태양앙명인(本心本太陽昻明人)이니,
이는, 삼재일도(三才一道) 이화창생(理化創生)인
무궁창생(無窮創生) 조화(造化)의
이천광명홍익정신(理天光明弘益精神)이다.

이 삶은
이천(理天)인 경천(敬天)에 있으며,
이천(理天)의 삶,
심천광명(心天光明) 덕화창생(德化創生)인
홍익인(弘益人)의 삶이니,
이천(理天) 이화창생(理化創生)
무궁조화인(無窮造化人)의 무한 광명(光明)의 삶이다.

이 삶이,
마음 근본의 밝음으로 정신이 무한 승화한
신성한 무한 신명(神明)의 삶이며,
생명 본성, 성(性)의 무한 광명이 열린
생명감성(生命感性)에서 일어나는
승화의 빛
마음 무한 밝음 절정의 흥(興)이다.

신명(神明)이란
신(神)은
초월(超越), 무장애(無障礙), 원융(圓融)인
마음 본성의 부사의 초월 원융작용을 일컬으며,
명(明)은
마음 본성 시방(十方) 밝음인 각성광명을 일컬음이다.

신명(神明)은
마음이 걸림 없는 밝음이 곧, 신명(神明)이니
신명은 곧, 일체에 걸림 없는 초월 마음광명이다.

흥(興)은
무한 초월 마음광명, 무한 생명감성(生命感性)이 열린
심광파동(心光波動)이다.

신명(神明)은
어둠 없는 무한 마음광명이며

흥(興)은
무한 마음광명이 열린 정신승화의 절정
심광파동(心光波動)이다,

신명(神明)의 삶은
마음 본성의 궁극(窮極) 밝음을 잃지 않은

본심본태양앙명인(本心本太陽昻明人)의 삶이다.

흥(興)의 삶은
삼재일도(三才一道) 심천광명(心天光明)이 열린
이천정신(理天精神)의 광명세상
덕화창생(德化創生) 홍익인(弘益人)의 삶이다.

신명(神明)과 흥(興)의 삶은
마음 본성, 무한 광명이 열린 이천정신(理天精神)의
덕화창생(德化創生) 홍익인(弘益人)의 삶이다.

광명이 열린 세상
이천(理天) 섭리를 따라
하늘과 땅, 사람과 만물, 만 생명이 행복한
우주의 영원한 평화와 축복 속에
생명 안락의 무한 축복이 무궁하기를 염원하며
심천광명(心天光明)이 열린 무한 신명과
생명감성이 승화된 흥의 삶을 산
광명세상,
광명인(光明人)의 광명혼(光明魂)과 정신이
생명, 생명이 이어지는 혼(魂)의 정신
생명의식 깊숙이 무르녹아

지금, 이 세상 우리는
생명 길, 무의식 속에서도

정신과 혼(魂)이 승화된 무한 신명(神明)과
마음 밝음이 승화한 절정 흥(興)의 세상을 향하고자
본성 광명의 혼(魂)빛에 이끌려
그 이유와 까닭을 모른 채
무한 신명과 승화의 흥이 열린 광명세상을 위해
마음 밝음 궁극이 열린 신명의 무한 삶을 추구하며
정신의 승화, 광명혼(光明魂)의 파동을 따라
생명 빛 무한 울림 감동이 있는
무한 열린 광명세계의 신명과
생명감성 무한 승화인 흥의 삶을 끝없이 추구하며,
일시무시일(一始無始一) 일종무종일(一終無終一)인
천부인(天符人) 본심본태양앙명인(本心本太陽昻明人)
신명이 열린 무한 광명세상을 열고자
광명인(光明人) 혼(魂)의 숨결 속에
살아가고 있다.

03. 광명의 춤

성통일심(性通一心)
심천광명(心天光明)이 열린
광명세상,
이천(理天) 경천정신(敬天精神) 궁극이 열려
마음 무한 밝음인 신명(神明)과
정신 무한 승화인 성(性)이 열린 생명감성의 울림
궁극 승화 절정의 흥(興)이 열려
광명인(光明人)의 무한 신명과 흥의
혼(魂)빛 파동 울림 속에
입으로 읊조리는 광명의 노래 구음(口音)이 흐르고,
무한 열린 궁극의 마음 빛, 광명 파동의 파장이
섬세한 몸짓이 되어, 손과 발끝으로 펼쳐져 흐르니,
마음 밝음의 궁극이 열린 무한 신명이며
혼(魂)의 무한 광명이 열린 무한 승화의 흥이니,
이,
광명 무한 절정의 신명과 흥이 흐르는
이것이,
섬세하고 아름다운 광명의 몸짓으로 피어나니

광명세상, 광명 혼(魂)이 열린 무한 정신승화의 꽃인
곧, 광명의 춤이다.

이는,
성통일심(性通一心)
심천광명(心天光明)이 열린
본심본태양앙명(本心本太陽昻明)이니,
일시무시일(一始無始一) 일종무종일(一終無終一)인
원융무애 심천광명(心天光明)의 노래,
무한 궁극이 열린 심령 빛, 오로라의 광명,
이천(理天) 광명의 진리를 읊으며
무궁조화(無窮造化) 이화창생(理化創生)을 노래하니,
덕화창생(德化創生) 이천(理天)의 섭리를 따라
하늘과 땅, 사람과 만물, 만 생명을 축복하며
우주의 영원한 평화와 행복을 염원하고
생명, 생명이 끝없는 자손 대대에 이르도록
심천광명(心天光明)이 열린 광명의 기운을 쏟으며
마음 광명이 열린 무한 궁극의 신명과
무한 절정 정신이 열린 무한 승화의 흥으로
하늘과 땅, 만물 만 생명을 축복 축원하며
순수 광명 혼빛이 열린 심령으로 하늘을 우러르고
무한 광명 기운을 몸에 실어 땅을 사뿐히 밟으며
섬세한 몸짓, 한 손은 이천(理天)의 하늘을 가리키며
또, 한 손은 덕화만생(德化萬生)의 땅을 가리키며
천지인(天地人) 무궁창생(無窮創生) 무궁행복을 위해

광명축복 기원하며 몸을 바람처럼 움직이고
좌우손길 조화(造化)로 동(動)과 정(靜)를 맺고 풀며
천지인 이천(理天) 무궁조화의 섭리를 드러내고
삼재일도(三才一道) 원융의 삼일체(三一體)가 되어
허공을 가로 지르듯, 섬세한 움직임 몸짓 속에
심천광명(心天光明)이 무한 열린 궁극의 신명과 흥은
무궁 삼재일도(三才一道) 만물 만생 무한 축복세계
덕화창생(德化創生)을 노래하며,
심광(心光)이 열린 섬세한 몸짓 따라 펄럭이는 옷깃은
우주의 춤, 오로라의 흐름 심오한 숨결이 되어
우주의 혼령(魂靈), 바람처럼 춤을 추고,
손길을 따라 치솟는 긴 소맷자락은
허공의 나비처럼 펄렁인다.

무한,
영원을 향한 생명 축복과
우주의 무한 행복을 위한 광명의 춤은
심천광명(心天光明)이 열린 궁극의 신명으로
무한 청정 진여(眞如)의 세계를 넘어
혼(魂)이 열려 무한 궁극 절정승화의 꽃이 되고
우주 무한 광명의 혼(魂)빛이 궁극을 초월해
생명 승화, 우주의 향기며 꽃으로 피어난다.

마음 밝음,
무한 절정 궁극승화 심천광명(心天光明)이 열리어

삼재일도(三才一道) 원융일심(圓融一心)이니
일시무시일(一始無始一)이며
일종무종일(一終無終一)이다.
이천일성(理天一性) 이화창생(理化創生)으로
석삼극무진본(析三極無盡本)이니
천일일지일이인일삼(天一一地一二人一三)이 생하고,
이천섭리(理天攝理) 이화조화(理化造化)로
일적십거무궤화삼(一積十鉅無匱化三)이니
무한창생(無限蒼生) 융화조화(融化造化)가
천이삼지이삼인이삼(天二三地二三人二三)으로
대삼합육생칠팔구운(大三合六生七八九運)이 되어
삼사성환오칠일묘연(三四成環五七一妙衍)이나
만왕만래용변부동본(萬往萬來用變不動本)이라
무시일(無始一)이며 무종일(無終一)인
일즉다(一卽多)이며, 다즉일(多卽一)이다.
본심본태양앙명(本心本太陽昻明)이
곧, 광명변조(光明遍照) 변일체처(遍一切處)
심천광명(心天光明)이 열린 세상이니,
이는 곧, 일시무시일(一始無始一)이며
일종무종일(一終無終一)인 심광(心光)
본심본태양앙명인(本心本太陽昻明人)이니,
곧, 인중천지일(人中天地一)인
이천일성(理天一性) 원융광명이 열린
심천광명(心天光明)의 세상이다.

이,
일체(一切)가
이천(理天) 무궁조화(無窮造化)이니
이는, 삼재일도(三才一道) 이화창생(理化創生)이며
덕화창생(德化創生) 홍익섭리(弘益攝理)이다.
삼재일도(三才一道) 천인합일(天人合一)
심천광명(心天光明)이 열리면
일시무시일(一始無始一)이며
일종무종일(一終無終一)을 요달(了達)하여
본심본태양앙명(本心本太陽昻明)임을 깨닫는다,
본심본태양앙명(本心本太陽昻明)이
곧, 성통각명(性通覺明) 삼재일도(三才一道)
불이일성(不二一性) 원융광명이 열린
인중천지일(人中天地一)이다.

이것이, 삼재일도(三才一道)
천인합일(天人合一) 심천광명(心天光明)이 열린
광명변조(光明遍照) 변일체처(遍一切處)이다.

일적십거무궤화삼(一積十鉅無匱化三)이
천이삼지이삼인이삼(天二三地二三人二三)으로
대삼합육생칠팔구운(大三合六生七八九運)이나
이천섭리(理天攝理) 무궁조화(無窮造化) 속에
만왕만래용변부동본(萬往萬來用變不動本)을 깨달으면
삼재일도(三才一道) 융화일성(融化一性)
천인합일(天人合一)이

일시무시일(一始無始一)이며
일종무종일(一終無終一)임을 깨달음으로
곧, 본심본태양앙명(本心本太陽昻明)이 열린다.
일시무시일(一始無始一)과
일종무종일(一終無終一)의 세계가
본심본태양앙명인(本心本太陽昻明人)의 세계이다.
이것이 성통일심(性通一心)으로
심천광명(心天光明)이 열려
불이일성(不二一性) 원융광명이 열린
인중천지일(人中天地一)의 일성광명(一性光明)이니
곧, 광명변조(光明遍照) 변일체처(遍一切處)이다.

광명세상이
심천광명(心天光明)이 열린 삼재일도(三才一道)
인중천지일(人中天地一)이니,
곧, 광명변조(光明遍照) 변일체처(遍一切處)
본심본태양앙명(本心本太陽昻明)이다.

태고(太古),
광명세상을 연, 광명인들은
무한 열린 정신, 그들의 무한 광명세상에서
그들, 무한 광명의 아리랑을 부르며
무한 승화의 마음 밝음, 무한 절정 신명과 흥이 열린
성(性)이 열리어 깨어난 생명감성
무한 초월 광명의 빛을 따라

광명세상, 광명혼(光明魂)이 되어
광명의 춤을 추었다.

광명의 춤은
우리의 생명, 혼(魂)의 숨결 속에 살아있는
마음 무한 밝음이 열린 신명과
무한 정신 승화의 춤이다.

이는,
마음 밝음, 무한 정신승화의 절정
우주의 심오한 빛의 파동, 정신 승화의 오로라
생명 무한 밝음이 열린 승화의 빛, 신명(神明)으로
우주 광명과 정신이 하나 된 심천광명이 열린
본심본태양앙명인(本心本太陽昻明人)의
무한 승화의 축복, 무한 찬탄과 생명의 감사,
무한 충만을 넘어선 절정
궁극 심광(心光)의 꽃이 피어난
생명 승화의 빛, 무궁 생명이 열린
광명의 몸짓이다.

04. 광명이화창생

광명이화창생(光明理化創生)은
이천(理天) 섭리에 의한
무한창생(無限創生) 덕화(德化)의 세상이다.

이천(理天)이란
우주 무궁조화(無窮造化)의 섭리세계이다.

이천(理天)을 알려면
이천조화(理天造化)의 천성(天性)이 열린
심천광명(心天光明)을 열어야 한다.

천성(天性)이란
우주 무궁조화 섭리의 근본 성품이니
이는, 만물 만 생명의 본성이다.

심천광명(心天光明)이란
심성(心性)과 천성(天性)이 하나 된

원융광명(圓融光明)이다.

심천광명(心天光明)을 열려면
성통각명(性通覺明)이 열려야 한다.

성통각명(性通覺明)이란
우주의 근본 성품에 들어
무한 궁극 성품의 밝음이 열린 것이다.

성통각명(性通覺明)을 열려면
성(性)이 곧, 우주 만물 만 생명의 본성이니
본성광명(本性光明)을 열어야 한다.

본성광명(本性光明)을 열려면
천지 태초(太初) 이전(以前)의 본 성품
우주 만물과 만 생명의 본성인
무시무종성(無始無終性)을 열어야 한다.

무시무종성(無始無終性)인
우주 만물과 만 생명의 본성을 열려면
일체유무(一切有無)와 일체유위상(一切有爲相)과
일체유위심(一切有爲心)과 자아의식(自我意識)과
일체식견(一切識見)을 초월한 깨달음으로
청정무위성(淸淨無爲性)에 들어야 한다.

이곳에 이르면
성통(性通)과 천성(天性)과 본성(本性)과
심천(心天)과 불성(佛性)과 각명(覺明)이 열린
것이다.

그러면
천부인(天符印)
일시무시일(一始無始一)과
일종무종일(一終無終一)의 성품에 든다.

일시무시일(一始無始一)과
일종무종일(一終無終一)의 일(一)은
곧, 본연성(本然性)이니
성(性)의 성품을 일컬으며,
성(性)의 성품은 무엇에도 비롯함이 없는
청정무위(淸淨無爲) 무시무종성(無始無終性)이므로
일체 만물이 하나인 성(性)에서 비롯하였어도
이 성(性)은 무엇에 의해 생성된 것이 아닌
본래 본연(本然)의 성(性)이므로
하나로 비롯하였어도 비롯함이 없는 하나인
일시무시일(一始無始一)이다.

일시무시일(一始無始一)은
천지인(天地人) 삼재(三才)가
청정무위(淸淨無爲) 무시무종성(無始無終性)인
일성(一性)으로부터 비롯하였음과

그 일성(一性)은
무시무종성(無始無終性)이라
생멸(生滅)인 시작과 끝이 없는
불생불멸(不生不滅) 무시무종(無始無終)의 성품임을
뜻한다.

일종무종일(一終無終一)은
천지인(天地人) 만물이 생성운행 소멸하여
본연(本然)의 성품으로 돌아가도
그 성품은,
불생불멸(不生不滅) 무시무종(無始無終)의 성품으로
시종(始終) 없는 성품임을 뜻하며,

또, 하나의 비밀스런 뜻은
성통각명(性通覺明)으로
심천광명(心天光明)이 열려야만 알 수 있는
본성일심광명(本性一心光明)의 세계이다.

그것은
성통각명(性通覺明)으로
본심본태양앙명(本心本太陽昻明)의 세계를
드러냄이니,
일종무종일(一終無終一)의 세계는
성통각명(性通覺明)으로
본성일심광명(本性一心光明)이 열리어,

원융무애 본성광명(本性光明)인
천지인(天地人) 불이원융(不二圓融)
각명일성(覺明一性) 속에,
무연일성(無緣一性) 일시무시일(一始無始一)의 성품
이천섭리(理天攝理) 우주 조화(造化)인
석삼극무진본(析三極無盡本)
천일일지일이인일삼(天一一地一二人一三)
일적십거무궤화삼(一積十鉅無匱化三)
천이삼지이삼인이삼(天二三地二三人二三)
대삼합육생칠팔구운(大三合六生七八九運)
삼사성환오칠일묘연(三四成環五七一妙衍)이나
만왕만래용변부동본(萬往萬來用變不動本)이라,
성통원융심(性通圓融心)으로
일성원융광명심(一性圓融光明心)이 열린
청정부동본성광명(淸淨不動本性光明) 속에
원융본심본태양앙명(圓融本心本太陽昂明)에 들어
천지인(天地人) 일체(一切) 유위상(有爲相)이 끊어진
일체청정무위(一切淸淨無爲)의 각성광명(覺性光明)
본심본태양앙명인(本心本太陽昂明人)인
성통광명인(性通光明人)의 성품 속에
천지인(天地人) 삼재원융(三才圓融) 불이성(不二性)
본성광명 일성원융(一性圓融)의 하나로 돌아간
본심본태양앙명인(本心本太陽昂明人)의
인중천지일(人中天地一)인
삼재원융(三才圓融) 청정일성(淸淨一性)
불이일종귀일성(不二一終歸一性)에 들었어도,

그 성품은 무시무종성(無始無終性)이므로
멸(滅)이나, 종(終)이 없는 성품이며.
또한, 그 성품 속에
이천섭리(理天攝理)의 무한 조화(造化)가
무궁창생(無窮創生)함을 드러냄이
곧, 일종무종일(一終無終一)이다.

그러므로
일시무시일(一始無始一)은
이천섭리(理天攝理)의 우주조화(宇宙造化)인
천지인(天地人) 석삼극무진본(析三極無盡本)의
성품을 드러냄이며,
일종무종일(一終無終一)은
천지인(天地人) 불이원융(不二圓融) 일성(一性)인
성통각명(性通覺明)이 열린 세계를
드러낸다.

성통각명(性通覺明)은
일체유위물(一切有爲物)인 천지인(天地人)이 끊어진
일성일심(一性一心)의 본심광명(本心光明)인
본심본태양앙명(本心本太陽昻明)에 들게 된다.

그러면
천지인(天地人) 삼재일도(三才一道)

심천광명(心天光明)이 열림이 무엇인지 깨달아
인중천지일(人中天地一)이
곧, 일시무시일(一始無始一)이며,
일종무종일(一終無終一)의 성품
성통각명(性通覺明) 속에
일체유위물(一切有爲物) 천지인(天地人)을 초월한
천지인(天地人) 융화일성(融化一性)
본연본심(本然本心) 광명 속에
본심본태양앙명(本心本太陽昻明)의
일체불이성(一切不二性) 인중천지일(人中天地一)의
부사의 일성(一性)을 깨닫는다.

성통각명(性通覺明)의 세계가
일시무시일(一始無始一)과
일종무종일(一終無終一)의 세계이며,

일시무시일(一始無始一)과
일종무종일(一終無終一)은
무엇으로부터 비롯함이 없어
생(生)과 멸(滅), 시(始)와 종(終)이 없는
무시무종성(無始無終性)으로
천지가 열리기 그 이전부터
유유자존(幽幽自存)의 성품이었으며
천지의 소멸 그 이후에도 멸(滅)함이 없는
무시무종(無始無終)의 성품임을 일컬음이다.

이 성품은
유(有)와 무(無)도 초월하고
물(物)과 심(心)도 초월하고
천지인(天地人)도 초월한 성품으로

일체 유(有)와 무(無)
일체 물(物)과 심(心)
일체 천지인(天地人)의 근본이며 바탕인
본성이다.

이 성품의 조화(造化)로
우주와 만물 만상과 만 생명 일체를 생성하니
이 섭리가 곧, 일성(一性)의 섭리이며,
이 성품 섭리의 세계가 이천(理天)이며,
정신이 승화하여 이천섭리(理天攝理)를 밝게 알아
무한 열린 승화의 정신으로
숭고한 이천섭리(理天攝理)를 공경함이
경천정신(敬天精神)이며,
경천정신(敬天精神)이 열린 사람이
곧, 천성(天性)이 열린 사람이며,
이 정신이 열린 광명세상이
이천정신(理天精神)으로 하늘과 사람이 하나 된
심천광명(心天光明)이 열린 세상이다.

광명이화창생(光明理化創生)은
이천섭리(理天攝理)에 의한
우주 만물 만 생명
무궁창생(無窮創生) 덕화(德化)의 세상이니,
이천섭리(理天攝理) 덕화(德化)의 도(道)가
곧, 이천홍익창생(理天弘益創生)의 도(道)이며,
이천섭리(理天攝理)가 우주 만물 만 생명의
홍익창생섭리(弘益創生攝理)이다.

천지인(天地人) 삼재일도(三才一道)는
심천광명(心天光明)이 열린
일시무시일(一始無始一)이며
일종무종일(一終無終一)인
일성광명(一性光明)의 세계이다.

이 섭리는
무궁창생(無窮創生) 덕화(德化)의
이천섭리(理天攝理) 홍익대도(弘益大道)인
이천홍익창생(理天弘益創生)의 진리이다.

심천광명(心天光明)이 열린
경천정신(敬天精神)은
이천(理天) 홍익대도(弘益大道)의 정신이며,

경천심(敬天心)은

이천(理天), 홍익대원(弘益大願)의 마음이며,

이화(理化)의 세계는
이천섭리(理天攝理)가 피어난
무궁창생(無窮創生) 덕화(德化)의 세상이다.

성통각명(性通覺明)으로
성(性)이 열리면
성(性)이 열린 순수 생명감성, 심천광명이 열리니
심천광명(心天光明)을 따라
생명 본성 청정성품에서
이천섭리(理天攝理) 따라 이천심(理天心)이 발현하니
이것이, 순수 경천정신(敬天精神)이며
이는, 무궁창생(無窮創生) 덕화(德化)의
홍익대원심(弘益大願心)이다.

심천광명(心天光明)이 열리면
이천섭리(理天攝理)의 경천정신 속에,
천지인 이화창생(理化創生)의 무궁영원을 기원하며
천지인 덕화창생(德化創生)의 무궁안락을 기원하며
천지인 원융평화(圓融平和)의 우주행복을 기원하며
만물만생 정신개화(精神開花)의 생명축복을 기원하는
이천정신(理天精神) 심천광명인(心天光明人)의
홍익대원(弘益大願) 무한 광명의 삶을 살게 된다.

이 길이
본심본태양앙명인(本心本太陽昻明人)의 길이며
인중천지일(人中天地一)의 삶이며
천지인(天地人) 성명(性命) 무한 순응의
석삼극무진본(析三極無盡本)의 행이며
일시무시일(一始無始一)이며
일종무종일(一終無終一)의 도(道)의 세계이다.

이는,
이천정신(理天精神)이 밝게 깨어 있는
홍익대도(弘益大道)이며 홍익대원(弘益大願)인
광명이화창생(光明理化創生) 덕화(德化)의 마음
무한 밝음이 열린 신명(神明)과
심천광명(心天光明)이 열린 무한 축복,
무한 승화의 흥의 삶이다.

05. 광명의 자손들

우리는,
마음 무한 밝음이 열린 신명과
혼의 무한 승화(昇華)의 절정, 무한 흥의 삶을
추구한다.

우리는,
마음 밝음의 무한 광명, 순수 신명으로
순수 혼(魂)의 승화의 숨결 속에
이천(理天)을 공경하는 지혜와 정신이 깨어나
경천정신(敬天精神)이 대(代)를 이음 속에
순수 정신승화의 이상(理想)을 향한 삶을 살다
인류 흐름의 물결, 역사의 회오리 속에
순수 가슴에 혹독한 아픔이 멍울 되어
생명의 고통이 엄습하는 삶의 고비를 넘으며
상처의 아픔이 순수 정신의 뼛속까지 저려와
마음 무한 밝음의 광명, 무한 순수 신명이 상처받고,
혼(魂)의 무한 광명 승화의 열린 정신
혼(魂)의 숨결 이음이 상처받아

맑고 밝은 순수 신명의 삶이 어두워지고,
광명정신 무한 승화의 흥이 억압되어
어둠의 운명 속에 암울해진 승화의 흥은
혼(魂)의 가슴에 한(恨)이 되어
생명 가장자리 혼(魂)의 아픔, 깊은 한(恨)은
삼재일도(三才一道) 심천광명(心天光明)이 잠기어도
아픔 속에 피지 못한 무한 승화의 신명과 흥을 위해
혼(魂)의 가장자리에서 피어나는 광명의 빛을 따라
마음 무한 밝음의 신명, 광명의 빛을 토하고
정신이 승화한 무한 흥이 억압된 숨결을 토해내니
옛 태고, 광명인의 염원(念願)의 정신이 살아나
무한 승화의 흥을 따라 광명 숨결의 춤을 추니
광명인의 옛 혼(魂)이 시공(時空)을 초월해 피어나고
이천(理天) 공경의 순수 혼(魂)빛 속에
정신 승화의 무한 신명과 흥을 위한 열정으로
지금도, 태고 광명혼의 무한 신명의 삶을 추구하며
무한 열린 승화의 숨결 속에
더없는 승화의 궁극, 이상(理想)을 추구하는
무한 정신이 열린 궁극 승화의 밝은 삶을
우리는 열어가고 있다.

우리의 가슴에
마음이 열린 무한 밝음인 신명과
정신 승화의 빛, 흥의 무한 숨결을 풀어내지 못한
혼(魂)의 아픔인 한(恨)이 있으니,
우리의 삶의 이상향은

마음 밝음이 무한 열린 광명세상이며,
무한 궁극 승화의 절정인 신명을 노래하고
정신이 승화한 무한 광명의 춤을 추는
우주 무한 광명세상을 여는 길이다.

우리는 지금
그 삶을 추구하며
그 삶의 이상향을 위해
구경(究竟)이 열린 신명과
순수 광명이 열린 무한 절정의 흥을 위해
너와 나, 우리는
무한 광명세상을 위해 한생명 숨결을 더하고
너와 나의 신명과 흥을 위해
한생명 무한 승화 광명의 아리랑
무한 광명이 열린 신명의 노래, 흥의 절정을 향해
광명을 향한 한생명 뿌리의 삶을
같이 하고 있다.

마음 무한 밝음이 억압된 아픔과 상처가
한(恨)이된 민족,
우리의 아픔은 한(恨)이 아니라
그 열정이,
광명세상으로 나아가는 혼(魂)의 불길이 되어
그 불길, 정신 속에
우리는 무한 광명세상을 열고

순수 정신, 무한 밝음인 궁극 절정의 신명
광명의 노래, 광명의 아리랑을 부르며
혼(魂)이 무한 승화한 궁극 절정의 흥인
광명 아리랑의 춤을 추는
무한 정신승화, 우주의 궁극 무한 정신이 열린
광명인(光明人)이 될 것이다.

우리의 옛터는 광명세상이며
우리는, 무한 승화의 혼(魂)을 가진 광명인이며
우리가 꿈꾸는 무한 궁극 승화의 세계는 광명세계이며
자손만대 이상(理想)을 물려줄 땅은 광명세상이다.

광명세계는
일시무시일(一始無始一)이며
일종무종일(一終無終一)인 무궁한 축복이 끝없는
무한 궁극의 광명세계이다.

우리는, 지금도
한생명 숨결 속에 하나 되어 꿈꾸는 세상
광명세계를 향해
한생명 염원의 숨결을 같이하며, 궁극을 도모하고
광명세상을 향한 한생명 한 혼불이 되어
그 길을 향해 가고 있다.

그 광명인(光明人) 이름이 곧,
대한인(大韓人)이며,

광명인(光明人)들이 사는 터전이 곧,
대한민국(大韓民國)이다.

대(大)는 한생명 대 우주이며
대한(大韓)은 대광명(大光明)이며
대한민(大韓民)은 대광명인(光明人)이며
대한민국(大韓民國)은 대광명인의 세상이다.

우리의 삶은
대광명(大光明)을 위한 삶이며
우리는 대광명세상을 여는 사람들이다.

우리는
모두 광명인(光明人)이다.

이것이,
마음 광명이 열린 무한 승화의 절정, 한생명 삶이며
이 삶이, 무한 생명이 꿈꾸는
혼의 궁극 밝음이 열린 무한 신명과 흥의 삶
생명 무한 축복과 행복이 무궁한
생명 축복이 끝없는
꿈의 이상향(理想鄕)이다.

10장_ 종료 (終了)

마감하며

모든 나무의 모습이 다르고
모든 꽃이 그 모양과 향기가 다르며
모든 과일이 그 색깔과 맛이 다르다.

모든 것이 차별이고
서로 달라도
서로 다른 이것에 그 어떤 정사(正邪)와
진가(眞假)의 시비(是非)가 끊어졌다.

천지 만물 그대로 도(道)이며
정사(正邪)를 초월한 진리의 모습이다.

도(道)와 진리(眞理)를 특정하거나
무엇에 한정해 묶거나, 무엇에 속한 것이면
그것은 단지, 국한된 사념(思念)과 논리일 뿐
도(道)와 진리가 아니다.

도(道)와 진리는 무엇에 얽매이거나
묶일 수 있는 것이 아니다.

도(道)와 진리(眞理)는
단지, 그대로 도(道)이며, 진리일 뿐,
어떤 인위적 사상과 개념,
무슨 이론의 테두리 속에 두거나 얽맬 수 있는 것이
아니다.

사상(思想)과 개념과 이론에 속한 것이면 그것은
도(道)와 진리(眞理)가 아니다.

도(道)와 진리(眞理)는
이론이나, 사상(思想)에 속한 논리가 아니다.

도(道)는
만물상생(萬物相生) 조화(造化)의 작용이며

진리(眞理)는
만물상생(萬物相生) 조화(造化)의 섭리이다.

만물(萬物)의 흐름이 도(道)이며
도(道)는 진리인 섭리의 작용이다.

도(道)와 진리(眞理)는
무한 상생조화(相生造化)의 섭리와 작용이다.

도(道)와 진리(眞理)의
정사(正邪)와 진가(眞假)의 시비(是非)는
미혹과 망견(妄見)의 분별을 따라 일어나는
허망한 사념(思念)의 물거품일 뿐이다.

궁극의 도(道)와 진리는
생명과 만물 상생조화(相生造化)의 절대성으로
그 행(行)과 섭리가
본성의 절대성으로 향하지 않음이 없다.

무위조화(無爲造化)의 절정 절대성의 작용인
도(道)와 진리(眞理)는
지극한 본성의 섭리인 무위일도(無爲一道),
무유정(無有定)의 심오한 생기섭리(生起攝理)인
무엇에도 기울임이나 치우침이 없는
절대안정(絶對安定)과 절대평정(絶對平正)과
절대균형(絶對均衡)과 절대조화(絶對調和)의 섭리,
무위일도(無爲一道)의 절대성(絶對性)
생기섭리(生起攝理)를 따라 만물 만 생명을 창출하여
지극한 궁극 상생조화(相生造化)의 한 기틀
통일섭리(通一攝理)를 이루어
모두를 이롭게 하는 한생명 터전을 이루고 있다.

생명과 만물의 궁극 본연(本然)의 절대성을 향한
지극한 상생조화(相生造化)를 벗어나면
도(道)와 진리를 잃게 된다.

궁극을 향한 도(道)와 진리는
생명 상생과 만물 조화(調和)의 절대성을 도모하므로
누구나 행해야 할 바람직한 도(道)이며
누구나 받들어야 할 숭고한 섭리이다.

생명 상생(相生)과 만물 조화(調和)를 잃으면
설사(設使), 금언(金言)이라도
도(道)와 진리라 할 수 없고,
그 망법(妄法)을 따르면
생명과 만물이 시들고, 병들며, 파괴될 것이다.

도(道)라 일컫고
진리(眞理)라 함에는
그 작용과 이치가 만 생명을 상생하고
만물을 이롭게 하므로
누구나 배우고 따라야 할 숭고한 가치의 길이기에
누구나 본받고 따라야 할 도(道)이며
진리라 일컫는다.

도(道)는
생명과 만물에

지극한 상생조화(相生造化)의 작용이며,

진리(眞理)는
생명과 만물에 이로운 참된 것으로
누구나 본받고 따라야 할 섭리이므로 진리이다.

궁극(窮極)의 도(道), 진리로 향함에
밀(密)을 통해
궁극을 향한 상생(相生)과 조화(調和)의 세계를 열고자
서로 차별 속에 조화(調和)의 도(道)를 일깨우고
상생(相生)의 길을 열어

궁극,
절정을 향한 지극한 의지와 소중한 삶 속에
상생의 생명력을 더하고
생명 본원(本源)의 밀(密)의 지혜와
궁극을 향한 정신 열림의 세계, 문(門)을 여니
누구나 인연이 되어 밀(密)을 접하는 모든 분의 삶에
숭고한 도(道)와 진리의 세계에
궁극의 절대성을 향한 지극한 삶의 지혜가 열리어
소중한 의지의 삶이 더욱 밝아 빛나고
만물과 더불어 모두가 이로운 지혜의 삶이 되시기를
마감 글 기원의 소중한 바람입니다.

삶의 상생조화(相生調和)는 도(道)의 모습이며
만물 상생융화(相生融和)는 진리의 생명이다.

상생조화(相生調和)를 잃으면
도(道)의 삶을 잃고

상생융화(相生融和)를 잃으면
진리의 길을 잃는다.

상생조화(相生調和)가 지극하여
무한 절대성 궁극의 이상(理想)을 향하고
무한 궁극 지극한 도(道)의 삶이
밀(密)의 삶이다.

밀(密)의 삶은
곧, 성(聖)의 삶이며
정신 승화 생명축복의 삶이며
한생명 무한 가치의 아름다운 삶이며
우주가 행(行)하는 숭고한 섭리의 삶이다.

상생융화(相生融和)가 지극하여
일체불이(一切不二)의 숭고한 한생명 세계
상생융화의 절대성 궁극의 이상(理想)을 향하고
무한 절정을 향한 지극한 삶의 진리(眞理)의 길이
밀(密)의 길이다.

서로 지극한 상생의 절대성 무한 한생명 길
그것이 도(道)이며, 진리의 섭리이며,
궁극의 도(道), 불이(不二)의 무한 진리의 행인
지극한 밀(密)의 삶이다.

한생명
불이(不二) 궁극의 삶
무한 절정을 향한 초월, 무한 절대성
이 일체가 곧, 불이(不二) 한생명 삶의 길이다.

이것이
일체를 초월한 도(道)이며, 진리이며
무한 궁극 이상향인 숭고한 도(道)
무상(無上) 진리의 세계인 지극한 한생명 삶이니
곧, 밀(密)의 삶이다.

밀(密)은
마음광명 무한궁극 절대성(絕對性)인
불이(不二)의 숭고한 한생명 승화의 세계이며
그 삶이다.

이는
즉, 불이(不二)이며,
인(印)인
마하무드라 마니파드마(maha-mudra mani-padma)

대절정, 한생명
옴 마니 반메 훔(om mani padme hum)의 세계이다.

이는,
일시무시일(一始無始一)이며
일종무종일(一終無終一)인
본심본태양앙명인(本心本太陽昻明人)의 세계이다.

옴(om)이며,
인(印)인
둘 없는 앎이 깨달음이며
둘 없는 깨달음에 듦이 훔(hum)이며
한생명 세계가 연화세계이며
한생명 불이(不二)가 불토(佛土)이며
둘 없는 밝음이 각명(覺明)이며
둘 없는 마음이 열반(涅槃)이며
둘 없는 성품이 불성(佛性)이며
둘 없는 원융이 보리(菩提)이며
둘 없는 지혜가 반야(般若)이며
둘 없는 상생이 자비(慈悲)이며
둘 없는 청정이 진여(眞如)이며
둘 없는 자성(自性)이 금강(金剛)이며
둘 없는 염념(念念)이 연꽃이며
둘 없는 행(行)이 도(道)이며
둘 없는 본성이 불(佛)이다.

꽃이 피어나고
바람이 불고
해가 솟아 시방을 두루 밝히는 이것이
불이(不二)의 조화(造化)이며
밀(密)의 세상이며
도(道)이다.

밀(密)은
둘 없는 한생명,
불이(不二), 진선미(眞善美)가 피어난 절정, 한생명
축복이다.

밀(密)은
곧, 축복이다.